光文社文庫

長編推理小説

呪縛の家
新装版

高木彬光

KOBUNSHA

光　文　社

『呪縛の家』 目次

呪縛の家

第一章　丘の上の予言者

血ぬられたような入り日の光を浴びて、奥武蔵野《おくむさしの》の紅葉の色も、きょうはひとしお鮮やかだった。

風こそないが、身にしみるきびしい寒さ。

かさこそと音をたてては、道の辺の銀杏《いちょう》の木々の梢《こずえ》から雨風にきずつきはてた病葉《わくらば》が三つ四つ二つ——金色の胡蝶《こちょう》のような可憐な羽を、そよ風にひるがえしつつ、舞い降りてくる。

楢《なら》の林を横切って、細い道はまた左に折れて樺《かば》の林の中へ、枯れ落ちた葉の山を踏む私の足音も、深々と反響もなく、消え去っていき、あたりのしじまを破るのは、時ならぬ人の気配におどろいて飛び上がる鴉《からす》の羽音だけだった。

どうしてこんな近道を、こともあろうに選んでしまったのだろう——。

私は自分自身の軽率が、つい悔やまれて舌打ちをしたいくらいだったが……。

浅川《あさかわ》の駅から道を聞いたときには、近道はこの野の中の細道だと言われたので、ついこちらへとやってきてしまったが、初めての土地で案内する者もなく、ただひとり野の中を歩きつづけているというのは、やはりいくらか心もとない。

それにもまして、私を待つこの家の様子には、かんたんな手紙の一字一句にも、どこかしら私の心の中に、食い入ってやまないものがあったのだから。

しかしせっかく、電報を打って着くのを通知したのに、駅までぐらい出迎えに来てくれたところでよさそうなのに。あの速達の調子には、強く私の助けを求める、有無を言わせぬ哀願の響きが感じられたのに……。

こう思い、考えながら、ゆるやかな斜面をのぼって、道は小高い丘の上へと……そのときだった。がさがさとかたわらの、熊笹の茂みを分けて、私の前に姿をあらわした恐ろしい男があった。

年は三十五、六だろうか。革のジャンパーに兵隊靴、紅葉のついた柿の枝を、左手に下げ、右手に持った熟柿を一口がぶりとかじりながら、射つくすような眼差《まなざ》しを、私の総身に浴びせかけたのだ。

その眼の色に、まず私は愕然《がくぜん》とした。爛々と光を放つ、狂えるようなその瞳。痩せ落ちた頬、青黒い顔。女のように長く伸ばして切り落とした総髪。鋭敏な頭脳を誇る人間が発狂一歩寸前に示す、憑《つ》かれたようなその表情——。

この男は決して、一介の農夫ではない。何か変わった経歴を背後に持った人間にちがいあるまい。たとえいまでは、半ばは生ける屍《しかばね》となりはてていたとしても……。

私はすぐこれだけのことを感じた。だが私にこれという危害を加える意思があろうとも思われないし、それならば、いまのこの孤独から解放されるというだけでも、私にはありがたいことだった。

「八坂村《やさかむら》へは、この道を行けばよいのですか」

「そうじゃ、あと五町ほどお行きなされ、山ふところの静かな村じゃが、どなたを訪ねておいでなさる」

低くかすれた、地底から響いてくると思われるほど、反響のない声だった。

「紅霊教《こうれいきょう》の本山を訪ねていくのですが……」

その男の眼にはふしぎな光が宿った。私はまだこのような眼を見たことがない。強《し》いて私の記憶の中にその例を求めるならば、中国の戦線で、銃を捨てて敵に投降しようとして発見され、軍法会議の結果、世を呪い戦《いく》さを呪い、祖国の前途すらも呪って銃殺された、一兵士のいまわの眼差しが、いくらかこれに近いものだったろうか。

「お行きなさるか。あの呪われた人びとの住む死の家へ、何を目当てにおいでなさるか」

「その呪いとは……」

「いまにわかろう。あの家の棟の真下に一夜を過ごしさえすれば、それは誰にもわかることと。おまえさんでも二日もすれば、わななきながら逃げださずにはおられぬだろう。おとなしく、すぐこの場から帰るのが、賢明な人間のすることというものじゃよ」

「しかし僕には、ここから引き返すことはできませんね。僕の旧友が、僕の来るのを待っているのです。恐ろしい犯罪が起こる予感がしてならないが、ぜひ君の力を貸してもらいたい。こういってきた友だちの言葉を、無にすることはできませんから」

「フフフ……」

私はかすかな彼の笑いを聞いた。

「おまえさん、あの呪われた人びとに力を貸そうとお言いなさるか。およしなさいよ。どうあがいても、人間の力には及ばないことだ。あの人間どもは、悪業のつもりがついに実を結び、いまその罰を受けねばならぬ」

「あなたこそ、すると、どういう人なのですか」

「以前は悪魔の弟子の一人。いまは自分の誤りを知って、正しい悟りの道を得たが……あの家に行くくらいなら、それよりも、わしのところへ、道を求めてこられるほうがよかろうが――」

「あいにく僕は、道を求めてこんなところへやってきたのではありませんから。失礼」

踵《きびす》をかえし、立ち去ろうとした私に、襟をつかんで引きもどすような、冷たい低い声がおそいかかった。

「悪魔に伝言なさるがよい。今宵、汝《なんじ》の娘は一人、水に浮かびて殺さるべしと、これこそ神のお告げなのじゃ。お忘れなさるなよ」

彼はいったい、正気なのか、異常者なのか――。

その刹那《せつな》、氷のような戦慄《せんりつ》がたちまち私の背筋をよこぎった。私は自分の背から追いかけてくる、眼に見えぬ幽鬼の足どりを感じて、われ知らず走りだしていたのだった。だが半町ほど走りすぎてからふり返っても、彼は以前の位置にそのまま立ち止まっていた。その手に持った食いさしの柿の実が、人の血のりを丸めて球にしたように、私には思われてならなかった。


そこはちょうど、丘のいただき――あわい冷たい夕霧が低い盆地をおおっていた。その中に五百に近い家々が、安らかに憩《いこ》い、静かに眠っている……。

大都市の美と力とは、自らその中にはいりこみ、高楼を望み雑踏にのまれ、ゆきかう人の一人となって、初めて強く実感される。

だがこのような村落は、一望にして俯瞰《ふかん》すべきもの、はるかに彼方《かなた》に霧のベールをとおして望み見るべきもの。ひとたび足をその中に踏み入れては、人は冷たい幻滅と悔恨とに、激しく胸を嚙まれつつ、逃げださずにはおられないかもしれぬ。

私はいまの怪しい男のことも忘れはて、はずんだ息をととのえながら、しばらくそこに立ちつづけたのだった。

眼の下に横たわる、茅葺《かやぶ》きの家々からは、紫色の夕餉《ゆうげ》の煙が立ちのぼり、その中にひときわめだつ、城郭に似た大屋根の上にそびえる、尖塔の窓ガラスの一つ一つが、きらきらと火のような残光を、こちらへと投げかけていたのだった。

これが私の目的の家、紅霊教の発祥の地、「呪縛《じゆばく》の家《いえ》」だったのである。

私は足を早めて、丘の斜面を下っていった。低い軒端の牛の声、乳を求めて泣きたてる赤子の声、ささやかな川のせせらぎ。それにまじって、耳を圧する太鼓の響き、澄んだ鐘の音、鈍い銅鑼《どら》……。

紅霊教の夕べの祈禱《きとう》が始まったのだった。

読者諸君よ。私の新しい冒険は、このようにして、その幕をあけたのである……。


私の処女作『刺青殺人事件』をお読みになった諸君は、私がその中でそれとなく予告した「呪縛の家」の名を、おそらく記憶しておられるだろう。

名探偵と謳《うた》われた私の畏友、神津《かみづ》恭介《きようすけ》が、登場以来解決してきた事件の数は、すでに十指を超えている。世にも稀《まれ》なる彼の英知《えいち》の閃《ひらめ》くところ、どんな難問怪事件でも、なんの苦もなく解決されると思っていたが……。

しかしこの「呪縛の家」に居を占める、紅霊教の教祖、卜部《うらべ》舜斎《しゆんさい》と、その三人の孫娘をめぐってくりひろげられた連続殺人事件——それはなんと恐ろしい、得体の知れぬぶきみなものだったろうか。

この神秘宗教の衣にかくれた殺人鬼と、神津恭介の推理の死闘は、まもなく諸君の眼前に展開される。

殺人の起こる寸前、必ず起こる怪しい予言。それはみな事実となってあらわれた――。たとえてみれば、この物語、開巻劈頭《へきとう》に私の聞いたあの言葉、

――水に浮かびて殺さるべし――

この一語こそ、その夜この家に起こった恐ろしい殺人事件、長女澄子《すみこ》の怪死を、いみじくも言いあらわしていたではないか。

だが待ちたまえ。私はこの殺人事件の本筋にはいる前に、この神秘宗教、紅霊教の歴史について、いくらか筆を費やさねばならないのだ。

終戦後、それまではきびしかった弾圧の手がゆるむとともに、全国各地には、数知れぬ疑似宗教が輩出した。

双葉山《ふたばやま》、呉清源《ごせいげん》の二名士を傘下に擁して、報道界を彩《いろど》った璽光尊《じこうそん》は、その常軌を逸した無軌道さに、われわれを苦笑させた。それは当時のすさみきった人心に、一抹の清涼剤の役を果たしたともいえる。

それに対して、この紅霊教の存在は、璽光尊にも劣らない影響を、一部の人士に与えていた。

その発祥は、遠くいまを去る、三十年のむかしにさかのぼる。

当時この八坂村の農民だった卜部舜作《しゅんさく》は、夢にふしぎな神託を得た。身に神々しい白衣をまとい、眼にもまばゆい光を放ち、髪をみずらに結いあげた、絶世の美女が一人、彼の夢枕に立って、このように口走ったという——。

「よいかな。よいかな。われは天照大神《あまてらすおおみかみ》なるぞ。ゆめゆめ疑うことなかれ。われ、なんじの信仰をめで、なんじにわれの力を託さん。この汚れはてたる濁世《じょくせ》に、光の道を開くべし。なんじの行くところ、われもまた行く。なんじの言うところ、われもまた言う。もろもろの悪を討ち、醜魂《しこだま》をはらいて、この世に神の国をば開け……」

これはそのまま浄書されて、紅霊教の神典として、厳重に保存されているといわれる。

当時三十三歳だった彼は、すぐその日から熱烈な運動を開始したのだ。

天照大神のことは、真偽も保証できないが、何かふしぎな力が彼を駆りたてたのか、彼にはその後、常識で想像できぬ透視力が備わってきた。

卜部の家の舜さんは、ほんとに、よう占いをしなはるぞや——。

こないだも、家の失せ物《うせもの》を、ようあてなすって——。

いつかこうした囁《ささや》きが、村人の口から口へとかわされていったのだ。

たしかに彼は、そのときは人間離れのした力に憑《つ》かれたらしい。失せ物や縁談などはおろかのこと、当人がどんなことを考えたのか、相手の心の中までも、ぴたりぴたりと言いあてたということだった。

このことは、たちまちにして、近郷の話題にのぼった。彼を訪ねて、身の上の相談に来る者の足もとだえず、あげくのはては、彼をかついで、ひと儲けする魂胆の山師連が、彼の門前市をなす始末だった。

彼としても、あの神託はたえず頭を離れなかった。もろもろの悪を討ち、醜魂をはらうそのために、彼は決然蹶起《けっき》した。どんな黒幕と結託したか——、私も残念ながらそこまで覚えていない。

しかしたちまち、彼の生まれた陋屋《ろうおく》は、堂々たる紅霊教の本山となり、東京の代々木《よよぎ》には、大邸宅の門前に、

「紅霊教関東総支部」

という大きな看板が掲げられ、通行人を威圧していたことは、私も子供心によく覚えていた。

組織の力というのは恐ろしいものである。彼のこの霊感は、それほど長くつづかなかった。だがしかし、無知蒙昧《もうまい》の大衆は、予言などじつはどうでもよいのであった。彼らはたえず、何か自分らのすがりつくものを求めてやまぬ。

最初は、手に載せた品物を指すように、はっきりとすべてのことを言いきった彼の言葉も、日を追ってぼんやりとした、あいまいな表現にぼかされたのだ。しかし信徒は、彼の言葉が神がかるほど、ありがたがって彼をあがめた。

そしてこの宗教の信条である「紅き真心」——これは決して、共産思想ではなく、国旗の日の丸か、血の色をかたどったものだろう——をもって、世界を光被《こうひ》しようと勢いたったのである。

卜部舜作は、舜斎と名を改めて、軍閥の走狗《そうく》となった。

私も高校当時、彼の著作を見たことがある。それは、かつての戦時中の報道部長、H大佐の演説の原本かと思われたほど……日本列島を拡大すればそのままに、全世界となってしまう。濠州《ごうしゅう》は四国《しこく》、アフリカは九州《きゅうしゅう》、米大陸は……あまりばかげてそこまで覚えていない。要するにそれは、日本の侵略思想の象徴だった。

したがって、戦時中、彼の力はまさに日の出の勢いだった。

戦《いく》さの前途を占うために、軍令部から幾人という高官が、たえず車を駆ったとか。日米戦の開戦も彼の言葉によったとか……そのような噂まで伝えられたが、堂々と彼は新聞紙上にまで、南京《ナンキン》の落ちる日を予言し、マニラ陥落の日を言いあて、しかも正しく言いあてた。

これが最後に、彼を没落させたのだった。

あの若き日の霊感が、ふたたび彼を訪れたのか。そしてふたたび、彼を見捨てて消え失せたのか。

彼はまさしく負け馬に賭けたのだった。戦局がしだいに不利に陥っても、彼の言葉は軍の言葉に輪をかけて、いよいよ強く高ぶった。

そして今度は、次から次へ、その予言は見事にはずれていった。

東京に空襲なしと言いきったが、東京はなかば廃墟と化した。代々木の紅霊教の広壮な大建築も、炎となって焼け落ちた。そのうえ彼の病身のひとり息子まで、焼夷弾《しょういだん》に直撃されて悲惨な最期をとげたのだ。

彼の残した最後の予言――それはたしかに八月九日、米国に稀代の天変地異がおこって、八月十五日に、連合国は無条件降伏を行なう、というのだったが、その結果は、いまここで述べるにも及ばぬだろう。

このようにして、紅霊教の輝ける歴史は終わった。もはや一人の信徒もなく、敗残の身を追われるように、卜部舜斎は世に残された三人の孫娘らと、生まれ故郷の八坂村へと落ちのびたのだ。そしてこの殺人事件がなかったならば、紅霊教の名は永久に、世の人の注意を惹《ひ》くこともなかったろうが……。


これがこの紅霊教の、広く知られた歴史であるが、私は個人的には、いっそう深い関心をこの宗団に寄せていた。それは、私の旧友である、卜部鴻一《こういち》のためなのだった。

彼は卜部舜斎の、世を去った妹の孫にあたる……私の一高《いちこう》の同窓であった。

私はそのころの挿話を一つだけ、諸君の前にお伝えしよう。それはある冬の夜のこと、寮の一室におこった事件である。

いまはどうだか知らないが、私の一高時代には蠟勉《ろうべん》という珍語があった。十二時になると、いっせいに電灯が消えた。ところどころの窓からは当時わずか九銭で売っていた大蠟《ろう》燭《そく》の光が流れる。蠟燭に照らされて勉強する——これが蠟勉。しかし諸君も、ちらちら動く蠟燭の灯で、蟻のように細かいドイツ文字を、二、三ページも読むというのは、いかに疲れる筋肉労働か、おわかりだろう。したがって蠟勉はいつのまにか、罪のない雑談となる。

そしてその夜は、おりあしく私の部屋に来合わせた、卜部鴻一を鴨《かも》にして、非難攻撃の火の手があがった。というのは、紅霊教が軍国思想を鼓吹《こすい》するのを、日ごろ苦々しく思っていた連中の集まりだから、その鬱憤が爆発したにちがいない。

「あんなもの、インチキじゃないか。予言なんて、当たるわけがあるものかい」

木島《きじま》という理科の生徒が、噛みつくように口を切った。

「そうだとも。それではわれわれの生存意義も、ないというものじゃないか」

法科志望の、丹生《にう》という文科生が、額に皺を寄せながら突っこんだ。

どこからか、隙間をもれてくる風は、たえるまもなく、蠟燭の炎にいどみ、彫りの深い卜部鴻一の横顔には、そのたびにふしぎな陰影が浮かびあがる。彼は語らず、大きな影がちらちらと薄暗い壁に躍った。

私は彼とわりあい親しかったし、これでは、彼も気の毒に思われたので、どうにかして助け船を出してやろうと思ったが、そのとき、彼のほうから閉じた眼を開いて言いだした。

「それでは僕の予言が当たれば……」

「僕たちも紅霊教の信徒となるよ」

二人の言葉は同じだったが、彼はその言葉を軽蔑するように……。

「それは、おそらくできないでしょう。木島さん。あなたは今年、列車事故で亡くなられるし、丹生さんは、まもなく戦死なさるのだから」

突き刺すような一言だった。その刹那、部屋の中には、凄壮《せいそう》な殺気があふれ、二人は、はっと拳を握りしめたのだった。

「それでは僕の運命はどうなりますか」

いつのまに、部屋にはいってきておったのか、神津恭介は私の背後に、音もなく立っているのだった。

「神津さんですか……」

しばらく死のような沈黙がつづき、やがてつづけた彼の言葉も沈痛だった。

「あなたは十年後に、犯罪捜査の方面で、おどろくべき名声を博します」

「そんなばかげた……僕は……君、数学を専攻したいと思うのに……」

卜部鴻一は、椅子を蹴たてて、彼の前へと立ちはだかった。

「僕の予言に、ぜったいに誤りはないですよ。いま一つ恐ろしい予言を申し上げましょう。あなたと僕の運命は、十数年後いま一度、火花を散らして交錯します。ある恐るべき犯罪事件を契機として……味方としてか敵としてか、それまでは僕にもいまはわかりませんが、いつかあなたも僕の予言に感心される日もあるでしょう」

一陣の隙間風に蠟燭《ろうそく》はまたたきながら消え去った。私たちは身震いしつつ、何か冷たい戦慄を感じたのだが……。

その後まもなく、その予言はみな、事実となってあらわれた。二人の死、神津恭介の犯罪捜査に示した成功と、そのときの予言はすべて、実現したといってよかろう。最後の一事をのぞいては……。

いやそれもたしかに実現した。私を、この「呪縛の家」に招いたのは誰あろう、卜部鴻一ではなかったか。そしてこの殺人事件の解決には、神津恭介と卜部鴻一は、二人とも重要な役割を演ずることになったのだから……。

十年の年月がいつしか流れ、私たちは犯罪捜査の方面で少しずつ有名になってきたのだが、恭介はその後いくども私にふしぎそうな言葉をもらした。

「松下《まつした》君、卜部君のあのときの予言は、ついに的中したね。木島君も死に、丹生君も戦死した。僕もまた思いがけなくこのとおり……。それでは彼の最後の予言も……」

ある朝のこと、私に一通の速達が到達したが、なにげなく裏を返した私は、思わずはっと飛びあがったのだ。墨痕《ぼっこん》も鮮やかになんとその名は——卜部鴻一。


松下研三《けんぞう》君。

長いことご無沙汰してしまいましたが、その後神津恭介氏を助けてご活躍の由、新聞紙上で拝見いたし、うれしく存じております。あのときの僕の予言も、これで実現したわけですね。

じつはどうしても、君の力を借りたいことが起こったのです。

僕はいま、大伯父や三人の又従妹《またいとこ》たちといっしょに、この八坂村——もとの本部へ疎開しました。大伯父もまたすっかり年をとってしまい、はなやかだった帰り来ぬむかしの夢を追うばかり——迷信にこり固まった、力の失せた老人にすぎないのですが……。

だが僕たちの血筋には、なにか知れない霊感が備わっているのでしょうか。このごろ僕はなにかしら、不吉きわまる予感を感じないではおられぬのです。

遠からずこの家に、何か不吉な出来事が、起こらずにはおられないでしょう。大伯父と三人の又従妹——それが奇怪な死を遂げる。そんな予感が日ましに強く、僕の心を揺さぶりはててやみません。

人の力の及ばない、眼に見えぬ恐ろしいあやかしが、この家に羽ばたいて近づくような、なんとも知れぬ不安なのです。

こんな予感をふつうの人に言ったところで、ばかにされ、笑われるのがおちでしょう。だが君ならば、そのことは笑わないでしょう。親身になって、相談にのってくれると思います。

ぜひ一度早急に八坂村まで、ご光来《こうらい》ねがえませんか。毎年一度の星祭りは、四日の後に迫っています。そのころになにか怪しい惨劇が……。

と、思うと僕の心も震えます。ただ君の来訪だけが、残された唯一の力……できるなら、神津さんをもお連れください。

くわしくは拝眉の節に。できるだけ早急においでください。

卜部鴻一拝

このようにして、私はただ一人、この八坂村を訪れて、紅霊教の本部の前に立ったのである。おりあしく、恭介は当時行く先も言い残さずに、飄然《ひょうぜん》とどこかへ旅行中だったから……。

そのむかし、大勢の信徒らが先を争いつめかけた寺院のような大建築——しかし、そこにはいま落魄《らくはく》の影が、静かにただよっていた。年月に黒光りする欅《けやき》の柱、それにも厚い埃が積もり、三間あまりの大玄関にも、履物一つ見あたらない。

この家をおおい包んでいるものは、ただ没落の影だけでない。なにか肌寒い、どこからともなく忍びよるあやかしの影、眼に見えぬ死の足どりが、私の背後から眼前へ、音もなく迫ってくるのではないか……。

この家に人の所在を示すものは、ただ静けさを破って流れひびいてくる、太鼓、鈴、銅鑼《どら》の狂わしい調べ、それにまじって、低いかすかな祝詞《のりと》のような、わけのわからぬ声だけだった。

私は玄関にかけられた小さな鐘と、その前に置かれてあった手垢のついた撞木《しゅもく》に気がついて、軽くそれを打ち鳴らした。

ボーン　ボーン　ボーン

大玄関の黒ずんだ障子が開き、十八、九の若い女が姿を見せた。細面《ほそおもて》の、なよなよとした痩せ型、黒い渋い模様一つない普段着が、かえって顔の病的な青さをひきたて、薄めに刷《は》いた白粉《おしろい》に、頰と唇との紅が映えている。

「どなたさまでいらっしゃいますか」

さすがに争えぬ歯切れのよい言葉。私はなにか自分の顔が赤らむような気がした。

「松下研三と申す者です。卜部鴻一君はおいでですか」

その刹那、彼女の頰も、彼岸桜の色に染まった。

「お待ちしておりました。どうぞお上がりくださいませ」

荒れはてた古寺に似た、黒ずんだ大きな廊下、それを歩いて、私は古めいた奥の部屋に通された。

「ちょっとお待ちくださいませ。いま知らせてまいります」

これもまた時代のついた白鷺《しらさぎ》の掛軸と、その前に白菊を盛った花いけ、何か知れない芳香が、床におかれた青銅の香炉から、ほのぼのと奥ゆかしくただよってくる。さすがにこの部屋は、塵《ちり》一つとどめてはいなかった。

「いらっしゃい。久しぶりでしたね」

廊下の障子をさっと開いて、卜部鴻一が姿を見せた。一別以来、七、八年にはなるはずだが、まるで一昨日別れたような、軽く親しい挨拶だった。

「どうもこのたびは。お元気ですか。しかしひどいよ。駅までぐらい出迎えに来てくれたっていいだろうに」

「いや、すまない、すまない。電報が遅れてね。やっといま着いたんだから……」

私たちは、この十数年の時間を逆行して、高校時代に帰ったような、慣れ慣れしい口のきき方をしていた。

「神津さんは……」

「あいにく旅行中。どこへ行ったか行方不明さ。これがこのごろあの人の悪い癖でね。僕もすっかり臍《へそ》を曲げたよ」

「そう言いなさんな。むかしから天才はなんとかと紙一重、と決まっているよ。ところで僕の手紙は、よく読んでくれたかい」

「それでこうして、ご光来したんじゃないか。だがほんとうかい。その予感というのは……」

「うん。眼に見える……一人一人と、この家の人びとが殺されていくのが……僕にはどうも、その凶行が防止できそうにもない」

「そういえば、ここへ来るとき途中で妙な男に会ったよ。三十五、六の、眼の鋭く光る、異様な風貌の男だったが。

僕がこの家を訪ねてくると言ったら、気味わるく笑いながら、今夜この家の娘が一人、『水に浮かびて殺さるべし』とわけのわからぬことを言ったが、君はその男に何か、心あたりはないかしら……」

「水に浮かびて殺さるべし……」

彼の顔は、薄暗い電灯の光に照らし出され、青白くぶきみにゆがんだ。

「松下君、その男だよ。僕がいま何よりも恐ろしいのは。あの男は……僕などよりもはっきりと、この卜部家に巻き起こる四つの殺人事件を予言しているのだが……それはかりではないんだよ。彼は四ふりの短刀を準備した。これで卜部家の鬼どもを、一人一人と命をとってやるぞと言っているんだ……」

「だって君。それには何か、はっきりした動機でもあるのかい」

「あの男はね、もとは紅霊教の門弟だった。この村の生まれで、やはり卜部と同じ姓なのだ。だがこれという、血のつながりはない。名は六郎《ろくろう》というのだが、以前にはこの教団で、相当の地位をしめていた。しかし素行がとかくおさまらず、酔ったあげくに、姉娘の澄子さんをものにしようとしたので、大伯父が激昂して破門した。こっちがよければ、なんということもないのだが、本家があいにく、この始末だろう。やっこさん、自分こそ紅霊教の正統であると言いだして、こともあろうにこの村で、加持祈禱《かじきとう》をやりだしたのだよ。それがまた、ふしぎによく効くと評判でね。図にのったやっこさんはついにむかしの恨みを晴らすと言いだしたのさ」

「そんならいっそ、警察にでも話したら」

「このへんの警察は、しごくのんびりしていてね……ことに彼は少し変だで通っているし、何か事件が起こらなければ、このごろはどうにも処置ができないのだよ。しかしその予言はね……『水に浮かびて殺さるべし』というのは、いったいどんな意味なのかしら」

聡明な彼の額に、なにかしらわけのわからぬ暗影が横切った。東大《とうだい》を病気で中途退学し、その後ずっと、紅霊教の本部で過ごしていたというが、節ばった細い指でさえ、女のようにしなやかに、肩の曲線もなんとなしに力が弱い。二つ三つ彼は大きく咳きこんだ。

私はなんだか彼の心配は、病人の根拠もない思いすごしではないかという気がした。

「ところで卜部君、体のほうは……」

「ああ、おかげでだいぶよくなった。こんな病気は、なかなかおりにくいからね」

「医者には診察してもらっているかね」

「うん。この村の菊川《きくかわ》という先生に、注射をしてもらっているが……」

「大事にするんだね。ところでご家族は」

「大伯父の舜斎、又従妹の澄子、烈子《れつこ》、土岐子《ときこ》の三人、それに僕の五人家族だよ。なにしろいまは、紅霊教も前の威勢はないからね」

「すると、いま僕を案内してくれたのは」

「あれが末娘の土岐子、今年ちょうど二十《はたち》になった……」

その声が消えるか消えぬうちだった。廊下から、お茶の道具を持って、ふたたび彼女が部屋へ姿をあらわした。顔色はさっきよりいっそう青く、両肩が悪寒《おかん》のように震えている。

「どうしたんだい。顔色がだいぶ悪いね」

「ええさっきから、なにかしら寒気がして、風邪かしら……」

突如として、その手から盆が転がり落ちた。熱い茶が、茶碗からこぼれて洋服の膝を濡らした。はっとするまもなく、それを追うように、彼女の体ははたりと畳の上に倒れ、両肩が大きく波を打っていた。荒い息づかい、かすかな悲鳴がつづいた。

はっとして、私たちは立ちあがった。

「土岐ちゃん、どうした。しっかりしてくれよ」

私はあわててその体を腕に抱き上げた。力なく首を落とし眼を閉じて、唇も色あせ脈も弱い……明らかに何かの中毒——。だが命には別状ない。

「大丈夫ですか」

「ええ、大丈夫と思うけれど。きっと何かの中毒だろう。お医者を早く……」

「松下君、君には……」

「僕はだめだよ。聴診器もない、薬もない。医者は医者でも、こんな場合には役には立たない。早く、ほかの人も呼んでください」

「いまご祈禱の最中なので……」

「そんな悠長な。払いたまえをやっている場合じゃないんだよ。なんでもいいから早く、洗面器と水と……ええ、誰か呼んで……」

さすがに彼もあわてて部屋を飛びだした。大きくあえぐと、彼女はまた畳の上に黄色い胃液を吐き出した。崩れた体が私の腕に重かった。

「土岐子、どうした」

鶴のように痩せ、白い顎鬚《あごひげ》を生やし、紫の衣をまとった老人が、部屋に姿をあらわした。高い頰骨、肉食鳥のような双眸《そうぼう》、鉤《かぎ》のように角ばった鼻柱と——これがあの紅霊教祖、卜部舜斎なのか。

「たいしたことはないようですが……」

「土岐ちゃんは、日ごろから信心が足りないので、こんなことになるのよ」

甲高い女の声だった。丸顔の目鼻立ちのはっきりした、二十五、六の堅太りの女。だが、その表情にはどことなく意地悪い陰険なところがあった。

「ほんとよ。いつも心がけが悪いからよ」

いま一人の女の声。それとともに、肩からつるした鈴が低くちゃりんと鳴った。

この女は二十三、四、祖父ゆずりの鋭い眼の光、だがなんとなく、眼に見えぬ世の幻を追うような憑かれた眼の色……この妹のあわれな姿さえ、彼女の心を動かすことはできないのか。

この女たちは巫女《みこ》の着るような白装束——これが水干《すいかん》というのだろうか。さすがに烏帽子《えぼし》はかぶっていない……。

「ノリキスノクゴウ、マツイラフウ、ユウジラフウノ、ギョウスイトウ……」

なにを思ったか、舜斎は骨ばった枯れ木のような両手を合わせて、わけのわからぬ呪文を誦《ず》しはじめた。

「キュウキンマツゴウ、ケッポウソウ……」

二人の孫娘がそれに和す。

私は呆然としていた。娘が、妹がいま眼の前でこうして苦しんでいるというのに……。

「卜部君、水を、洗面器を……」

彼女はふたたび、私の腕の中で大きく身もだえすると、血のまじったような橙《だいだい》色の水を吐いた。

「松下君。さあ水だ……」

卜部鴻一が、水と洗面器を持ってはいってきた。

「ありがとう。すぐ医者を頼む。応急処置だけは引き受けるから」

「では頼んだよ」

血相変えて部屋から走りでた彼は、つかつかと引き返し、私の耳に口をよせた。

「松下君、きょう会ったあの男のことだけは、誰にも話さずにいてくれたまえ。彼の話はこの家ではタブーなのだ」

私は彼の後ろ姿を見送りながら戦慄した。

——毒——

その考えが、電光のように私の脳裏に閃いたのである。

「キュウマクゴウダラ、キッケンキョウ」

三人の低い呪文はつづく。

この娘——土岐子に誰が毒を盛ったのか。しかもその苦悶をよそに見て、三人は冷然とこの祈禱をつづけているのではないか。

その犯人は、たしかにこの家の、棟の下に住むはず……しかも同時に、この家の外には、あの恐るべき予言者、卜部六郎が、四ふりの短刀を研《と》ぎすまして、じわじわと忍びよっているのではないか。

何もかも、すべて常軌を逸している。私にはこれが、とうていこの世の出来事とも思えなかった。だが、水に浮かびて殺さるべし、とは……。

いま一人の新しい殺人が、今夜この家に起こるだろうか。

氷のような戦慄が、思わず私の背筋を走り、その三人の低い呪文は、私の耳の中であの恐ろしい予言に変わった。

「あの家の棟の真下に、一夜を過ごしさえすれば、それは誰にもわかること。おまえさんでも二日もすれば、わななきながら、逃げださずにはおられぬだろう……」

私は、自分の腕に横たわる土岐子の、波のような身もだえに、恐るべき殺人鬼の意図を感じた。寒々としたその場の空気と、時を忘れた三人の呪文の声に、おどろしく迫りくる死の影を感じた。

第二章　水に浮かびて殺さるべし

はらはらと、私の眼の前の廊下に、一枚の銀杏《いちょう》の葉が散り落ちた。

なぜか知らぬが、このような鬼気迫るときと場合に、この一枚の黄色い枯れ葉は、いつまでも私の眼の底に、強く焼きついて離れなかった。

三人はなおも一心に、憑かれたような狂わしい高声で、あの奇怪な呪文を打ち誦《ず》している。手を貸してくれる者さえ一人もなく、勝手も知らぬこの家で、私はやっとのことで、応急の処置を終わった。

三十分も過ぎたころだろうか。卜部鴻一が、医師の菊川隆三郎《りゅうざぶろう》を伴って帰ってきたとき、私は初めて蘇生の思いがした。

私がもしありふれた、通りいっぺんの来客だったら、もうこれだけで耐えかねて、この卜部家から逃げだしていたかもしれぬ。だが犯罪学者の一人をもって自任している私の心は、またも激しい興奮におどった。私はもはやあの恐ろしい予言のことを笑えなかった。

菊川隆三郎は、三十五、六の貧相な開業医であった。もちろん理知の鋭さは、この眼から煌々《こうこう》と閃いてはいるのだが、顔の全体から受ける感じは、なんとはなしに醜かった。どことなく陰鬱な、たとえば寒い北国の冬の颶風《ぐふう》にさいなまれつつ、いじけて育った低い松――それが私の彼に対する初対面の印象だった。

彼は私に、軽くその場の挨拶をすますと、なれた手つきで、土岐子の瞼を返した。

「松下さんでしたね、あなたがいらっしゃっておられたおかげで、土岐子さんもたいしたことなくすみそうです。なにしろこの家は、みなさんこのとおりなんですからね」

最後の言葉だけは、低く私の耳に囁いて、彼はさっそく鞄《かばん》から、太い注射器を取り出した。

「とりあえず、強心剤だけ打っておきます。松下さん、手を貸してください」

鋭い針が、土岐子の右の二の腕の、裏の静脈に刺しこまれ、気を失ったその瞼は、ぴくりと私の眼の前で痙攣《けいれん》していた。

「もう大丈夫だと思いますが、お部屋へ床を敷いていただいて、私もしばらく様子を見ていましょう」

やっと安心したように、彼は口を開いた。

「先生、お願いします。しかし、いったいどうしたというのでしょう」

卜部鴻一のいぶかしげな言葉に、この医師の両眼は鋭く、強い近眼鏡の底で光った。

「私にも、まだはっきりしたことは申せませんが、医師として、これだけのことは断言できるのです。土岐子さんは誰かに毒を飲まされたのです」

このときまでは、私たちの言葉には、三人の呪文が無意味に伴っていた。だがこの一言に初めて三人もその祈りをやめた。

「毒……といいなさるか」

慄然《りつぜん》としてまず舜斎が口を開いた。

「そうです。どんな毒かは、いま少しいろいろなことを調べなければわかりませんが、たしかにこの家の中には、誰か恐ろしい陰謀を企んでいる人があるのですよ」

彼は鋭く言いきっていた。

「知らなかった。気がつかなんだ。わしはなにかの病気とばかり思っていて……」

「そこでご祈禱をなすっていたのですね」

皮肉な彼の答えだった。

「いや、菊川君、そんなことを言うものじゃない。わしがこうして、神に祈っていたからこそ、命は助かったのだ。人間の精神力というものは偉大なものだ。心を空しくして神に祈れば、体からは眼に見えぬ霊気が放射される。これに触れれば、万病一つとして、癒《い》えぬものはないのだよ」

「まあ、そのお話は、のちほどにいたしましょう。いまは私はなによりも、土岐子さんの容体が心配なのです。この人がよくなられたうえで、お説はゆっくりうかがいましょう」

舜斎の眼は激しい怒りで燃えていた。世が世ならば、自分の孫のような若い医師の、この失礼な一言は、一喝してしりぞけておったろう。だが落ちぶれたいまの彼には、それだけの力はなかった。彼はかすかな言葉を吐きながら、その鷲《わし》のような両眼を閉じた。

二人の娘の美しい顔にも、いまはおおえない戦慄が走っていた。

「あの人だわ――きっとあの人がやったのよ」

突然、澄子が甲高い声で口走った。

「澄子さん。あなたは誰のことを言っているんです」

「姉さん、それはいったい、誰なのよ」

私たちは四方から、澄子の口を見つめていた。いまにもその唇がほころんで、恐ろしい殺人鬼の名前を告げるのではないかと……。

しかし、澄子は答えなかった。

「ごめんなさい。つまらないことを言ってしまって……まだそんなことは言えません。なにもたしかな証拠もないのに……」

「澄子さん。言ってごらんなさいよ」

だが澄子の口を開かせることはできなかった。この二人の女は、相次いで部屋を出ていき、しばらくは冷たい沈黙がこの場を包んだ。

何かが起こる。今夜この呪われた一族には、恐ろしい惨劇が起こるにちがいない――。

神津恭介や兄といっしょに、これまでにもういくつかの殺人の場数を踏んだ私には、もはやその信念は動かなかった。いかにしてその殺人を防止すべきか――私は迷い疑った。いままでの事件では、私の信頼できた友人の中にさえ殺人犯人がかくれていた例もある。彼だけは……このような絶対的な信頼感が、私の眼を狂わせていた。今度こそ、今度こそ私でできるかぎりの手を打たねばならぬ。私は自分をここへ呼び寄せた、卜部鴻一でさえも、疑ってかからなければと考えた。

なによりもまず大切なこと――それはこの恐るべき犯人に、犯行の隙を与えぬことなのである。その正体はまだわからない。だがあのように、怪人卜部六郎が、自信に満ちて予断したのは、この家の内と外とに、冷酷な陰謀が渦巻いているのを示すものなのだ。私の頭の中には、とらええぬいくつもの幻影が湧きあがり駆けめぐってまた消え失せた。

澄子が帰ってきて床の準備ができたことを知らせた。私たちは土岐子の体を抱き上げて居間に運んでいった。日はすでにとっぷり暮れて、はるか彼方の奥多摩《おくたま》の山のほうから、飄々《ひょうひょう》と吹き寄せる烈風が、冷ややかに私の頰をかすめた。

「卜部君、こんなことが起こっているところをみると、今晩はぜったいに油断できないね。土岐子さんのほうはまず、危険を脱したと思うのだが、なによりも大事なのは、今晩このお嬢さんたちを決して一人にしないことだ。たえず誰かが見張りしていなければ危ないと思うが、君はいったいどう思うかね」

私は卜部鴻一の耳に囁いた。

「松下君。そのとおりだよ。ご苦労だが、ひとつ君にも力を貸してもらいたい。なにしろ大伯父はあのとおりだし、われわれが頑張る以外、方法はないんだから……」

彼の言葉も、なんとなく悲壮だった。

「少なくとも、僕にできるだけのお手伝いはするよ。ところで澄子さんの心あたりの犯人というのを聞き出せないだろうか。それさえわかれば万事はいっぺんにかたづくのだが……」

「うん、なんとか努力してみよう。だがあの人は思いつめると、あんがい口が堅いんでね……」

「ところでこの家の住人は、君たちの家族以外には……」

「吾作《ごさく》という、年をとった男がいる。しかしこの男は、口と耳が不自由で、風呂を沸かしたり薪《まき》を割ったり、水を汲んだりする以外、なんの役にも立たないんだ。

それからお時《とき》という、十八の下働きの女中がいる。掃除や洗濯、料理の手伝いなどをしているが、頭の働きは、いいとはいえない。

そのほかに、親類にあたる、幸二《こうじ》、睦夫《むつお》という兄弟が、この二、三日滞在している。いまちょうど、隣村まで出かけているが、まもなく帰ってくるだろう」

「その二人は、君たちとは、どういう関係にあたるのかね」

「僕の母の妹の子供で、僕とはやはり従弟にあたる……。兄のほうが三十五、弟のほうが三十三だが、二人とも東京に出て、小さな会社を二人で経営したりして、終戦後のどさくさで相当の金を握った……だがこの二人とも、猛烈な紅霊教の信者でね。いまだに夢がさめていない。そんなものだから、僕などよりも、大伯父のお覚えは、はるかにめでたい。しかしこれは僕の邪推かもしれないのだが、どうも彼らの信仰には、なんとなく陰の含みがあるような気がする。敵《てき》は本能寺《ほんのうじ》にあるように、僕には思われてならないんだ……」

「それ以外には……」

「猫一匹、いないんだよ」

この広大な館《やかた》に住む、わずか九人の人の影——その間には、人目に触れぬ葛藤が、深く根ざしているはずなのだ。私の目の前には、まだ見ぬ人の顔までが、恐ろしい姿をなして、手に取るように浮かびあがった。

舜斎と二人の娘たちの姿は、知らぬまにこの部屋から消え失せていた。

「松下君、すぐ帰ってくるからね」

なんとなくおちつきを失って、鴻一も部屋を出ていき、残されたのは、菊川医師と私の二人だけだった。

「松下さん、こちらへ参る途中で、卜部さんからうかがいましたが、あなたは警視庁の、松下捜査一課長の弟さんだそうですね」

二人きりになるのを待ち受けていたように、彼は早口にたずねてきた。

「そうです。兄をご存じですか」

「ええ、お名前はかねがね……あなたもまた最近では、神津恭介さんとごいっしょに、犯罪捜査の方面でご活躍中のようですね」

「いや、私はほんの助手なので……」

「あなたはこの家をどうお考えですか」

彼の追及は鋭かった。

「そうですね、まだほんの敷居をまたいだばかりですから、これということも申せませんが、なんとなく気味悪い、妖気に満ちているようですね。誰一人正気でなく、みながみな、なにかに憑《つ》かれているような……」

「そうなのですよ。この家の人たちは、紅霊教という幽霊にとり憑かれて、常軌を逸しているのですよ。紅霊教の奥義というのを、あなたはお聞きになりましたか」

「そんなにくわしいことは知りませんが」

「二千年前のギリシャ人と、同じ程度の頭は持っているのですね。この地上の万物はすべてみな、地水火風の四元素から成っているという単純な考え方なのです。たとえば金属というものは、地の一部である鉱石を、火で焼いて精錬したもの、それが風や水にさらされると、火の力を失って銹《さ》びて地に帰る。こんな素朴な考え方です。まあこれなどはほんの一例で、まだまだおもしろいこともたくさんあるのですが、それはそのうちに、あなたもおいおいおわかりになるでしょうから。ところで松下さん、あなたはこれをどうお考えですか」

彼はあたりを見回しながら、私に一本の水薬の瓶《びん》をわたした。

「これがどうにかしたのですか」

私は彼の真意がわからなかった。

「土岐子さんは、この四、五日、胃のぐあいが悪いといって、私のところへ通ってきているのです。これは私の投与した薬なのですが……」

「それではその中に……」

私は思わず叫ばずにはおられなかった。

「そうらしいのです。いまちょっと、なめてみましたが、ふしぎな味がしたのです。刺激性の……ぴりっと舌を刺すような……こんな処方は、私はしなかったはずなのですが、この薬は食前に飲むように話してあるのですから、もしかしたらこの中にでも……」

私たちは、思わず顔を見合わせた。

「先生、失礼ですが、お宅の看護婦が、処方を誤ったりしたという……」

「そんなはずはありませんよ。ごらんなさい。これは二日分で、私のところへ取りに来たのは、きのうの昼過ぎでした。同じ瓶の中の水薬が、三回分までなんともなくて、四回目から急に毒性を発揮してくる、というようなばかなことは常識でとうてい考えられませんよ」

「それでは誰かがその中に……」

「そうではないかと思うのですが。……松下さん。至急この内容を、大学なり警視庁なりへ送って、分析してみてはくださいませんか。私はこんな田舎の開業医ですから、試験の設備を持っていませんし、おぼろにある疑いは持っていますが、まだそれを口にすることはできないのです」

「承知しました」

私はその瓶を受け取り、彼からもらった絆創膏《ばんそうこう》をコルクにはりつけて、鞄の中に収めた。

「先生、あなたは、誰がこの毒を入れたとお考えですか」

むだな質問と思いながら、私はたずねずにはおられなかった。

「そんなことは、私にはわかりません。しかし常識で考えて、この家の中の誰かの仕業だとはいえるのでしょうね」

彼の顔は冷ややかにこわばっていた。

「しかし毒殺など、私は殺人方法としては、もっとも陰険な方法だと、いままでは思っていましたが、なんだか今度の方法は、少し間《ま》が抜けているようですね」

「ところが松下さん。この犯人にはおそらく、あの人を殺す意思がなかったのですよ」

この言葉はさすがに、私にとって大きな驚愕であった。かりにいま一つの殺人を計画しているとしたならば、それはこの家の人びとの警戒を呼びおこす、逆作用を演ずるにすぎないのではないか。

私の困惑した表情に気がついてか、彼は静かに言葉をつづけた。

「松下さん。これが計画的な殺人で緻密な準備のもとに行なわれたものだったら、即時に効力を発揮する毒物――たとえば青酸カリやストリキニーネを致死量以上に投入しておくほうがかんたんなはずです。それは決してむずかしいことではありません。それなのに、この毒物は薬の名前まではわかりませんが、作用の緩慢な、たいして効力の認められない毒物なのです。それから見ると、この殺人未遂は何かもっと恐ろしい犯罪の予備行為として行なわれたものではないかと、私には思われてならないのですが……」

その言葉は、私にもたしかにうなずけた。

「先生、私は一つ思いあたることがあるのですが……」

私は卜部六郎の、あの恐ろしい予言のことを物語った。

「あの男が、そんなことを言っていましたか」

彼はしばらく考えこんでいたが、やがて自分で自分の気持ちをごまかすように口を開いた。

「あの男は、まさに異常ですよ。そんな予言など、私にはたいして信頼できませんね。あんな男が、いくら人を殺そうと思って計画したところで、そんなにかんたんに実行できるものですか。それよりも私には、この家の中にみなぎっている異常な雰囲気のほうが、ずっと恐ろしくてならないのです」

「それであなたは、どうなさるおつもりですか」

「いま少し、土岐子さんの容体を見て帰りますが、その帰りに警察へ寄って、今夜のことを報告します。それが私の義務ですから」

彼の言葉は、はっきりしていた。

そのとき卜部鴻一が、一人の男を伴って部屋に帰ってきたのである。その男は三十五、六の中肉中背、ブローカーふうの眼のきょときょと動く、油断も隙もないような男だった。

「松下君、こちらがさっきお話しした、従弟の幸二君です。こちらは松下研三君」

私たちは眼を見合わせて一礼したが、私はその刹那、彼の冷たい眼に光る、蛇のような露《あら》わな敵意を感じた。

「土岐子さんが、毒を飲まされたって、けしからん。先生、どんな毒ですか?」

口ほどは内心興奮していない様子であった。煙草に火をつけながら、噛みつくようにたずねた彼の言葉に、医師は冷ややかに答えた。

「それはまだ私にも断言できません」

「そうですかね――」

なんとなくむっとしたように、彼は私たちのほうへむき直った。

「ねえ、鴻一君。こんな妙な事件も起こっているんだし、松下さんが聞かれたという、あの妙な予言のこともあるし、今晩は君の言うとおり、澄子さんたちから目が離せない。ひとつわれわれで十分警戒しようじゃないか」

彼の真意がどこにあろうと、その言葉には私も異存がなかった。

まもなく、夕食の準備ができ、私たちは食膳に連なったが、菊川医師だけは、まだ手が離せないとその場を離れず、私もあのような事件の後だけあって、ご馳走も喉を通らなかった。私は隣りにすわった鴻一に囁いた。

「澄子さんは、口を開いたかね」

「それがどうしても、言わないんだよ」

「そんなことを言っている場合じゃないよ。手をかえ品をかえて、もう一度口説いてみてくれたまえ」

「うん、頑張ってみよう」

私は、普段着のはでな和服に着かえて、給仕に出てきている、この姉妹のほうを見つめた。烈子のほうはともかく、澄子のほうは厚い化粧をほどこして、もはやなんの興奮も見せてはいなかった。意識的にか、無意識にか、澄子の話題はむしろこの場に似合わなかった。

舜斎は初めからそこに姿を見せなかった。食事がすむと、私はもとの土岐子の部屋に帰ってきたが、そこで菊川隆三郎が黙々と頭の濡れ手拭をかかえ、脈をはかっているばかり、その場に出された食膳には、箸《はし》さえつけていなかった。

「ずいぶんひどい待遇ですね」

ぼっとしたような、あまり器量のよくない田舎娘の女中が、ぽつねんとそこにすわっているだけだったから……。

「こんなことには、慣れていますよ」

彼は、唇をゆがめて、かすかに苦笑した。

「松下さん。あなたも、そろそろわかってこられたでしょう。この家族の者は誰一人として、自分のこと以外に、頭をむけている者はいないのです。孫や妹がこうして苦しんでいるというのに……異常者の集まりですよ」

私はうなずく以外、言葉もなかった。

「松下さん。こちらは私だけで十分です。もうしばらくしたら引き揚げますが、それまでは、むこうにいらっしゃってください」

そのとき、鴻一が私を呼びに来た。

「松下君、お風呂へはいってくれたまえ」

小ぢんまりとした浴室だった。脱衣場になっている二畳の板の間は、内側から錠がかかるようになっているのだし、浴室も中から錠がかかった。ずいぶん警戒も厳重である。おそらく泥棒の用心でもあろうか。

真新しい、檜《ひのき》の香も高い、小判形の浴槽で、私はゆっくりと疲れた手足をのばした。さすがに私もこのときだけは、いままでに相次いで起こっていた悪夢のような出来事が、やわらかな湯気とともに、跡形もなく空中へ消え失せていくような気がした。

「ぬるくはありませんかしら」

窓の外から女の……、さっきのお時という女中の声だった。

「ちょうどいい加減ですよ」

私はわれに帰ってまた浴槽に身を沈めた。

この家のぶきみな雰囲気が、私にあの刺青殺人事件のことを、なんとなく思い出させた。あの美女の胴体のない亡骸《なきがら》を、私が発見したのも浴室の中、それもふしぎな密室だった。私が実際の犯罪捜査に初めて手を染めたのもあの事件、天才神津恭介が颯爽《さっそう》と登場したのもあの事件が最初だった……彼がいま私といっしょにこの家を訪れたなら、彼はいったいどうするだろう。それよりも彼はいま、どこでこの秋の一夜を過ごしているのだろう……。

風が激しくなっていた。窓ガラスのがたんと揺れる音に、私はまた追憶を破られた。

私はそのうえ何も考えないで、早々に体を洗い浴室を出た。

私のあとには、幸二が、つづいて鴻一が入浴を終わった。舜斎は一番に浴《ゆあ》みをすませ、それから部屋へ引き取ったのだという。

それから澄子が立ちあがったが……。

「澄子さん、妙な話をするようですが、今晩はなにか変わったことが起こりはしないかと、僕たちは心配でならないんです。あなたがたを一人にしておきたくはありません。僕たちの一人が、いまあなたのお湯にはいっている間、脱衣場の外の廊下で見張りをしますよ」

鴻一がすかさず口を開いていた。

「まあ、どうしたって言うのよ。鴻一さんの予感なんて、当たってたまるものですか。そんなものものしいことをしなくたって、中から鍵をかけておけば、大丈夫よ」

「まあ、たまには僕の言うことも聞くものですよ」

彼としては珍しいほどの激しい語気だった。澄子はしばらく黙って私たちを見つめていたが、みなのただならぬ顔色に気がついてか、

「ずいぶん警戒厳重なのね。わたくしは土岐子ちゃんなんかとは違うんだから、そんな心配はいらなくってよ。でもみなさんが、そのほうがいいとおっしゃるんなら、幸二さん、あなたいっしょにいらっしゃってちょうだい」

と、ついにその言葉を聞き入れたのである。

それと同時に、菊川隆三郎がこの部屋へはいってきた。

「もう土岐子さんは、大丈夫のようです。私はそろそろお暇《いとま》したいのですが、松下さん、

あとはかわっていただけませんか」

私としても、その言葉は断わるわけにはいかなかった。鴻一と烈子をその場に残したまま、私たちは部屋を出た。私はもとの土岐子の部屋へ帰り、澄子たち三人の姿はむこうへ去っていった……。

土岐子は昏々と眠りつづけていた。もはや、危険状態は脱しているにちがいないが、珠《たま》のように光る大粒の汗が、その青ざめた蠟面のような美しい顔に浮かんでいるのだった。

何も耳には聞こえなかった。だが、私の第六感には、この森閑とした大きな邸の中に、何か知れない魔の影が、この刹那、音もなく忍び寄ってくるのが感じられた。

何かが、たしかに起こっている！

私は思わず叫びをあげようとした。そのとき突如として廊下を走る高い足音——。

私は思わず部屋を飛びだした。見ればそこには菊川隆三郎が、色青ざめて立っている。むこうの部屋からは、鴻一と烈子がこれも朽木《くちき》の色をして……。

「どうしたのです」

「いま私が帰りぎわに、便所にはいっていましたら、外でなんだか人の気配がするのです。どうしたのかと思って、窓から外をのぞいてみますと、黒い人影が見えました。風呂場の窓の外から、中の様子をうかがっている、黒い男の人影が……」

「吾作爺やではないのかしら」

喘《あえ》ぐように烈子が問い返した。

「違います。若い男の影でした。ひょっとしたら、あの男、六郎が……」

鋭い刃で貫かれたような、恐怖と戦慄にかられて私たちはものも言わずに、風呂場のほうへ走りだした。だが脱衣場の前の廊下には、幸二が平然とたたずんで、煙草をふかしているばかりだった。

「何か変わったことは起こりませんでしたか」

「いやべつに――」

彼の口元には、なにか皮肉な微笑が浮かびあがったように思われたが、私はそれを気にしている余裕はなかった。

「澄子さん、澄子さん」

「姉さん、姉さん」

私たちの呼びかける声にも、浴室からは何の答えもなかった。

「どうする?」

鴻一が青ざめて、こちらへふり返った。

「扉をこわそう」

私たちは興奮していた。

「よし!」

私たちは交互に体を扉にたたきつけた。めりめりと音がして、扉は大きく口を開き、私たちは相次いで脱衣場の中へ飛びこんだ。いつもの癖で、私はすぐに背後をふり返ったが、掛《か》け金《がね》はたしかにおりていたのだった。

だが、そこには、なまめかしい女の着物が、跡もしどろに、乱れ籠の中に脱ぎ捨てられているばかり、人影一人見えなかった。

「澄子さん！」

依然として何の答えもなかった。

脱衣場と浴室をへだてる仕切りのガラス窓、その上の一段は、ふつうの透明ガラスだった。私たちは、その場にあった空《から》のビール箱を踏み台にして、交互に浴室の中をのぞきこんだ。

澄子が……澄子が中で死んでいる！

湯槽《ゆぶね》の中に浸ったまま、右手はだらりと槽の外にたれ、軽く眼を閉じ、口のあたりに驚愕と苦悶の様を、ありありと浮かべながら……。

しかも湯槽の中の湯は、どす黒い紅の色に染まっているではないか。

私たちは慄然とした。何の言葉も、誰の口をももれなかった。どうすればよいのだろうか。私の神経はいまはまったく麻痺してしまった。

菊川隆三郎が、とたんに上着を脱ぎ捨てて、激しく扉に体をぶつけていった。私たちも後につづいた。二回三回とくり返すたびに、扉もめりめりと軋《きし》みはじめた。

だがそのとき――。

電灯が二、三度またたいて明滅したかと思うと、たちまち私たちは、あやめもわかぬ暗黒の中に取り残されてしまった。

停電なのか――しかもこのとき、こんな場合に……私はそのとき、眼に見えぬこの恐ろしい犯人が、背後で荒く喘いでいるような気がして、思わず全身をこわばらせていた。

闇の中から、おちついた医師の声だけが鋭くただよってくる。

「鴻一さん、便所の前に私の鞄が置いてあるはずですが、中に懐中電灯がはいっていますから、鞄ごととってきてください」

かちりと音がして、ライターの火がともった。そのゆらゆらと揺らいでいる豆のような小さな炎に照らされて、ここに居並ぶ人の姿はまるで悪魔のようだった。

何時間かと思われた、幾分間が過ぎ去って、鴻一の持って帰った懐中電灯に、扉はまるく白光のように鮮やかに浮かびあがった。

「松下さん、この電灯を持っていて」

菊川医師と幸二とは、ふたたび扉におどりかかった。息づまるような激しい興奮の後、私たちは浴室の中へなだれこんだ。

鍵は今度も内側からかかっていた。

「松下さん、脈を――」

鋭く迫る医師の声に、私はだらりと力なく垂れた右腕の脈をとった。たしかに――心臓の微動さえもなかった。

「電灯をこちらへむけて――」

私は光芒《こうぼう》を死体のほうへむけた。

菊川隆三郎は、職業的な勇気とおちつきを十分に発揮して、湯槽の中に、ワイシャツをまくり上げた、裸の両腕をつっこんでいた。

「これはひどい――」

しばらく中を探りまわしていた彼が、さすがに青ざめてふり返った。

「胸に短刀が……こうしてはおられません。手を貸してください」

私たちは手をあわせて、その生あたたかい、ぬめぬめした柔らかな死体を、湯槽の外へ引きずり出した。

人魚のように水に濡れて冷たく光る練り絹のような肌、白蠟《はくろう》のような左胸、豊かに盛り上がった乳房の下に、白柄の短刀が突き立てられ、べったりと赤黒い血潮が、また尾を引いて傷口を流れ出た……。

いかにして、この完全犯罪は行なわれたか。

二重に閉ざされた密室から、しかも監視の眼をかすめて、犯人はどのようにして逃げお

おせたか。だがそれよりも、

——水に浮かびて殺さるべし——

あの恐ろしい予言はついに実現したではないか。

戦慄に震える私の眼前には、狂えるごとき予言者、卜部六郎の悪魔の笑いが、映っては消え、閃いてはまた消え失せた。

外は時雨《しぐれ》となっていた。一陣の疾風とともに、激しい雨足が、ぱらぱらとこの浴室の窓をたたき、私たちの心を揺さぶって、また過ぎ去っていくのだった。

第三章　ラプラスの魔

森閑と静まりきった夜の空に、いずこともなく、ホーホーと梟《ふくろう》が鳴いた。

それにまじって、けたたましく狂ったように鳴きたてる犬の遠吠え——。

だがその声は、なんとなく寒々とこの場を包む悽愴《せいそう》の気を、いやが上にもかきたてた。

——水に浮かびて殺さるべし——

闇の中から、誰かが低く呟いた。その声は、たしか卜部鴻一だった。

「卜部君、電灯は、電灯は……いったいどうしたのかね。停電はこの村全部なんだろうか。それともここの家だけかしら」

これが私の口をついて出た最初の言葉、それにこたえて廊下から、

「ほかの家は、みんなついております」

低く震える女の声——さっきの女中、お時の声がした。

「卜部君、電灯をちょっと見てきてくれないか」

手燭《てしょく》をさげて、彼は廊下を歩いていく。黒い大きな影が一瞬、脱衣場の外の窓ガラス

におどったが、それもたちまち消え失せて、私たちは、背後にただよう暗い影を感じながらも、浴室の中に黙って立っていた。

五分……六分……。

息づまるような時間が過ぎていく。やがて電灯は、この酸鼻《さんび》をきわめた地獄風呂をぱっと眼の前に照らし出した。

スポットライトに、映し出された情景も、恐ろしい悪夢にちがいなかったが、いまあかあかと浮かびあがった光景は、あまりにも血みどろの地獄図絵だった。

この浴室の扉を破った瞬間から、プーンと鼻をついてきた生血の臭い――それがいま、湯槽からひきずり出され、流しの板に横たえられた妙齢の女の、一糸もまとわぬ死体から、やわらかな湯気にまじって、こみ上げさせるように迫ってくるではないか。

どくどくと、なおもゆたかな左胸の傷口から、流れ出てくる鮮血は、巨大な一匹の紅蜘《べにぐ》蛛《も》のように、胸から腹のあたりへと、いくつかの大きな枝をひろげ、水ににじみ、石鹸の泡にまじって、真紅の虹をただよわす。

さすがにわっとこみ上げてくる涙を袖で拭きながら、烈子は大きな湯上がりタオルで、死体の腰のあたりをかくした。

「松下君、ヒューズが飛んでいたんだ……」

ふたたびト部鴻一が、この場に姿をあらわした。その顔は、いまは幽鬼のように青い。

さあ、こうしてはいられない。すぐ活動を開始しなければ――。

私の頭の中で、何かがこのように叫んでいた。だが相次いで起こった怪事件に、私の神経も、いまはすっかり麻痺していた。

「卜部君、警察へ知らせを頼む」

さて、何から先に、手をつけたらよいのか……迷いながらも、そこは職業柄、私はまずひざまずいて死体をのぞきこんだ。

明らかに、心臓を貫いた短刀の一撃が致命傷だと思われた。この傷の様子から判断すると、犯人は澄子にごく近くまで接近して短刀を突き刺したと見るほかはない。

しかしそれでは、犯人はどのようにして、この密室に出入りしたのか。

その方法は――私はまず、流しの穴に眼をやった。だがそこには目の細かい網が張られてあって、ぜったいに糸や木片を流す余裕はないのである。

窓も内側から錠がおりている。しかもその外には鉄の格子がある。扉の上にも下にも隙間はない。もちろんどこにも、糸を通すだけの隙間さえない、とは言いきれないが、扉を通って出入りしたら、幸二に見とがめられずに逃げだすことはできないのだ。

私たちのいた部屋のほうからいって、便所と浴室と土間が一列につづいている、その片側には廊下、反対側は庭、そしてその廊下で幸二が見張りをしていたのである。

「幸二さん。あなたは何も悲鳴は聞きませんでしたか」

「いや、べつに」

彼の答えはぶっきらぼうだった。だが心には何を思っているのだろう。まだ私には、この男の正体がつかめない。

「それではこの人が、お風呂にはいってから、この廊下を通った人は……」

「そうですね……菊川さんが、便所にはいってあわてて飛び出してきたばかりです」

もちろん、便所と浴室の間には通路はない。だいいち、その間には、半間ぐらいの小さな物置がある。

「土間の焚《た》き口《ぐち》のほうには、誰がいましたか」

「わたしでございます」

おどおどしながら、お時が答えた。

「あなたは、ずっとその場を離れませんでしたか」

「いいえ……ぬるくございませんか、と声をかけましたら、少し焚いて、とおっしゃいましたので、薪をとりに、ちょっと外まで出たのですが、ほんのちょっとの間でございます。それからお風呂を焚きつけて……」

「その間に、外で誰も見かけませんでしたか」

「いいえ、見ませんでした」

この焚き口の土間は、廊下に出るのと、庭に出るのと、出口は二つしかないのだから、少なくとも庭のほうからは、誰も出入りしなかったということになるのである。

「幸二さん。あなたは澄子さんの声を聞きましたか」

「ここまでは聞こえませんでしたね」

「澄子さんがお風呂へはいってから、菊川さんが飛び出してくるまでの時間は……」

「十分ぐらいのものだったでしょう」

「菊川さん、あなたが便所にはいっている間の時間はどのくらいでした」

「まあ、二、三分ぐらいのものだったでしょう。べつに時計を見たわけではないので……」

「その前後に、失礼な話ですが、幸二さんのほうには、変わったことは起こっていませんでしたね……いや、お怒りになっては困りますよ。前の毒殺さわぎの一件もありますし、私はいちおうこの殺人の犯人が、ぜったいにみなさんの中にいないということを確かめておきたいのですから、正直におっしゃってください」

「べつに、これという変化には気がつきませんでした」

菊川医師の言葉にも、疑う余地はなかったのである。

さて私たちが彼の叫びを聞いて、部屋を飛び出したのは、九時五分すぎのことであった。

これで私の頭の中には、だいたいこの事件の輪郭が、おぼろに浮かびあがってきた。

八時五十分前後に、澄子が幸二と連れだって、この浴室の前まで来て、幸二をそこに残し、一人で脱衣場にはいって、中から鍵をおろし、着物をぬいで浴室に入り、やはり中から錠をかけた。この間の時間は、まず二、三分と見てよいだろう。

そのときまで、土間の焚き口のそばについていたお時は、浴室の中に声をかけて、その場をはなれ、庭に出て薪をとってきた。この間の時間はまず五、六分と考えられよう。

そのときには、庭には誰も人影は見えなかったのだが、それとおそらく入れちがいぐらいに、便所にはいった医師は、浴室の窓の外に、怪しい人影が動いているのを見たという。

結局、大ざっぱに見て、澄子はこの十五分の間に、生命をうばわれたのである。これはなんとしても、一つの恐ろしい現実だった。

ということは、言いかえれば、機械的な密室トリックは、いかなる人間にも、実行の余地がなかったことになるのである。

つまり犯人に残された自由な時間は、まず二、三分——長くて五分、これでは人一人殺して、鍵を外からかけるなど、とうていできるわけがないのだ。

これこそもはや、人間業の及ぶところではなかった。

ただ一つ、私にも気づいたことがあった。湯槽は窓のすぐ真下に横たわっていたことである。

廊下から侵入するには、二重の錠を破らねばならぬ。便所のほうから忍びこむにも二枚の厚板を通過せねばならない。物置はその後で、卜部鴻一の持ってきた鍵で調べたが、何年、人がはいらなかったかしれないような、厚い埃に埋もれて、ぜんぜん何の跡もなかった。

土間もだめ、とすると、残された最後の手段はこの窓に——見たところ、なんの異常も感じられないが、あるいはここに、なにか大きなトリックが施されたのではないだろうか。

このような考えが、次から次へと、断続的に私の頭をかすめた。筆にすると長いようだが、じつは数分間の出来事なのである。

「澄子……澄子……どうしたのだ」

廊下からあえぐような老人の声がした。黒い衣をまとった教祖舜斎が、この場に姿をあらわしたのだ。

正直なところ、私たちはいままでは、彼のことなど念頭になかった。この怪事件の突発に、すっかりあわてふためいたのと、どうせ彼を呼んできたところで、ものの役にも立ちそうにもない、という考えが、頭のどこかに、ひそんでいたのにちがいない。

「ごらんのとおり、誰かに刺し殺されて、亡くなられたのです」

菊川医師が、まず第一に口を開いた。私もさっきから気づいていたが、この医師の舜斎に対する言葉には、なんとなく軽蔑と嘲笑の色がひそんでいるのだった。

彼の気持ちもたしかに私にはわかるのである。自然科学の素養を持った人間には、このような神秘宗教、いわゆる邪教の教義など、愚者のたわごとにも思われるだろう。それにまた、このような小さな村の開業医などしている彼としたならば、紅霊教やその分派、ト部六郎などの加持祈禱で、自分の患者が一人でも減るということは、やはり一種の反感を覚えないではおられぬのだろう。

「それでは誰が……誰が、澄子を殺したと言われるか」

「それは私の仕事ではありません。ここにおられる松下さんや、警察の方の縄張りなのですから、私にはこれということは申せませんが、宇宙を見通すあなたのご眼力になら、この犯人の名を言いあてることなどは、なんの困難もありますまいに……」

「何を言われる」

炎のような眼差しで、舜斎は一瞬、この医師を見つめながら、聞きとれぬ言葉をいくつか呟いた。と思うと彼は、がばりと死体の上に身を投げて、さめざめとその場に泣き崩れたのだった。紅霊教祖の威厳も捨て、さっきまで身につけていた虚勢も忘れ、一人の裸の人として、孫娘の死体にかぶりついて、とめどもなくおいおいと泣きつづけている。

「澄子さんが、殺されたそうですね」

また一人、廊下で人の声がした。幸二の弟睦夫なのだろう。まだ経歴はよく知らないが教育や教養があると思えない。かつぎ屋か、裏町のマーケットにでもいるような小商人、一目見た印象はまずそんなところ――とかく戦後筍《たけのこ》のように群生した小会社の重役などには、そんなタイプが多いのである。

顔はよく兄に似ていた。算盤《そろばん》高い、世にすれたような、油断のできない感じ、その眼も、鉤のような鼻も、大きな口も気にくわない。にやりと笑って毒を盛るのは、こんな人間に多いのである。

きざっぽい桃色のハンカチで、額の汗と眼鏡を拭くと、彼はつかつかと、私たちの前へ歩み寄ってきた。

「いま途中で、鴻一君に会いましてね。警察へかけつけるところだというので、こうしてあわてて飛んできたのですが、これはどうも大変なことになりましたね。兄さん、誰がやったか、ぜんぜん見当はつきませんか」

「僕もずっと、この前の廊下で見張りをしていたんだが、どうしたのかさっぱりわからない。こんなばかな話があるかと言いたくなるよ……。

松下さん、いまちょっと思いついたのですが、澄子さんは、まさか自殺したのではありませんまいね」

自殺……そのような解決は、私も思ってもみなかったことなのである。そんな安易な……そんなばかげた……だが私は、もしかしたら、あまりにもあの怪人卜部六郎の予言に眩惑《げんわく》されすぎたのではないか。

「どうしてあなたは、そんなことを考えたのです……」

私は食いつくように、勢いこんで、彼にたずねた。

「だってそうでしょう。僕がこうして見張りをしていたんだから、廊下のほうから誰一人出入りができないんだし、窓から人間がはいるなど考えただけでも、ばかばかしい話ですね。すると結局、あの人が自分で、胸に短刀を突き立てたというほうが、ずっと理屈が通っていますよ」

「それでは……どうしてこんな風呂の中なんかで……」

「釈迦に説法かもしれませんがね、松下さん、私はこんなことを聞いたことがありますよ。いちばん楽な自殺の方法は、少しぬるめの風呂の中へはいって、動脈を切ることなんだそうですね。眼をつぶっているうちに、夢を見ているような気持ちになって、阿片《アヘン》に陶酔しているようにして死んでいくと、物の本に書いてあると言いますが、私も、もし事業に失敗して、自殺でもしなければならなくなったら、そんな死に方を選びますね……」

なんのため自殺説など持ち出したのか。それもたしかに一理はあるが、私は彼の言葉のそのかげに、邪悪な裏の含みがあるように感じられてならなかった。なんといっても彼はもっとも嫌疑の深い人間の一人なのだし、それにまた……。

そのときだった。狂ったように舜斎が立ちあがり、宙をつかんで叫んだのは――。

「見える。聞こえる。犯人の足どりが……それそこに……おまえたちは何も見えぬか、聞こえぬか。あの男が、六郎が、庭のどこかにひそんでいる。あれが澄子をやったのじゃ。自分の恋のかなわぬ恨みに……わしがせっかく、そのよこしまな心をたしなめてやろうと思ったのを仇に感じて……早く行かぬか。あの男をおさえぬか……」

私たちは思わず顔を見合わせた。だがこの老人は、手をふり足をふみ鳴らし、歯ぎしりしながら、狂ったように叫びたてる。小さな反響のよい浴室だけに、その声はさながら嵐の咆哮《ほうこう》のように私たちの耳を圧してひびきわたった。

「何しているのじゃ。早くあいつめの跡を追わぬか。おまえらが恐ろしいなら、わしが行くわ」

「おじいさま……」

飛び出そうとした舜斎を、烈子が必死にしがみついて引き止めた。だが、このような枯れ木にも似た老人に、どうしてこんな力があるかと思われるほど、烈子の体を引きずりながら舜斎は脱衣場を横切って、すでに廊下へ走り出た。

「松下さん、危ない、とめてください」

菊川医師も、さすがに顔色をかえ、呆然とかかしのように立っていた私も、はっとして、その跡を追って廊下へ走りだした。

どたどたと、檜の廊下をふみ鳴らし、ずるずると烈子の体を引きずって、舜斎は二間ほど走り去り、そこでぱったり力つきて倒れた。

「卜部さん……」

「管長……」

私たちはかけよって、その痩せた体を助け起こしたが、その胸はおさええぬ怒りに高く波打って、あえぎながらも、ののしっている。

「ばかどもめ、わしのことなど、どうでもかまわぬというに、早く、早くあいつを、さもないと逃げてしまうわ」

「まあそのように興奮なすってはお体にもさわりますし、いま鴻一君が、警察へ知らせに行っていますから、帰ってくるまで、お待ちになったら……」

「ならぬ、ならぬ、逃がしたらどうするのじゃ、跡を追わぬか。あいつめはほうっておいたら、わしや烈子も……」

「松下さん、すみませんが、誰かといっしょに庭を見てきてくださいませんか。こちらは私がいいようにしますから……」

菊川医師の眼くばせに、私はいい機会だと思ったので、お時に案内させて庭へ出た。

雨はどうにかやんでいた。激しい風が断雲をのせて、月のない夜空をかけり過ぎていく。とつぜん大きな流星が、黄金色の光芒を後に残して、彼方の山かげへ落ちていった。

薪をつんである小屋は、土間の入口からそれほど離れていない。いくら暗夜といったところで、小屋から薪を運び出すまでの間にこちらから犯人が、土間に出入りしたとは思えない。

浴室の窓から灯《あかり》はもれているが、その裏手はそれほど明るくなかった。私は借りてきた懐中電灯をつけて、あたりの地上を捜しまわった。だが――これはどうしたことだろう。

やわらかな土の上には、たしかに足跡が残っていた。それも男の、兵隊靴の……。

いま降りそそいできた時雨のため、その輪郭はいくらかぼけているが、その足跡は庭の生け垣の破れから、まっすぐにこちらへと進んできて、風呂場の窓の下に、立ちどまり、また元のほうへと立ち去っている。

それは、そんなに古いものとは思えなかった。とすればやはり誰かが、いまここに忍びよったにちがいない。菊川医師の見たように老教祖舜斎の直感したように、悪魔の呪いに胸を燃やしつつ、ここに忍んできたのだろうか。

「松下君……松下君……」

土間のほうから呼ぶ声がした。鴻一が警官たちと、家に帰ってきたのだろう。

その足跡の行方のほうも調べてみたいと考えたが、まあ不案内の私が、さわぎたてたりするよりも――こう思って私は、いちおう捜査を断念し、もとの廊下へ帰ってきた。

両腕を睦夫、幸二の兄弟におさえられながら、舜斎はまだ火のようにいきりたっている。それをおしとめて、菊川医師と烈子とがなにかしきりになだめていた。

その後には、鴻一が二人の警官と、一人の若い警部を連れて立っていた。

「楠山《くすやま》さん、こちらが僕の友人、さっきお話しした松下研三君。こちらは浅川警察署の楠山警部、この村の出身で、ちょうど家に帰っておられたので、お願いして来ていただきました。どうぞよろしく」

私たちは軽く会釈をかわしたが、そのときまたも舜斎が、狂わしく私に呼びかけた。

「いかがなすった。あの男は見つかったかな……」

「だめでした。しかし、たしかに足跡だけはありました。垣のむこうにつづいています……」

しばらくは死のような静けさがつづいた。だが警部はそれほど長くは待っていなかった。

「よし、それでは捜査を始めよう」

二人の警官を自ら指揮して、てきぱきした捜査が開始されていった。私も感心したほど要領を得た、水ぎわだった手順である。

私たちには、一人一人と、火の出るような激しい尋問がくり返された。だがそれによって、いかなる結果が得られたか、私にはとうてい知るすべもなかったのである。

そのうちに、浅川警察署から、警察の一隊が到着し、本格的な捜査が開始されていった。

私たちは、警官の護衛――というよりもじつは監視のもとに一室に集められて、話を禁じられ、膝をかかえてすわっていた。

「松下さん。ちょっと来てください」

一人の警官が呼びに来た。何事かしらと思って、その後について行くと、奥の一間に通されたが、そこにはさっきの楠山警部がただ一人、胡座《あぐら》をかいてすわっていた。

「松下さん、どうもさっきは失礼しました。まあどうぞこちらへ」

なかなか挨拶も丁重である。私はまた尋問かと思って、いくらか堅くなったのだが、

「いや、そんなに堅くならないでもよろしいんですよ。お名前はかねがねうかがっておりますし、お兄さんには、いつもお世話になっています。一度お目にかかりたいとは思っていましたが、どうもとんだ機会で……まあ、どうぞお楽に。煙草はいかがです」

如才のない、世なれた言葉に、私もすっかり安心して座に直った。三十七、八の、この畑としては相当の秀才らしい男だったが、その眼と口とを見ただけでも、剃刀《かみそり》のような鋭さが感じられた。

「じつはね。あなたにこうして来ていただいたのは、ほかでもありませんが、私たちはほんとうのところ当惑しきっているのです。誰の言葉が信用できるか、それさえはっきりしないのです。犯人も、外部の人物とも思えますし、内部の人物とも考えられます。それで公平で冷静な第三者の信頼できる証言がほしいと思ったわけなのですが、幸いあなたは、これまでにもういくつかの事件の場数を踏んでおられるのですし、お書きになったものを拝見して、正確な観察力と記憶力は持っておられるようですから、当局としても、あなたの証言を基礎にして、この事件をいま一度考え直してみたいと思うのです。一つ腹蔵《ふくぞう》なく、誰に対しても先入観は混じえずに、ゆっくりお話しねがえませんか……」

彼の言葉に力を得て、私はいままでの自分の経験を、率直に彼の前にさらけ出した。

警部はたえず、うんうんとうなずきながら、手帳にメモをとっていた。だが話が進んでいくと同時に、彼の額には深い縦皺が刻みこまれ、何かわからぬ陰影が、ちらちらとその頬をかすめたのだった。

「なるほどね……ずいぶんふしぎな事件ですね。私としては、初めて出会った怪事件ですよ」

彼はかすかに呟いていた。

「お役に立ちましたか」

「ええ、およそのことはわかりました。誰一人、あなたの証言と食いちがったことを話した者はおりません。しかしそれでは、この殺人はまったく起こりえないわけですね。

まあ、第一の嫌疑者としてあげられる者は、卜部舜斎、烈子、鴻一、それに幸二、睦夫の兄弟、菊川先生、女中のお時、それから卜部六郎ですが……」

「ずいぶん疑ってかかられるのですね。その中には、省いていいようなのも、だいぶあると思いますが……」

「いや、私はこうした場合、まず動機とか、感情とかをいちおう無視したうえで、数学的に計算をしていきます。殺人の動機など、実際には愚にもつかないことから起こるのがありますからね……私は、あなただけは完全に信頼してかかります。それで事件の発生したときに、あなたといっしょにおられた土岐子さんだけは除外しました。それから吾作爺やを忘れましたね……」

「その人には、いままで一度も会っていませんが、どこにどうしているのですか」

「二日前から胃痙攣の発作を起こし、自分の部屋で寝ているのです。これは仮病ではなさそうですし……しかしぜんぜん嫌疑を脱したわけではありませんよ」

「まあそれだけを、第一候補としましてね。その後をどういうふうに、ふるい分けしていくのですか」

「死体を発見したときに、いちばん初めに、というのは菊川先生よりも早くということですが、あなたが脈をとられたのでしたね」

「そのとおりです」

「たしかに脈はありませんでしたか」

「ぜったいに死んでいました」

「浴室の扉を破ったときから、血の臭いはしましたね」

「それもたしかに」

「つまり被害者は、あなたがたが侵入する以前に、刺し殺されたわけですね」

じつに手がたい捜査法である。飛躍はないが、このようにじわじわと網をしぼっていくほうが、実際の警察官としては、きわめて適切なのだ。

「そうすると、侵入の経路は、扉を通るか、窓を使うか、それともなにかの機械装置によって刺し殺したか、という三つの場合にわかれますね」

「なるほど……」

「第一に扉を通ったとした場合、これは幸二が犯人か、少なくとも共犯でなければなりません。第二に、もし機械装置で刺し殺したとしたならば、いちばん被害者の近くに近づいたことがわかっている菊川先生とお時が疑われることになりましょうね。第三に窓を使ったとするならば……」

「誰が怪しいのですか」

「残り全部なのですよ」

私はなんだか、彼の意図がよくのみこめなかった。だが考えてみれば、これはたしかに一理ある方法だった。つまり彼は、全容疑者を三つに分類したのである。それで犯罪方法の究明によって、その範囲を狭めていこうとしたのである。

だが賢明なる読者諸君よ。私はここで諸君に断言するが、この方法が正しいか、正しくないかはしばらくおいて、ぜったいに犯人は、機械装置で澄子を刺し殺したのではなかったのだ。澄子のすぐ近くまで近づいて、その胸に鋭い短刀を突き立てたのである。そして流れ出た鮮血がこの浴室を紅に染めた……。

その恐るべき方法は、天才神津恭介の出現を待って、初めて私たちの前に明らかにされたのである。

だがこんなことを言う私も、このときは決してそこまで知っていたわけではなかった。なるほど、機械装置で浴槽にはいった瞬間、胸をぐさりか、そうだとすると、恐ろしいことを考えだしたものではないか。危ない、危ない、私だってすんでのことで、機械の調子が狂ったら、水に浮かんで殺されたかもしれないなどと、よけいなことを考えてみたのだから、後で思えばまったくおめでたい話であった。

なおも警部の言葉はつづいた。

「ところで松下さん。この事件で私のふしぎでならないことが二つあります。どうして卜部鴻一は、殺人の予感がするなどとおどかして、あなたをこの家に招いたのでしょう。しかもあなたが着くか着かないうちにこの毒殺さわぎが持ちあがり、そしてその直後にこの怪事件が巻き起こったではありませんか……」

「善意に解釈するならば、彼が神秘的な直感によって、この事件をあらかじめ予測できたか、悪意に解釈するならば、彼が犯人か、少なくとも犯人の計画を、事前に知っていたろうということになりますね」

「どうも霊感だの予言だのというやつは苦手でしてね……いま一つは、どうして卜部六郎が、

——水に浮かびて殺さるべし——

と、奇怪な言葉を吐いたか、ということなのです」

彼もまた、恐ろしそうに眼を上げて天上を見つめた。ふたたび三たび、この予言は私の心の中に、死よりも恐ろしい戦慄を呼び起こさずにはおられなかった。

この男が犯人ならば、これはきわめてかんたんなことだ。しかし、もし彼が犯人でなかったならば、いかにしてこの殺人を的確に予言できたか——。

このようにして、この怪奇な第一の殺人は神秘宗教の迷路に陥って、早くも昏迷の色を呈してきたのである。

警部はそのとき手帳の上に、ある一行の文字を書きつけて、私に渡した。

「ラプラスの魔」

その文字に、私は思わずはっと固唾《かたず》をのんだ。それこそじつに、数学者ラプラスの仮想した異次元の世界の住人、瞬時にして大宇宙の極限から極限に移り、あらゆる障壁を透過し、あらゆる現象を事前に予測しうるという、奇怪なる生物にほかならない。

さてはこの楠山警部も、怪人卜部六郎を、この犯人に擬したのだろうか。

彼は悪魔に魂を売り、その代償として得た魔力によって忽然《こつぜん》と自らの恨みを宿す呪縛の家にあらわれて、白柄の短刀に犠牲の血をしたたらせ、また忽然と消え失せたのか。

耳をすませば、またも激しい疾風が木々の梢を揺すぶって、ひゅーひゅーと通りすぎていく。だが、その中にまじって聞こえるのは、自らの行く手に迷う澄子の霊の嗚咽《おえつ》ではないか、卜部六郎の狂笑ではないか——。

いや、それは何かにさわいでいる人のどよめき。その音はしだいにこの部屋へ近づいてきた。やがて襖《ふすま》が、がらりと開いて、

「警部殿、警部殿——」

大声に呼びかける警官の声。

「なんだね、どうしたのだね」

「卜部六郎が、家から姿を消しています。そして神棚に飾られた四ふりの短刀のうち、一ふりだけがどうしたのか、どこにも見えません！」

私たちはもはや発する言葉もなかった。かくして呪縛の家の私の第一夜は、初冬とは思えぬほどの、身を切るような寒さの中に、深々《しんしん》と更《ふ》けていったのである……。

第四章　悪魔の弟子

思えばこの夜はなんと恐ろしい、悪夢にも似た一夜であったことだろう。八名の住人と私と数人の捜査陣と、それだけの人の数をのみつくし、しかもなお人の気配をほとんど感じさせないほど、広大な廃墟のようなこの館、そしてまた、その中に魂を失った幽鬼のようにうごめいている、呪いに憑かれた人の影。

それはこの奇怪なる殺人事件にもまして、私の心に深く食い入って、離れようともしなかった。

だが長い夜も、いつしか音もなく明けはなれ、金色の雲のたなびく爽涼《そうりょう》の朝が、いまやこの家に訪れたが……。

一睡もせず、息づまるようにはやる心をおさえながら、一夜を明かした私たちの前には、いくつかの大きな仕事が横たわっていた。

夜明けとともに警視庁から兄の一行が、車を飛ばして、この家へ駆けつけてきた。蒸気機関車と呼ばれ、鬼松と恐れられた、精悍《せいかん》な兄の顔には、なにかしら得体の知れない憤《いきどお》りと怒りの影が宿っている。

「研三、また事件か。おまえはいったいおれたちの味方か。殺人犯人の共犯か——いつも道具に使われて……おっちょこちょいで、うろつきまわって、ほうぼうに首を突っこんでばかりいるから、こんなことになるんだ。おまえも殺人の共犯で送局するぞ……」

煙草の端を噛みつぶしながら、吐き出すようにものを言う、兄の言葉は鋭かった。

「松下君、なにも弟さんにそんなに怒らなくても……いつも大手柄をたててるんじゃないか」

別の車から降りたった、かねて顔見知りの三堀《みつぼり》検事が、鋭い眼をやわらげて、兄をなだめている。

「いや、手柄といったって、弟の力なんかじゃありませんよ。みんな神津さんの力。弟なんか、たかの知れた助手ですよ。では検事さん、まいりましょうか——」

一陣の疾風のようなどよめきを後に残して、兄の一行はそのまま大玄関から現場へはいっていった。私はただ一人腕を組んで、玄関先に残っていた。徹夜で疲れきった眼に、しみこむような朝の空……小鳥のさえずりを聞き、白雲の流れる様を眺めては、血なまぐさい事件など何一つおこらない平和な村と思われるのだが……。

「松下君……」

背後から肩をたたいたのは、卜部鴻一だった。一夜の興奮は、病弱な体には耐えかねたのか、げっそりとめだって頬の肉が落ち、眼の下には薄黒い影が残って、ただ薄い唇だけが、口紅をなすりつけたように赤いのだ。

「ああ、君かい。昨夜は疲れたろうね。せっかく来たのに、なんの力にもなれなくって、君にはほんとうに申しわけなく思っているよ」

「いや、決して君のせいではないんだ。われわれがすぐ眼と鼻の間に控えておったのに。堂々と、これほど巧妙な、こんな大胆不敵な殺人をやってのけるとは……これはとうてい人間の手では防止できる犯罪ではなかったよ。おそらく神津さんにも、それだけはできなかったろう……」

なんのために、あらためて神津恭介の名を持ち出したのか。十年前の予言といい、私をこの家へ呼び寄せたことといい、私には彼の真意がまだどうしてもつかめない……。

「ところで松下君、君にちょっと話があるんだが、ちょっとそこまで来てくれないか」

むかしはつめかける信者たちを相次いで迎え入れた、玄関番の控え室と思われるような、玄関脇の四畳の小部屋——お時と吾作の二人では、掃除も思うようにゆきとどかないのか、この部屋は、腰をおろすのも気持ちが悪いほど汚れていた。

「話というのは、いったい何だね」

「これから話すことは、この家の誰にも秘密にしてくれたまえ。ただ君のお兄さんや神津さんの参考になればよいと思って……ところで楠山さんのほうは、何かこの事件の手がかりを握ったかしら……」

「僕はよく知らないが、たいしたことはなさそうだよ」

私は鋭く彼の表情を見つめたが、彼の顔の上にあらわれているのは、不安と恐怖の色だけだった。

「じつはあのとき風呂へはいったのは、あの人の前には、僕が最後だった。楠山さんにも話したが、扉の鍵にもなんの異常もなく、短刀を突きだす機械装置など、どこにもなかったことは君に誓うよ。だが僕が風呂にはいっているとき、ふしぎなことがおこったんだ……」

彼はいったい私に、どんな秘密を物語るのか。私は固唾をのんで、次の言葉を待ったのである。

「初めてはいったときには、ちょっと湯加減が熱かった。お時に、熱いから水をうめてくれ、とどなって、水の出てくるのを待っているとき、窓ががたんと揺れる音がした。風や気のせいだとは思えなかったし、あんな事件のあった後だから、ふしぎに思って窓を開けてのぞいたが誰もいない。やっぱり気のせいかと思い直して、風呂へはいったが、ふと眼を上げて窓を見ると、曇りガラスを通しておぼろに映った人の顔……たしかに誰かが中をのぞこうとしていたんだ」

医師の言葉を裏書きするような、この恐ろしい一言をぽつりともらして、彼は激しく咳きこんでいた。

「僕はそのときはっとして湯槽の中から躍りあがった。窓に飛びついて錠を開けた……一、二分の間だったが、僕の心は激しく震えていた。だが窓を開いたときには、そこにはまたしても、猫の子一匹いなかった……。

君にそのことを、よほど話そうかとは思ったが、みなの前だったし、なんだか気がひけたので、そのときは黙って過ごしてしまったが、思えばそれがいけなかったね」

「どうしてそれを、そのとき話してくれなかったかなあ。まあ、過ぎたことはしかたがないさ。ところで君はそのとき庭の上の足跡までは気がつかなかったろうね」

「ぜんぜん気がつかなかったね」

私たちはふたたび深い沈黙にはいった。何かが、この言葉の中にかくされているような、かすかな疑惑が、その刹那、私の頭をかすめたが、それもはっきりした形をなさず、そのまま過ぎ去っていったのだ。だが、もしもそのとき、私がある一つのことに思いあたったなら……。

「研三、研三」

兄の声が玄関のほうから聞こえてきた。はっとして襖を開くと、そこには兄が、ポケットに手を突っこんで立っている。私の背後にたたずむト部鴻一に、いぶかしげな視線を投げながら……。

「ああ、そこにいたのか。この方は……」

「僕は卜部鴻一です。松下君の旧友で、わざわざこうして来ていただきましたが、とつぜんこんなことになって……」

「いやどうも、私が警視庁捜査一課の松下英一郎《えいいちろう》です。弟がとんだごやっかいになってすみません。あなたには、いずれいろいろおうかがいします。ところで研三。ちょっと来てくれ」

兄は私をそばに呼び寄せて、低い声で耳打ちした。

「じつは卜部六郎が、いま自分の家へ帰ってきたという情報がはいったんだ。楠山君がいっしょに行ってくれるというが、おれはここから手が離せないから、おまえがかわりに行ってみないか」

やはりなんと言っても、血を分けた親身の兄弟だけに私のためを思えばこそ、こうして言ってくれるのだろう。

「行きますとも……ちょっと待ってください。支度をしますから。卜部君、失礼」

食い入るように追い迫る卜部鴻一の視線を背に感じながら、私は玄関を飛び出して、楠山警部の一行に加わった。自動車はすぐ走りだした。

「いや、ご苦労さま……」

「お待たせしてすみません。しかし、あなたも大変ですねえ」

「いや、私はこれが仕事ですから……ほんとうのことを言うと、一昨日もちょっとした事件があって、こちらへ出張したんですよ。生まれた家が、この村なんで、ちょうど都合がよかったんです」

「どんな事件ですか」

「やっぱり殺人事件ですが、いやこれは、あなたがたの興味を起こされるような、むずかしい計画的な事件じゃないんです。馬喰《ばくろう》同士が酔っぱらって、出刃包丁をふりまわして喧嘩を始めたんですよ。犯人はすぐに自首して出ましたし、被害者のほうは、菊川さんのところへかつぎこまれて、手当てを受けたんですが、出血多量で死にました……戦争以来、この村もずいぶん人の気持ちがすさんでしまいましたよ」

「ところであなたは、紅霊教にどんな気持ちを持っておいでなんですか……」

「私の父のころまでは、この村は一家のこらず熱烈な紅霊教の狂信者でした。田舎の人間って単純なもんです。ことにこのへんの農民は……強い者、権力のある者には頭を下げて、ただ盲従するという気持ちと、あわよくば、この村も天理教《てんりきよう》や大本教《おおもときよう》の本部のように発展するかもしれないという功利的な気持ちと、この二つで、卜部家の一門といえば、神様のように崇《あが》められていたのです。しかし、いまとなっては、子供でも石を投げますからね。生まれ故郷だって予言者にとっては、決してあたたかい安住の地ではないのですよ……」

　車は朝のなりわいに忙しい村の中央を突っきって、小高い丘の麓《ふもと》についた。ちょうど私が、きのう卜部六郎にめぐりあって、予言を聞いたあの丘の下……曲がりくねった細い道が、赤土の露《あら》わに見える崖の下から、くねくねと丘の上の林の中に消えている。

「この上に、あの男の祈禱所があるのですよ。一尺でも高いほうが、それだけ天に近いのだと言ってね……」

車を降りた楠山警部が、小手をかざして、丘の上を見上げていた。

「しかしなんだってすぐ捕まえてしまわないんです」

「新しい法律のおかげですよ」

警部は苦笑していた。

「むかしなら有無を言わさずひっくくって、留置場に三十日もたたっこみ、その間にいろいろと証拠固めもできました。しかし今度の刑訴法では、四十八時間以内に送検しなかったら釈放しなければいけないんです。めったなことはできませんよ。ことにこの事件は、こんな難解な事件ですし……さあ、参りましょう」

ねばねばする赤土に靴をすべらせながら、私たちは丘の斜面をのぼっていった。道の脇の山肌には、ところどころに大きな穴が、ぶきみな深い口を開いている。

「危ないですよ。気をつけてください」

楠山警部が声をかけた。

「どうも道が悪くて、すべりますねえ。ところでこの穴はなんですか。穴居《けっきょ》民族の名残りですか……」

「まあ、そういったところですね。戦時中、ここに駐屯していた工兵隊が、めったやたらに穴を掘って、おかげで危なくってしかたがありません。真面目になって、地下工廠《こうしょう》でもつくるつもりだったんでしょう。さあ、むこうの木の間に見える家です……」

葉が落ちきって、庭箒《にわぼうき》のように、ばさばさと立つ疎林の中に、見えがくれする一軒の陋屋《ろうおく》があった。素人の手仕事ではないかとさえ思われるような、バラックのあばら家、たださこでも狂わしい呪文の声が、朝の野山の静けさを破って流れてくるのだった。

林の中を横切って、その家の正面に出ると、なんとこの十坪ぐらいのマッチ箱のような家の玄関先に、堂々と掲げられていたのは――、

「正統紅霊教総本部」

と、筆太に書かれた四尺あまりの大看板。

このような時と場合でなかったならば、私も腹をかかえて笑いださずにはおられなかったろうが……。

玄関先に立っていた一名の警官が、走り寄って私たちに囁いた。

「警部殿。卜部六郎は、三十分ほど前にこちらへ帰ってきて、その前からつめかけていた信者どもに、祈禱を始めだしました。手をつけるなとのことでしたから、黙ってほうっておりますが、私たちの顔を見ても、小ばかにするような薄笑いを浮かべて、なんの動揺も

ばっかしですね」

「木下昌子《きのしたまさこ》という巫女——千晶姫《ちあきひめ》とかいう名前だそうです。それからほかに五、六人、女見せません……」

「亡者はだいぶ来ているか」

楠山警部は、うなずいて家の中へ踏みこんだ。私たちもすぐその後につづいたが……。

玄関をはいったところは、十畳ほどの座敷だった。薄汚ない畳の上に、五、六人の中年の農家の妻らしい女が頭を下げている。その前に白装束で、緋の袴《はかま》をはき、幣束《へいそく》を捧《ささ》げて立った一人の女……二十《はたち》をわずかに超えたばかりと思われる、この切髪の面長の女は思ったよりも美しかった。だがその眼には、何かふしぎな凄気が満ちて……笹をかついで狂い歩く、能の白拍子《しらびょうし》とでもいうような、現代離れのした美しさなのである。

そしてその隣りに立って、黒いゆったりとした道服をまとい、怪しい呪文を唱えていたのは、それこそ私がきのうこの丘でめぐりあった奇怪なる予言者、卜部六郎だった。

白髪の老婆が一人、その前にぬかずいて、彼を三拝九拝していた。彼は祈りながら、その頭に触れ、肩を撫で、手にした御幣《ごへい》をさらさらと振るのである。私たちがはいってきたのにも、なんの注意もはらってはいない……。

その奥には、太い木の格子が組まれて、そのむこうに、白木《しらき》の祭壇が設けられてある。その両脇には、幾本かの色とりどりの幟《のぼり》が立てられ、香煙が縷々《るる》として立ちこめているのだ。神式とも仏式ともつかないような、混沌たる奥の院の装飾は、私の心を狂わすように迫ってくる。壁には、なんの意味も、美的効果もないような、赤青黄などの原色がべたべたとなすりつけられ、まるで現代象徴派のある一派の幻想画か、異常者の戯画を見るようだった。この中に長くおったら、紅霊教の信者でなくても、誰でも妄想にとらわれ、幻影におそわれずにはおられまい……。

だが私の注意を集めつくしたのは、その奥の院、祭壇の中央の三方《さんぽう》の上に飾られた、眼を射るような刃の光……その数はたしかに三本だった。

「あの左手に、錠のかかった、白木の扉が見えるでしょう。あの中が高天原《たかまがはら》なんだそうですよ」

楠山警部が、ひくく私の耳に囁いた。

そのときまでは、卜部六郎の口からもれてくる声は、私にはぜんぜん意味のわからない、断片的な呪語だった。だがとつぜん、その声は意味の通ずる言葉となった。

「……当年六十九歳の女。当年六十九歳の女。これまでのもろもろの罪咎《つみとが》の足腰に集《つど》い寄りて、いたずき悩み、叫びをあげて、罪を悔い許しを求む……さればこそ、くすしの業を司《つかさど》る神々に告ぐ。とく来たり、手をさしのべてこの痛み悩みを払い、すこやかな御魂《みたま》を助け、まが魂の……」

そのときだった。彼の言葉に感応するように、左手の机の上にのせられた、素焼きの壺の中にさしこまれてある榊《さかき》の枝が、人の手に触れたように、ぴくぴく動いたではないか。

「ああ、ありがたいことです。神様はお許しになっておられますぞ」

甲高い声で、傍らの巫女が、鋭い叫びをあげたのだ。老婆はおどろいたように汗ばんだ顔を上げて、眼前の榊の奇跡を眺めたが、救われたとでも思ったのか……、
天正紅霊大明神、天正紅霊大明神……。

ひくく呟いて、ふたたび白髪頭を汚れた畳の上にすりつけた。背後に居並ぶ信者の中にも、なにかどよめきが伝わって……。

「ワッハッハ、ワッハッハ……ずいぶんおかしな芝居だね……」

そのとき、楠山警部の哄笑《こうしよう》が、この家を揺るがすようにひびきわたった。

「あなたがたは、何を思ってここへはいってこられたのです。めっそうもない……ここは神域、あなたがたのような下界の不浄役人どもの、足など踏み入れるところではありませぬ。今宵にでも、神罰たちどころにたたりをなして、足はなえ、眼はかすみ、声はかれ……」

巫女は真っ青に顔色をかえ、血走った眼で、きっと警部を睨みつけた。

「もうたくさんだよ。そうしたら、ここへ来て神に祈る。そうすれば、この榊が動いて、神様が許してくださるにちがいないよ……」

警部ははっきりと言い捨てて、つかつかと信者の群れをかき分けて前に進み、榊をさし

た素焼きの壺に手をかけた。

「ばかめ、神意を恐れぬか。汚れた人間の手で、なんということをする……」

卜部六郎は、いきりたって、警部の腕をおさえたが、警部は、その手を振りはなすと、白木の台の角をめがけて、手にした壺をたたきつけた。木端微塵《こっぱみじん》に砕け散った破片の中から、姿をあらわしたのは、なんと十二、三センチぐらいの一匹の小さな鯰《なまず》であった。

「ワッハッハ。これが君のいう神様かい。とんだ手品の種明かし……もっとも鯰ってやつは、地震の神様なんだそうだから、榊を動かすぐらい、べつにふしぎはないだろうね。

みなさん、これでみなさんも、目が覚めたでしょう。これがこのインチキ宗教の実体ですよ。まあ鰯《いわし》の頭も信心からと言いますから、みなさんが何を信仰されても、私はなんとも申しはしませんが、きのう、家元の紅霊教本部に起こった殺人事件の容疑者として、私はいちおうこの男を取り調べねばなりません。みなさんは、お引きとりねがいます」

卜部六郎は、口から泡を吹き、眼を爛々と輝かせ、悪鬼のように憤《いきどお》っていた。

「貴様はなにをぬかすのだ。なんの理由でこのわしを……」

「そんなら君の昨夜の行動を説明したまえ」

「昨夜の行動……それは言えぬわ」

「ところが一方では、君の姿を昨夜現場近くで認めた者がいるんだがね……その短刀のあと一ふりはどこへやった」

「知らぬ。わしは知らぬぞ……」

「その一ふりが、君の予言、いや脅迫のそのとおりに、澄子さんの心臓に突き立てられていたことを、君は知らぬというのかね」

「なに……澄子が死んだ。殺されたのか。神意じゃ、天慮じゃ、フフ……」

またもぶきみに迫ってくる、あの恐ろしいかすかな笑い。

「その殺人を君はどうして事前に予測することができたんだ。さあその理由を聞かせてもらおう」

「………」

彼はなんとも答えなかった。楠山警部の眼くばせに、私は一歩進み出た。

「卜部さん、あなたは僕の顔を、まだ見覚えておいでですか」

「おまえさんは……ああ、きのうこのあたりで、道をたずねられた旅の人じゃな……」

「そうです。あのときはいろいろとご忠告をありがとう。なるほどあの家は、あなたの言葉のように恐ろしい家でした。あなたの言葉はごたごたに取りまぎれて、教祖にお伝えするひまもありませんでしたが、たしかにあなたの予言のとおり、澄子さんは、水に浮かんで殺されたのです」

かすかな微笑が、ふたたび彼の唇をかすめて、また跡もなく過ぎ去った。

「それ見たことか、神のお告げに狂いはないわ……」

「ところが、その神様が、あんがい鈍だったりしてね。いま一度聞こう。君がこの殺人の時間と方法を、これほど的確に予言した理由は何だ……」

「くどい。貴様たちのような俗人に、神の言葉が聞こえてたまるか……」

「俗人けっこう。神様のお告げもけっこう。だがいくら、君が神様の弟子だろうが、悪魔の弟子だろうが、地上に生きている間は、地上の法律に従ってもらおう。卜部六郎、職権をもって、君を卜部澄子殺害事件の容疑者として逮捕する」

「その理由は……」

「第一は、昨夜のアリバイが不十分。一方、現場近くでは君の姿を見た者がある。第二に、君は卜部家の一族を、一人一人生命を奪うと豪語して、四ふりの短刀を準備した。その短刀が、ここには三ふりしか残ってはいない。その一ふりの行方はどうした。第三に、君は神のお告げといって、この殺人の方法と時間を、完全に予言してみせた。動機もある。凶器もある。反証はない。これだけの根拠があれば、僕は職を賭し、生命をかけても戦うぞ」

「糞土《ふんど》の牆《しよう》は杇《ぬ》るべからず……やむをえまい。耶蘇《やそ》も十字架にかけられた。孔子も馬の尻を追った。予言者はいつの時代にも、石を投げ鞭うたれずにおかぬ者か……行こう」

彼は悠然と、私のほうへ一、二歩踏み出した。だがその瞬間、突如として、つんざくような叫喚《きようかん》が彼の喉から迸《ほとばし》り出た。御幣のように青ざめきった額からは、大粒の脂汗が珠《たま》のように流れ出し、唇はゆるんでだらだらとよだれをたらし、長い指はきりきりと、なにもない虚空を握りしめたのだ。がたがたと木の葉のように震えながら、彼は私の眼前にばたりと倒れた。はげしい痙攣が、全身を波のように揺さぶり過ぎ、畳のけばをむしって身悶えしつつ、彼は深い眠りへとおちていった……。

この間わずか一、二分、私たちがはっとして、その体を抱き上げたときには、いくら揺すぶっても、彼はどうしても目覚めなかった。

「どうしたのでしょう」

警部もさすがに不安の色を見せた。毒を飲んで、自殺したのかと思ったのだろう。私はひざまずいて脈をとった。異常に多い。まぶたを返すと、瞳孔はぼんやりと拡散している……。

「楠山さん。これはきっと癲癇《てんかん》の発作ですよ。さいわい舌は噛んでいないようです」

「なるほど、そうですかねえ。そういえば、たしかにぶくぶく泡を吹いていますな。これはいったい、何時間ぐらいつづくのでしょう」

「それは人によっていろいろ違いますがね。——数時間から、十数時間はつづきましょう」

「それじゃあ、その間は、なんにも尋問はできないわけですね」

「もちろんです。あすいっぱいは、少なくとも、ぜったい安静にしていなくちゃいけないでしょう」

「それは弱った。ここにこうしておくわけにもいかないし、警察の留置場じゃ病人の処置には困るし、あまり脅《おど》しすぎたのがいけなかったのかなあ……」

楠山警部もさすがに当惑の体《てい》である。私は見るに見かねて、助け船を出してやった。

「どうです。菊川さんのところへ入院させたらいかがでしょうか。あの人も商売仇で、ちょっとは苦笑いもするでしょうが。重大な容疑者を、このままほうっておくわけにはいきますまいし、手当てがよければ、あんがい早く回復するかもしれませんよ……」

「そうだ。そうしましょう。おい、君たち、すまないけれど、この男をかついで、自動車に乗せて、菊川さんのところへ運んでいってくれたまえ。世話をやかせる男だよ」

警部は安心したように、額の汗を拭きながら、私のほうにふりむいた。死骸のように青ざめて、硬直しきった六郎の体が、運び去られていった後には、警部と私、若い巫女、千晶姫だけが残された。信者たちは警官の手で、追いはらわれてしまったのである。

「君、あんまりびくびくしないで、素直に答えてくれたまえ。君はこの鯰のインチキは知っていたかね」

「はい……いいえ」

警部はつづいて、千晶姫——木下昌子のほうへむき直った。

「どっちだね。いや、われわれはなにもいま、こんなちっぽけなことを問題にしているわけじゃないんだ……殺人事件の犯人を、捕えさえすればいいんだから、かくさずに答えてくれないか」

「うすうす知っておりました」

「そうだろうね。ところで君は、ここへ通《かよ》いだして何年になる」

「一年半になりました……」

「もうそんなになったかね。変なことを聞くようだが、君はあの男と、何か関係——深い関係があったんじゃないか」

「……」

女は何も答えなかった。だがその瞬間に赤く染まった頰は、巫女という仕事を忘れ、ただの女に返ったその姿態は、明らかに口に出せぬある言葉を伝えているのだ。

「いや、もう答えなくってもいいよ。たいていこちらには見当がつく。ところでその間に、この男がいまのような発作を起こしたことは、何度もあったかね」

「はい、ときどき起こりました」

「最近は……」

「四、五日前でした」

「その前後に、何か変わったことは起こらないかね」

「あの、榊の動くのは、少し仕掛けがありますけれど、お告げというのは、ほんとうなんです。あれほどひどくはなくっても、ときどきぼうっとして、何かが憑《つ》いたようになって、わけのわからぬ言葉を口走っては、筆でいろんな字や模様を書き散らしてるんです」

「お筆先というやつだね」

「そう申しますが、きのうの朝も、やはりそんなふうに神がかって、何かの文字を書き散らしておりました。だがそれは……、

——今夜悪魔の娘が一人、水に浮かびて殺さるべし——

という恐ろしい一言でした」

「それを六郎は、気がついてから読んだのだろうね」

「はい……」

「それでどうした」

「今夜殺されるか。悪魔の娘が殺されるか。水に浮かびて殺されるのか——こう言いながら、笑っておりました」

「なるほどね……」

またも私の耳にひびいた、この恐ろしい予言の言葉——その背後に宿る事実の物凄《ものすご》さ。私はそのときの六郎の姿が、いま眼の前に浮かびあがるようにさえ思われた。

「ところで君は、昨夜この男が、どこへ行ったか知らないかね……」

「うすうす感づいています。恩方町《おんがたちょう》の若葉屋《わかばや》という料理屋を調べてください」

この一言に、警部はさすがに愕然とした様子であった。

「そんなところにいたというのか。よし、すぐ調べさせることにしよう。ところで六郎の靴と、残った短刀は、証拠として押収するよ」

「どうぞご自由に。しかし警部さん。あの短刀を本物だと思っておいでなのですか」

千晶姫の眼には、明らかに侮蔑の色が……。

「なんだと、あの短刀が、本物でないというのか……」

「銃砲刀所持禁止令とかいう法律が、このごろできたそうなので、神様にささげるご神刀だって、玩具の刀しか使えませんわ……」

「奥の院の鍵は……」

「そこにありますが、みだりに奥へ踏みこんで、神様の怒りを受けぬようになさいませ」

警部は一瞬顔色を変えて、三方にのせられていた鍵を、わしづかみにすると、格子戸を開いて奥の院へと踏みこんだ……だが三ふりの短刀をひっつかんで出てきた彼の顔には、明らかに失望の色がはっきりみなぎっていた。

「松下君、そのとおりだ。これは玩具、あの凶器とはぜんぜん違う。僕たちはまたしても、新たな迷路に踏みこんだ……」

警部は困惑しきったように、ポケットから取り出した煙草をくわえて火をつけた。

「君は昨夜はどこにいた……」

「苦しまぎれに、とばっちりが変なところに移りましたね。わたしは自分の家におりました。十二時ごろまで、お客が五人もありましたのよ……」

押しもならず、引きもならず、彼の顔にはまざまざと言いようのない動揺の色があらわれているではないか。だがそのとき、追いつめるように女の言いだした一言は——、

「あなたがたは、あの人をこんなに苦しめたりなどしてるより、もっと手近をお捜しになったらいかが……あの家は呪われた家、憑かれた家です。しかも獅子身中の虫が何匹も住んでいます。あの家はこの人とは敵同士なはずなのに、一昨日もあの家から、ある人がここへ訪ねてきたんですのよ……」

初めて認めた一条の光明に、警部の顔色はさっと変わった。

「その名を言え」

「わたしにはそれは言えません」

「どうしてなんだ……」

「わたしも名前は知らないんです。だけど、たしかに最近あの家に滞在している二人の兄弟の一人……顔さえ見れば、そのどちらかは、はっきり教えてあげますよ……」

第五章　エスカリオテのユダ

銀三十枚のためには、自分の仕えるキリストすら売った、エスカリオテのユダの血が、この兄弟の体内にひそんでいたか。

兄か弟かは知らないが、彼は何を目的として、卜部一家を仇とねらう怪予言者、卜部六郎のもとを、人目を忍んで訪れたのか。

この殺人がもし起こらなかったにせよ、それは自らの信仰する教祖舜斎への反逆ではないか。しかもその翌日、殺人の予言があり、そして予言どおりの殺人は起こった。

水に浮かびて殺さるべし——ファウスト博士の言ではないが、最初に「殺人」の言葉があったか。「殺人」の行為、いや「殺人」の意思があったか。

いずれにもせよ、この人物と卜部六郎とは、呪縛の家の内外に呼応して、この殺人を行なったもの、この来訪の目的がそれ以外に存在するとは、私にはどうしても思えなかった。

この巫女千晶姫は、整いすぎたほど端麗な顔にかすかな嘲《あざけ》りの色を浮かべて、それ以上一言も語ろうとはしない。神に仕える清い身で、汚れに満ちた俗人どもに口をきくのも汚らわしい、という様子だったが、楠山警部は早々に、女をうながしてこの家を出た。

空は高く、雲は白く、私の心は暗かった。気のせいか、疲れのためか、その朝は武蔵野の風さえなぜか冷たかった。

枯れはてた晩秋の山にこだまして、鈍くつたわってくる猟銃のかすかな響き。一匹の野鼠が、ちょろちょろと、熊笹の茂みを這い出して、おどろいたように丸い眼を輝かせ、私たちの前をかすめて、むこうの薄《すすき》の藪《やぶ》へ逃げこんでいった。

私たちは終始黙々として丘を下った。

卒倒した卜部六郎を、菊川医院へ送りとどけた自動車は、まだ麓へは帰っていない。煙草の火をつける楠山警部の手もかすかに震えていたのだった。私もまた、物見高い村人の眼が、あちらこちらの物陰から、射るように注がれるのを感じていた。

名状のできない神経のいらだたしさ。一刻も早く、この来訪者の正体をつきとめたいという興奮。待つ時間はひどく長かった。

やがて黒塗りセダンの車は、むこうの角を回ってこちらへ帰ってきた。

「警部殿、遅くなりました。やっこさんを先生のところへ送りとどけてはみたものの、先生がまだ帰っておられないので、それから本部へ回って、先生をお宅へ届けて帰ってきましたから、こんなに時間がかかってしまって……」

「なに、いいんだよ。本部へやってくれたまえ」

車はふたたび村の中央を横切って、紅霊教の本部へ着いた。ここにもまた、事件のことを聞きつけた村人の一群が玄関前に張られた非常線のまわりにひしめいている。だが彼らの日に焼けた、皺の深い素朴な顔に見られる表情は、同情ではない。驚愕でもない。とうぜん起こるべきことがいよいよ起こったかと、ただそれだけの色であった。

私たちが車を降りたったとき、人びとの間には低いどよめきが起こったが、事件の真相に無知なこの大衆は、この女を犯人とでも思ったのか——だがそれは憎悪ではない。憤りの声ではない。むしろ女を英雄として、凱旋《がいせん》の将として迎える歓呼であるように私には思われてならなかった。いや、一人の老人などは、一歩踏み出して叫んだのだ。

「ようやった。あん畜生など、死にくたばってしまえばいいに……畜生。今度こそ貴様の番だぞ……」

この一言は、村人のト部一家に対する気持ちを、そのままにあらわしていたのである。だが単に傷つき倒れた敗軍の将軍に対する言葉としては、それはあまりに酷に過ぎた。なにか割りきれない、得体の知れぬ不安を感じながら、私までぞっとして、石で追われるように、この家の大玄関をはいったのだ。

兄は表の一室で、おちつかぬ様子で私たちを待っていた。そばの灰皿の中には、半分吸いかけた煙草がすでに十数本——これが難局に直面したときの兄の癖なのである。

「どうした。六郎の尋問はできないにしても、証拠物件はあったろう……」

「それが一つも役には立たないんです」

楠山警部は一部始終を報告したが、兄はたえずうんうんとうなずいているばかりだった。

「鯰が飛び出したときの、その男の顔が見たかったね……」

こう言いながらも、兄はにこりともしなかった。

「いやご苦労さま。それでは二人の面通しをしよう」

「兄さん、こちらでは何か手がかりはありましたか」

たずねてもむだとは思いながらも、私はやはりそうたずねないではいられなかった。

「だめだ。ぜんぜん何の手がかりもない。風呂桶の血に染まった湯は全部流し出し、中を調べたが、機械装置などはありはしない。窓もだめ、扉もだめ。隙がないとは言えないが、短刀を投げつけるなど、もってのほかさ。ただ一つ動機の点が、少しはっきりしてきたようだ」

「というと……」

「こんな邪教は、一度勢力を得るが早いか、莫大な財貨が中心に蓄積されてくるもんだ。これは戦前だって戦後だって、変わりはないさ。ことにこの舜斎という男には、守銭奴《しゅせんど》の性格があると見えて、没落しきったいまとなっても、その蓄財は莫大なもの——東京の邸は空襲で焼け落ちたが、この家といい、この村の山林といい、財産税計算のときには紙屑同然で、また芽を吹いた株券といい、貴金属や宝石の類いといい……全部で時価にしたら、ゆうに数千万円に達するだろう」

「それでその相続方法は……」

「澄子に半分、残りを切半《せっぱん》して烈子と土岐子に。もし澄子が死んだら、その分は烈子に。烈子か土岐子が死んだらその分は澄子に……そして二人が死んだら、全部の財産は残った一人へ。これが舜斎の作った遺言状の内容だそうだ……」

私もうすうす予想していたように、澄子の死によって、少なくとも物質的に、直接利益を受けるものは、烈子と土岐子の姉妹だったのである。

これについては、私もいま少し突っこんで聞きたいこともあったのだが、尋問の準備ができたというので、とりあえずそれだけにしておいた。

千晶姫が隙見《すきみ》をするのに便利な一室が、その尋問にあてられた。女は楠山警部とともに隣りの部屋にかくれ、二人の兄弟は、私たちの前に呼び出されたのである。

事件の発展が、あまりにも急速だったため、私もこれまではこの二人をゆっくり観察している余裕はなかったが、この一人が少なくとも、卜部六郎と気脈を通じているとわかったからには、私も彼らを単なる並び大名としてかたづけることは許されなくなってきた。

兄のほうは、中肉中背、ただ骨組みはがっちりして、顔は太って、てかてかと脂ぎっていた。鼻は獅子鼻、唇は厚く眼だけが鋭く速く動く。けさも昨夜と同じ質のいい大島の和服を着こんで、さすがになんとなくおちつかなかった。もちろん殺人未遂と、殺人とは、同日の談ではないと言いながら、土岐子のときには彼はほとんど、何の興味をも見せなかったのに……。

弟のほうは、兄にくらべて、しごくおちつきはらっていた。縦縞の紺のダブルの背広はぴったりと体に合って、むしろきざっぽい印象を与える。いくらか痩せぎみで、眼や口はよく兄に似ている。縁《ふち》のない眼鏡をかけてはいるが、たいして強くはないらしく、しょっちゅう、かけたりはずしたりしていた。ただ兄と違うのは、舜斎にじつによく似た鉤のような鼻柱——これが卜部家に伝わる特徴なのか。

「私が警視庁捜査一課長の松下です。こんどは部下の者が別室でいろいろ失礼なことをおたずねしたと思いますが、このような怪事件ですから、あまりお気を悪くなさらないで、ひとつ気楽に、腹蔵ないご意見を聞かせていただきたいと思います……」

兄の調子はおだやかだった。

「あなたが香取《かとり》幸二さんですね」

「そうです」

「弟さんと二人で、香取商会という商事会社を経営しておられる……」

「ええ、そのとおりです」

「営業種目は……」

「べつにこれという……」

「するとブローカーとでもいうような……」

「まあ、そんなところです」

彼は額の汗をぬぐった。きっと営業面でも、何か身にやましいところがあるにちがいない。だが兄はそれにには深くふれなかった。

「あなたは紅霊教の信者ですね」

「ええ、父がこの宗派の幹部の一人で、私たちも小さなときから、そうした環境の中に育ちましたので……」

「それではここから破門された卜部六郎という男のことをご存じですか」

「もちろんよく知っております」

「最近会ったことがありますか」

「とんでもない！」

彼はまたハンカチで、脂ぎった額の汗をぬぐった。兄は焼きつくような視線をその額に注いでいたが、

「それでは睦夫さん、あなたにおたずねしましょう。あなたは卜部六郎にお会いになったことは……」

「あの男が破門されてからは、たまに道ばたで会っても、声もかけずに通りすぎます」

「お二人とも、いま言われたことに間違いはありませんね」

兄は鋭く念を押して、後ろのほうをふり返った。それを待っていたのか、一人の警官が襖を開いてはいってきて、兄の耳に低い言葉を囁いた。ユダの正体がわかったのだ。それは誰、兄の幸二か、弟の睦夫か。私は思わず汗ばんだ拳を握りしめていた。

兄は大きくうなずいて、弟の睦夫のほうへ開き直った。

「香取睦夫君。君の陳述には、だいぶ嘘がはいっているようだね。君はなぜ、道ばたで会っても声をかけない男のところへ、人目を忍んで訪ねていった。さあ、その理由を聞かしてもらおうか」

彼の顔も、さすがに一瞬青ざめて、肩で大きく息をつくと、じっと虚空を睨みすえた。

「そんな覚えはありません」

「まだそんな白々しい嘘をつくのかい。かくしたって、ちゃんとこちらは、生き証人をおさえているんだ。君があくまで白を切るなら、その証人を呼んで対決させようか」

「そんな証人など、あろうはずが……」

「木下さん、こちらへ……」

襖を開いてあらわれた千晶姫は、その刹那、燃えあがるような憎しみの眼を彼に向けた。と思うと、白足袋の足で畳をすって、すり足でこちらへ歩んでくる。上半身は微動だもせず、ただ足だけが地を飛ぶよう……私はその足もとから、むらむらと燃え上がる青白い殺気を感じた。

「この男です。あの日あの人のところへ訪ねてきたのは、この男にちがいありません！」

屍《しかばね》を短刀で突き刺すような、陰にこもった鬼気迫る声、睦夫の顔にも、いまは明らかに動揺の色がおおえなかった。

「この……裏切者め……」

「あの人のためには、かえられません」

冷ややかな、感情を持たぬ女の声だった。

「よろしい。君はそれであの男のところを訪ねたことを認めたのだね」

兄はとどめの一撃を与えた。

「…………」

「その訪問の目的を聞こう」

「もしかりに……僕があの……男の家へ行ったとして……それがいったいこの事件と……どんな……どんな関係があるというのです」

息はかすれ、声ははずみ、言葉はしどろもどろであった。

「それはこちらが判断するよ」

とつぜん彼は、血走った眼をすえて、兄に猛然と反撃した。

「松下さん。新しい法律によると、何人《なんぴと》といえども、自己に不利となる自白は強要されない、とありますね。僕はそのことについては、いま何も申し上げたくありません」

「黙秘権の行使というやつだね……」

兄はきりっと唇を噛んだ。

「君がこの殺人事件に、何も関係がないとしたら、そんな態度は社会に対する反逆——いや少なくとも、非協力的な行為だし、君の嫌疑が深くなってきたら、そんな態度は、君の心証をいよいよ悪くするばかりだよ」

「睦夫、おまえはほんとうに、あの男のところへ行っていたのか……」

この事実は、兄の幸二にさえも意外に思われたのだろう。弟のほうを見つめて、上ずった声で、彼はなじるように言いだした。

「そんなこと、兄さんの知ったことではありませんよ」

「でもおまえ……」

「いいんですよ。兄さんと僕との道は違っています。求めるものは同じでも、その方法はおのずから二つにわかれているのです」

無言のうちに、白熱の火花が、この兄弟の間に飛んだ。

「まあ、お二人とも、とりあえず引きとっていただきましょう」

兄がすかさず中にはいり、二人は露わな敵意を残しながら、警官に引き連れられて座を立った。

「いやなやつだね。あんな法律の生かじり……よし、いまに化けの皮をはいでやるぞ」

低い声で呟きながら、兄は二人の後ろ姿を、いつまでもじっと見送っているのだった。

座をかえて、取調べは俄然白熱化した。だが睦夫は依然として堅く口を結んだまま、どんな目的で、卜部六郎の家を訪ねたかは、一言も語ろうとしなかった。もちろんそれがわかっても、この事件の謎に対する直接の手がかりにはならないのかもしれないが、やっと認めた一筋のかすかな光――それも空《むな》しく空の彼方に消え去ろうとする……。

直接のきめ手は何もなかったのだ。あの足跡に合う靴も一つも発見できなかった。窓の外一尺ぐらいの土の上は、軒にそってずっとセメントで固められていたが、その上にもこれという痕跡はない。

ぜったいに殺人などの起こりえない条件のもとで、しかもこの惨劇は行なわれた。もしこれで、前の土岐子の毒殺未遂事件と、あのぶきみな予言がなかったならば、これはとうぜん自殺としか考えられない事件だった。いや、刑事たちの間にさえも鋭く意見は対立して、自殺説を主張する者も少なくなかったのだから……。

時が移るにしたがって、兄の焦慮《しょうりょ》の色はしだいに濃くなってきた。一言も口にこそ出さなかったが、兄のおぼろに求めていたもの……それは私には誰よりもよくわかったのである。

ああ、瞬時にして快刀乱麻《かいとうらんま》を断つがごとき天才神津恭介がもしもこの場に居合わせたら……。

新聞記者に対する兄の発表は、精細にして委曲《いきょく》をきわめた。この記事を、どこかの旅の空で眼にした神津恭介が、すぐにこの地へあらわれるのを、兄は心ひそかに待ち受けていたのではないか。

捜査は昏迷のまま夜にはいった。そして一行は空しく、この家を引き揚げることになったのである。

英米の法律によれば、ある家で犯罪、ことに殺人事件が行なわれたときには、その家に居合わせた人間は、自分の無罪を立証する義務があるのだという。日本の法律では、この点の考え方はいささか粗雑であった。ことにこの場合は、殺人に直接関係のありそうな行動をしたと認められるのは、一人としてなかった。だから実際問題としては、これ以上手は下しようもなかったろうが……。

睦夫だけは、浅川警察署に連行された。当局に残された最後の希望、それは睦夫―六郎の線をつなぐ関連性の究明と六郎の回復、水薬に混《こん》じられた毒物の入手経路の調査以外にはなかったのである。

ただ兄は出発に先だって、私に次のような一言を残したのだった。

「研三、おれたちはいったんここを引き揚げねばならないが……おれは決してこの事件を、自殺だなどとは思っていない。綿密に計画され、周到に実行された、完全犯罪の一つなのだ。このままではこの家には必ず第二第三の惨劇が起こる……これはおれの長年鍛えあげた勘がいうんだ。おれと違っておまえはこの家の招かれた客……十分注意してあらゆる秘密を探り出してくれ。楠山君はとうぶん自宅に待機してくれることになっている。おれも事が起こったらすぐかけつけるから……何か起こる。必ず何か起こるはずだ……」

私でさえいまだかつて兄のそのような困惑しきった顔は見たことがなかった。

こうして、呪縛の家における、私の恐ろしい第二夜は、始まった。夕食の席に連なる人びとも一語も語ろうとせず、砂をかむような味気ない食事……徹夜の疲労と空腹とに、体こそ綿のように疲れきってはいたが、神経だけは数千の針のように鋭くとがりつくして、空間にさまよう妖気の影さえも、とらえうるかと思われた。

死体が解剖のため持ち去られたので、葬儀の日取りさえまだ定まってはおらなかったが、菊川医師が夕方になって土岐子の容体を見にあらわれたほかには、弔問客も訪ねては来ない。このような一村の不人気を、いや村中の憎悪を集めている原因は、いったいどこにあるのだろう……。

だが夜にはいって、いま一つふしぎなことが起こったのである。

十時ごろ、自分の部屋に帰って、床の上に横たわった私は、頭の上で聞こえてくる、かすかな女の泣き声を耳にした。

疲労と興奮の後だったので、人びとは早くから床にはいっているはずだったが……。

土岐子はたしかに階下の部屋でまだ床についているはずだった。そのとき、そばの階段を誰かが足を忍ばせて上がっていく、あるかなきかの物音が……。

私もまた、本能的に、いつのまにか床から這い出していた。障子を音のせぬように静かに開き、広い廊下に人影の見えないことを確かめて、そっとその足音を追って階段の上がり口へと……。

途中の踊り場までは、誰の影も見えない。ただその上の二階のほうの階段が、みしりときしった。

ふつうなら、何も問題にするほどのことはなかった。だが、あのような恐ろしい殺人劇の後だけに……私の心中にひそむ、犯罪に対する猟犬に似た本能が、またも激しく私の全身を走った。

思わず知らず、私の足も静かに階段を踏んで、なにか眼に見えぬ手に引かれるように二階へと。

だが二階の廊下へたどりついても、誰の姿も見えなかった。勝手を知らぬこの家の中、複雑な迷路にも似た構造なのに、私はこれからどうすればよいのだろう。

「あの人は、そんな恐ろしい……悪事などする人ではありません。おじいさんがなんと言おうと、世界中の人がどうしようとあの人ではありません」

廊下に面した部屋の中から、甲高く聞こえてくる——それは烈子の声であった。

私は思わず全身をこわばらせた。

「では、なんのため、警察があの男を引いていったのじゃ」

追い迫るような老教祖、舜斎の声。

「それはなにかの間違い、誤解なんですわ」

「誤解と言うのか。誤りというのか。それは許せぬことはない。だが、わしにどうしても許せないこと、それはおまえも、十分わかっておるじゃろう」

「あの人が、六郎のところを訪ねていったことなんでしょう」

「紅霊教はまだ滅んでおらぬ。時が末世となっただけ……いつかはまた、日本を救うときが来る。わしの力が役立つときがやってくる。わしはまだ望みは捨てぬぞ。その日のためにも、裏切者はわしの家にはよせつけんわ」

「おじいさんはまだ、むかしの夢を捨ててはいませんのね。幸二さんが、おじいさんをちやほやしているのも、ただ姉さんとその財産が目当てでしたわ。あの男がほんとうに姉さんを愛していたかいないか——わたしにはそのくらいのことはわかります。それにまた、あわよくばおじいさんをいま一度かつぎ出して、自分が甘い汁を吸おうとするような」

「ばかな、おまえのような小娘に、わしの力がわかってたまるか……あの男は神の使者、あれの力でわしはまた、むかしの威勢をとり返す」

「おじいさんには、まだまだほんとうのことがわかっていませんのね。この生まれ故郷の村でさえ、わたしたちがどんなに苦しみどんな目にあわされていたか……姉さんも、わたしもずいぶん泣きました。それなのにまだ……」

「なんでもよい。おまえはいまとなっては紅霊教の奥義を伝えるただ一人、神のお告げを信じない土岐子などは、わしの孫と言うにはたりん。おまえが幸二と結婚して、この家の教えをいつまでも守ってくれ……」

「いや……ぜったいにいやですわ」

「烈子、おまえもか……」

それはブルータスに刺されたシーザーの最後の叫びにも似た、悲痛きわまる絶叫だった。

「教え……紅霊教がなんなのです。世に捨てられたおじいさんの気持ちを、傷つけたくないと思えばこそ、姉さんもわたしも、ずいぶんいままで我慢してきました。東京の生活も捨て、青春も捨て、いつまでこうした生活に縛りつけられねばならないんです。無限の力を持っているはずのおじいさんには、姉さん一人の命だって、助けることができなかったじゃありませんの……わたしもいまこそ夢がさめました。これでお葬式さえすんだら、わたしはいつでも、この家を出ていきますわ。

財産が、教えがいったい何でしょう。ああ、わたしは思う存分生きてみたい。十分に胸いっぱい、自由に息がしたいのよ……」

ここにもまた、教えに弓を引こうとする一人のユダがいたではないか。

ものをも言わず座を立った舜斎の気配を感じて、私は足音を忍ばせて階段をおりた。

頭の中で、しきりに何かが渦巻いている。いまもれ聞いたこの会話が、この殺人事件の失われた鎖の環の一つのような、あるいはそうでないような……とりとめもない思いだった。

この会話が、こんな深刻な話題でさえなかったら、私は二人に事を打ち明けて、足音の主の行方を捜していたかもしれないが、いまはそれほどの勇気はなかった。

形のない瞑想《めいそう》にとらわれながら、私はまどろむともなくまどろんでいた。だがそのとき、障子が静かに開いたのだった。

「誰ですか」

私はがばりと床の上に起き直った。

「あの、お客さま、わたしでございます」

声はたしかに、女中のお時だった。

「なんです。どうかしましたか」

「あの、菊川先生が、お客さまに大至急、お目にかかりたいと言って……」

なんだろう。彼が深夜この家を訪れてきたのは、いったい何が目的なのだろう。またも全身におそいかかってくる、未知の物への不安の影。

私は寝間着の帯を結び直して部屋を出た。

「どちらです」

「裏口でございますが……」

私はお時とともに、あの惨劇の跡を、扉の上にまだなまなましくとどめている浴室の前を通って、裏口へ出た。土間の上には菊川隆三郎が、オーバーのポケットに両手を突っこんで立っている。私の気のせいか、暗い土間の電灯のせいか、その顔もいつもより青ざめているようにさえ思われた。

「松下さん、今晩は、たいへん遅くお邪魔してすみませんが、今夜この家で、何か変わったことは起こっておりませんか」

「いや、べつに……」

「そうですか。それはよかった……」

彼は安心したように、ほっと大きく溜息をついた。

「どうしたのです。何かまた、心配になることでもあったのですか」

「松下さん……」

彼の眼は、強い近眼鏡の底で、異様な光を放ったのだ。

「あの男、六郎がいましがた、やっと正気に返ったのです。それで、あなたにお知らせしておこうと思って……」

「それはごていねいに……」

そうは答えてみたものの、私は彼がただそれだけのことを伝えるために、わざわざ夜遅くこの家へやってきたとは思えなかった。

明らかに彼はまだ何か私に話したいのだ。それが言いだしかねるので……。

ひくい声で、彼はそのとき言いだした。

「松下さん。私はあなたから、きのうあの予言のことを聞いたとき、そんなばかなことがあるか。異常者の妄想だろうと笑いました。ところがああした事件が起こってみると……私の不明を許してください」

「そんなことは、お詫《わ》びなさるにもおよびませんよ。私だって、半信半疑でいたんですからね。ところで菊川さん。あなたは何かまだ、私に話したいことがおありじゃないのですか――」

この医師は、私の問いに愕然としたように、大きく身を震わせた。

「そうです。言おうか言うまいかと、いままで考えていましたが、やっぱり申し上げましょう。私もだんだん自分のおさめた学問に、信頼の念を失いたくなってきましたよ。私の眼の前で、こうした奇怪な事件が次から次へと起こってくると……。

いや、こうして躊躇《ちゅうちょ》していないで、はっきり事実を申し上げましょう。あの男が眼をさまし、意識を取りもどしたかと思うと、彼はまた、恐ろしい予言をひくく口走ったのです。

――殺さるべし。悪魔の娘は殺さるべし。火に包まれて殺さるべし――

と、このような恐ろしい予言の一言を口ずさんだのですよ……」

第六章　恐ろしき毒

よもやと思った第一の予言はついに実現した。そしてその犯人も、犯行の方法も、深い疑惑の影に包まれ、なんの予断も許さぬうちに、またも第二の予言は起こった。

——火に包まれて殺さるべし——

その一言が、この深夜、私を訪れてきた医師の口からもれたとき、私は耳を疑った。マラリアの発作にも似た熱っぽい悪気《あくき》が、頭のてっぺんから足の爪先まで、じーんと私の全身を貫いて過ぎ去った。

菊川医師の顔色も、たとえようもなく真っ青だったが、私の顔色も、決してそれに劣ってはいなかったろう。

これは最初の予言より、さらに恐ろしかったといえる。第一の殺人も、予言の殺人未遂の後に起こったにちがいはないが、そのときは私たちにも油断があった。警戒がたしかにたりなかったのだ。

だが今度こそ——この犯人の跳梁《ちようりよう》は、断じてこのままに許すことはできない。

卜部六郎の前夜のアリバイについては、もちろん厳重な調査が行なわれていた。そしてあの巫女、千晶姫の言葉どおり、少なくともあの凶行の時間、午後九時の前後には、彼はこの村から一里も離れた恩方町の料理屋で、衆人環視の中で酒を飲んでいたことがわかったのである。

たとえその間に、五分や十分、席をはずしたことがあったとしても、彼はとうていこの家にあらわれることはできなかったはずなのである。

短刀も玩具、そのうえ完全なアリバイがあるとなっては、卜部六郎をこの第一の殺人の直接犯人として指摘することの無謀さは、誰にも明らかなことであった。

あの予言も偶然の一致だろうということに、当局の判断は傾いていたのである。そのために、彼はべつに監視も受けずに、菊川医師の家の一室に、そのままほうっておかれたのだった。

しかしこうして、第二の予言が起こったとなると……そしてまんいち、その予言がふたたび実現したとなると……。

いや、それはたしかに実現する！

あの第一の惨劇の、巧妙きわまる手段を眼にした私には、それは動かせぬ信念であった。

だが彼がもし犯人と気脈を通じていたとするならば、彼はなぜ自らの犯行の方法を暴露するような大言壮語《たいげんそうご》を吐くのだろう。

捜査当局に対する大胆不敵な挑戦なのか。いや、それはあまりにも無謀すぎる。とすれば、現在の科学では説明できない超自然の神秘な魔力を、彼は備えているのだろうか。

ふたたび三たび、なんともたとえようもない冷たい鋭い戦慄が、私の心におそってくるのだった。

このようなことを考えるとは、私もまた、紅霊教の亡霊にとり憑かれてしまったのではないだろうか。

妄想をふり捨てようとするように、私は無意識に頭へ手を持っていったが、見れば、いつのまにか、額はべっとりと冷たい汗に濡れていた。

「松下さん、私はこれでお暇《いとま》しますが、それではお二人に十分気をつけてあげてください」

立ち去ろうとした医師の言葉に、私は初めてわれに返ったのだった。

「菊川さん。ちょっと待ってください。まだ何も起こっていないと思いますが……君、お二人の様子を見てきて……それから、鴻一君を起こしてきてくれたまえ」

私は、そばにぼーっと立っているお時に、こう命じたのである。

卜部鴻一に対する私の気持ちも、決して割りきれたものではなかった。だがこのような場合、この家では彼以外に相談の相手はなかったのだ。

まもなく彼は、廊下のむこうから、寝間着姿であらわれた。よろよろと、力ない足どりで、幽霊のように顔色も青ざめていた。

私はかんたんに、彼にこの予言のことを話していったが、彼の全身は、いま小刻みにがたがたと震えている。

「卜部君、今度はいったいどうしたらいいだろうね」

「うん、困ったな……」

思いあまったように、彼はしばらく腕を組んで瞑目《めいもく》していた。だが、ふたたび口を開いたその言葉は、思いのほかにしっかりしていた。

「僕は今夜は何も起こらないと思うよ」

「どうしてだい……」

私は思わず彼の黒く熱っぽく光る二つの瞳を見つめた。

「菊川さん。卜部六郎は、なんと言っていたのです。その言葉をそのまま言ってください」

「殺さるべし、悪魔の娘は殺さるべし、火に包まれて殺さるべし——と、それを何度も、笑いながらくり返していたのです」

「松下君、それ見たまえ、今度は時間の限定がない。いつ殺されるとは予言していないんだよ」

その言葉は、ぎくりと私の胸にこたえた。きのう彼は私にむかって、たしかに今宵と予言した。そして今度は、その指定がないのだ……。

これはいったい何を意味するものだろう。今夜はその殺人は起こらないとでもいうのだろうか。それでは、今夜と昨夜と異なる条件は……。

睦夫が捕われの身ではないか。六郎自身も自由を束縛された体ではないか——。

私の頭には、何か一瞬閃《ひらめ》くものがあった。しかし、それかといって、今夜このまま放置しておくわけにはいかなかった。

「卜部君、君はそういうけれどもね、今夜だって、決して安全だというわけにはいかないよ。犯人はまだ誰ともわかっていないんだし、とりあえず二人のお嬢さんを、君と僕とで護衛して、菊川さんには帰りぎわに、楠山さんのところへ行ってもらおうじゃないか」

「君がそういうなら、僕にはもちろん異存はないとも。それでは土岐子さんのほうを君にたのむ。僕は烈子さんのほうを引き受けるから。それでは菊川さん、どうもいろいろありがとうございました。おやすみなさい……」

なにかむっとしたような調子で彼はむこうへ去っていき、私は医師に厚く礼を言って、土岐子の寝ている部屋へはいった。

かすかな寝息をもらしながら、すやすやと眠りつづけているように思われた土岐子は、とたんにぱっと眼を開いた。

「そこへ来たの……誰……」

「ああ、気がつきましたか。僕です。松下ですよ」

女の頬には、あるかないかの血の色が、ほんのりとかえってきた。

「松下さんですの。よかったわ。誰かと思ったの……なんだかとても恐ろしくって」

言葉遣いも、まだなんとなく苦しそうだったが、あのようなことのあった翌日としては、むしろ順調すぎるほどの回復ぶりであった。

「もうご気分はよろしいんですか」

「ええ、もうだいぶよろしいんですの。でも、どうしてこんなことになったんでしょう。何にも食べも飲みもしなかったのに……」

「しかし、お薬だけはあがったんでしょう」

「水薬ですか、いただきましたわ。それがどうして……」

「その中に、毒がはいっていたんではないかと思われるんです」

「毒……ですって！」

一度生気を取りもどした、その美しい顔はまたも死人のような色に……。

彼女は大きく身もだえして、床の上に起き直ろうとしていた。襟のあたりがちらりと乱れて、青白く透き通らんばかりの胸が一瞬私の眼の前にくっきり浮かびあがったが、まだ肉体の衰弱からは、十分に回復していなかったと見えて、また力なく体を倒した。大きく肩で吐息をつき、かるく眼を閉じ、小鼻のあたりが、かすかに震えていた。

衰弱の跡はありありとうかがわれるとはいえ、じつに美しい横顔だった。

その美貌が、あるいは私の心の奥底にひそんでいる、嗜虐《しぎゃく》性をむらむらと駆りたてたのかもしれない。

当局でさえ、土岐子の尋問だけは避けていた。もちろん昨夜の事件のことは、誰一人話しているはずはなかった。

この毒のことを話したことでさえ、私の言葉は医師の一人として無謀だったと言われるかもしれない。だが私は、それ以上のことを考えていた。私は土岐子に事のいっさいを打ち明けようとしたのである。

楠山警部も、私と土岐子だけは、嫌疑の中から省いていた。あの犯行が行なわれた瞬間には、私はこの部屋で、彼女の枕元にいたのだから、彼女がこの犯罪と関係のないことだけは明白である。

とすれば、第二の殺人の予言がすでに起こっているいまとなっては、いつまでも事件のことをかくしておくよりも、事の子細を打ち明けて、自分でも警戒させるほうがよいではないか。私だって常住坐臥《じょうじゅうざが》、いつでも注意を怠らないというわけにはいかないのだし……。

「澄子姉さんが……殺されたんですって！」

恐怖と不安と興奮とに、その全身は木の葉のようにおののいていた。見るまに、真珠の滴《しずく》のような大粒の涙が、美しい眼尻を離れて、枕の上を漏らした。

私は思わず暗然として眼をそらしたが、事すでにここに至っては、中途はんぱに放置するよりも、最後の最後まで、土岐子を追及してみる必要があるのではないかと思った。

「土岐子さん、いま一つおうかがいしたいことがあるのですが、澄子さんは殺される少し前に、あなたに毒を飲ませた人間に、心あたりのあるようなことを言っておられるのです。しかしそれっきり、その人間の名前を言わないうちに殺されてしまったのですが、あなた自身では、それにお心あたりはありませんか」

「そうですわね……」

ほつれ毛を乱したまま彼女の思いに沈むさまは、見るからに痛々しかった。

「わたくしたちは、あんまり仲のいい姉妹ではなかったんです。姉さんたちは、紅霊教の狂言者で、おじいさんにも可愛がられていたんですけれど、わたくしにはなんだか信用ができなくって……鬼っ子なんでしょうね。

澄子姉さんは、幸二さんと結婚することにきまってましたし、烈子姉さんは睦夫さんを愛していました。

そしてわたくしたちには、莫大な遺産の相続権があるんですものね……一人死ねば、それだけほかの人の得になるんですの。

しかし兄弟同士なのに、澄子姉さんは、とても睦夫さんを恐がっていました。なにか気の許せない、裏切りでもされるような気がすると言って……。

おかしなもので、烈子姉さんのほうは、幸二さんを非常に嫌っているのです。これでは、めいめい結婚したところで、その間がうまくおさまるのかしらと、わたくしも前から心配しておりましたわ……」

何の根拠もない、女の本能的な言葉だと言えば言えるが、しかしこれは、なにか昨夜からの事実で裏づけられている気がした。

「それからいま一つおたずねしますが、鴻一君が、こんな事件が起こりはしないかと心配していた理由というのは、どこにあったか――あなたには見当がつきませんか」

「あの人がどんなことを考えたか、わたくしにはよくわかりません。しかし、わたくしにもふしぎに思ったことが一つ……家で飼っていた七匹の猫が、一匹残らず、とつぜんいなくなってしまったのです……」

「その猫は、どんな猫でした」

「おじいさんの好みで、体中に白い毛一本生えてはいない、真っ黒な烏猫……それが一晩のうちに跡形もなく……」

私は思わず自分の背後を見まわしていた。どこからか、ぶきみな猫の鳴き声と、ばりばりと畳をかきむしる爪音が聞こえてくるような気がしたのだった。

「その猫がいなくなったのは、いつごろなんです」

「いまから四日前の夜、あの人があなたに手紙を書く前の日でしたわ……」

この事件の前に起こった七匹の猫の失踪、それは事件の本筋には何の関係もない偶然の出来事にすぎないだろうか。誰一人、私にこのことを話した者はなかった。

事件の進展に伴って忘れていたと言えば言えるが、よくも誰もこの重大さに気がつかかったと思うくらい、あとで考えてみれば、たしかにこの黒猫の失踪には、犯人の恐ろしい意図が完全に露出されていたのである。

卜部鴻一の言葉どおりに、その夜はなんのこともなく明けた。少なくとも、この呪縛の家には事もなく……。

二日つづいてこの不眠と緊張とに、私の体も神経も、いまは麻痺状態の寸前にあった。もしこれが犯人の神経戦術とすれば、それは完全に成功したともいえる。

私ばかりではなく、卜部鴻一も、楠山警部も、すっかりのびてしまっていた。警部は医師の報告を聞いて、さっそく卜部六郎の病室を訪ね、徹宵《てっしょう》尋問をつづけたのである。

しかし得るところは何もなかった。

このようにして、三日目は朝から、私は床に就《つ》いた。枕に頭が触れたと思うと、二日間の興奮と緊張とが、一時にゆるんで、私は昏々と深い眠りに陥ったのである。

それからどれだけの時間が過ぎ去ったことだろう。私はどこからか、自分の名前を呼ぶ声に、思わずはっと眼を開いた。日はだいぶ傾いている。枕元には、卜部鴻一が私の顔をのぞきこんですわっていた。

「松下君……よく眠れたかい」

「ああ、おかげでやっと元気になったよ。君はどうだい」

「僕もいままで寝ていたんだが……神津さんがもうじきここへやってくるよ」

神津恭介……その名を耳にした瞬間、私は電気にでも打たれたように、床の上にはねあがった。

「神津さんが……来てくれるのかい。卜部君、もう大丈夫だとも。もう何の心配もいらないよ」

私の眼には、われ知らぬ間に熱い涙が……。

刺青殺人事件以来、私の発表した、いくつかの事件の記録を読んでくださった諸君ならば、私のこのときの気持ちは、必ずわかってくださるにちがいない。

一高時代から数学と語学に、非凡の才を発揮し、推理機械と謳われたこの天才の、私は靴の紐さえ解くだけの資格はなかった。だが青春の熱と意気にあふれた三年の高校生活は、そうした理屈を超越した、心の友を何人かつくってくれるものなのである。

神津のような天才と、松下のように席次の下から数えたほうが早い男と、どうしてあんなに仲がよいのだろうと、悪口を言われながらも、私たちは兄弟のように、一高から東大医学部へ進学し、そして、ともに法医学を専攻した。戦争中に、二人とも軍医として外地にいた間だけは、やむをえぬ空白を生じたとはいえ、あの刺青殺人事件を契機として、私たちの間には、ふたたび、むかしにました友情がよみがえった。

幾度か生死を賭けた冒険をともにくり返した私たち……神津恭介はいまとなっては、私には何物にも換えがたい存在であった。

その彼が、いまここへ訪れてくるという！

これで事件も万事解決だと、私は安堵の胸をなでおろしたのである。

「卜部君、それはどうしてわかったんだい」

彼も静かに微笑していた。

「仙台《せんだい》のほうへ旅行していて、家へ電話をかけ、この事件のことを聞いて、おどろいて引き返したんだそうだ。いまお兄さんと、浅川《あさかわ》警察署に着いたそうだが、まもなくここへ来られるからと、この村の駐在所へ電話があったのだとか……」

私は彼の言葉の後半は、ほとんど聞いていなかった。そのとき玄関に、自動車の警笛が聞こえたのである。

私たちは、息せききって、大玄関へ飛びだした。黒塗りセダンの車がとまって、兄と楠山警部につづいて姿をあらわしたのは、まさしく神津恭介だった。

いま山の端《は》に落ちんとする、秋の夕日を半面に浴びて、その白皙《はくせき》の横顔は、ほのかにぽっと赤らんでいた。すらりとした長身をきちんと身に合った紺の背広に包み、鼠色のソフトを手にとって、この家の屋根のあたりを見上げる眼は、すべてを見通すような強い光に輝いて……きれいに整えた髪の毛が二、三本、広い額に乱れていた。

「神津さん、お待ちしていましたよ」

「よくいらっしゃってくださいました」

私たち、二人の声は同時だった。

「ああ松下君、どうも今度はご苦労さま……卜部君、もうお体はよいのですか」

その口もとには、いつものように、静かな微笑が浮かんでいる。自信に満ちた、颯爽《さつそう》たるその姿を見るだけで、私はいままでの不安も心配もどこかへ霧散《むさん》していく気がした。

「さあ、神津さん、それでは現場をごらんになっていただきましょう」

兄が恭介をうながして、先に立った。

「では、松下君、失礼するよ。君とはあとでゆっくり話したいことがあるから、しばらく卜部君と、ここで待っていてくれたまえ」

かるく言い捨てて、三人は玄関から、奥のほうへと消えていった。

どことなく、恭介の態度は、いつもとは違っている……いつもなら、私にもいっしょに来いというのだが……。

私はそのとき、はっとあることに思いあたった。卜部鴻一——その存在が、彼にある影響を与えているのだ。そのために、私たち二人をここへ残したのだ。

だが鴻一の顔には、いつもより血の色が濃くさしているだけで、何の不安も動揺も、私には認められなかったのである。

しばらくたって、三人は何か囁きながらこちらへ帰ってきたのだが、神津恭介の鋭敏な顔にも、どことなく、不安の影がただよっている。

「では神津さん、私はこれで失礼します。何か事件が起こりましたら、楠山君のほうへ連絡をどうぞ」

「どうもありがとうございました。では卜部君、今晩はここへ泊めてくださいね」

「どうぞ、こうしたごたごたの中ですから、なにもおかまいはできませんが、ごゆっくりお泊まりください。松下さん、あなたはお帰りですか」

「ええ、浅川まで帰ります。では、研三、よろしくたのむよ」

私のほうへいたわるような視線を投げて、兄と警部は車の中へ……自動車はまもなく、迫りくる薄闇の中へ姿を消した。

「卜部君、どうも今度は大変なことになりましたね。あなたとは、あとでゆっくりお話しするとして、とりあえず、松下君といろいろ打ち合わせをしたいと思います。どこかお部屋を貸してください」

「どちらでもお好きな部屋を……」

「なるたけ大きな部屋がよろしいですね」

「それではこちらへ……」

私たちが通されたのは、玄関から右に曲がったところにある、八十畳ぐらいある大広間だった。もちろん、ここもまた、なんとなく埃っぽい臭いがむっと鼻をついたが、恭介は何も意に留めていないふうであった。

「ここでけっこうです。あとでみなさんに紹介してください。それから誰もよこさないように……」

彼の姿がむこうへ消えていくのを待って、恭介は強く私の腕を握った。

「松下君、大変だったね。ずいぶん苦労したろう。しかしまだまだ油断はできないよ」

「神津さん。まだあなたには、犯人の名はわかりませんか」

「僕にはあいにく、卜部君のような予言の力がないからね……まあ、とりあえず、君の話を聞こう」

時折りかるくうなずきながら、恭介は私の言葉に耳を傾けていた。しかし私の物語が終わったとき、彼は心の中の不安を払いのけようとするように大きく全身を震わせた。

「じつにふしぎな事件だな。まるでこの家の建物のように、漠《ばく》としてなんの急所もつかめない……まず毒だ。密室の殺人だ。それに玩具の短刀に、黒猫の失踪と……一見なんの意味もない、ばらばらの事件のように見える。この全体を貫く糸が、僕にもなかなか発見はできない」

「それで警視庁の捜査でも、何か変わったことはわかりませんでしたか」

「澄子さんの死体を解剖した結果、死因はやはり心臓の刺傷だろうということになった。そのほかの死因は、何も発見できなかったらしい。それから、あの水薬の中に混入されていた毒物の内容が検出された」

「その毒の名は……」

「エメチン……それが一回分、〇・一グラム。決して致死量ではないよ」

エメチンといえば、諸君もご存じのように赤痢の特効薬である。ただふつうの場合、一度に〇・一グラムを嚥下《えんか》しては、猛烈に嘔吐を催して、昏睡状態に陥るが、それかといって、決して生命にかかわるほどのことはない。

しかし、恐ろしい毒物の使用法であったといえる。青酸カリや、ストリキニーネといわれるよりも、こうした特殊な劇薬のほうがずっと私には恐ろしかった。犯人の意図がぜんぜんわからぬだけに……。

「神津さん、ところで楠山さんのほうは、あの密室殺人のメカニズムさえわかれば、犯人は完全にわかるという考え方だったようですが、あなたには、その方法はわかりませんか」

「そうだね。詰め将棋でいえば、持ち駒がかくされていてまだ見当がつかないといったところだな。第一に、なぜ犯人が密室殺人を企図したか、その理由さえ、ぜんぜん見当がつかないのさ。なぜあの窓が開いていなかったか、開け放しにしていたほうが、犯人にはずっと都合がよかったろうにね……」

謎のような一言をもらして、彼はほうぼうに白い蜘蛛が巣をかけた格子天井を見つめていた。

「松下君、君にはこの事件の性格がわかるかい？」

とつぜん彼はふたたび私の眼を射るように見つめてきた。

「事件の性格と言いますと……」

「これだけの事件を創造してくるだけの犯人だから、いちおう万全の備えはたてているだろう。しかし自分一人の頭から、生み出してくる小説でさえ、一度登場人物に、ある性格を与えてしまうと、その筋は初め自分の考えていたのとは、思いも及ばぬ方向へ発展していくということだね。まして相手あっての犯罪事件……たとえば猫を盗み、玩具の短刀を一ふりかくしていたところに、僕はこの犯人の企図の錯誤と計画の分裂を見るような気がするんだよ。猫も玩具の短刀も、まだこの事件にあらわれていないな。それが後で、どんな形であらわれるか……しかしそれは、おそらく犯人の最初考えていたのとは、違った形で出てくるのだろうね」

その声が、消えるか消えぬうちだった。

「神津さん！」

鋭く呼びかける男の声がした。見ればむこうの入口に、卜部鴻一が立っている。

「どうしたのです」

「大変です。早く来てください！」

「というと……」

「大伯父が……倒れました。今度もこの間と同じように、毒を盛られたらしいのです」

恭介はとっさに席を蹴って立ちあがった。

私の腕を握り、鴻一の跡を追って、広い廊下をまっすぐに奥の部屋へ……。

苦悶の声が、廊下のほうまで聞こえていた。部屋の障子をがらりと開けると、畳の上には舜斎がうつぶせになってそのまま倒れていた。枯れ木の枝のような指が、畳の上にうごめいて、黒い道服に包まれた痩軀《そうく》が何度か大きく波を打った。

畳の上には黄色い胃液がべっとりと……明らかに、土岐子と同じ症状だった。

部屋の中には、烈子と幸二が、顔を見合わせて立っていた。一言ものを言おうとせず、舜斎の介抱さえしようとはしないのだ。だが塑像のように立ちつくす、二人の間の空間には、たしかに白熱の眼に見えぬ火花が飛んでいるのだった。その視線は、互いに相手を責めるよう、心臓を射通すような凄さであった。

しかし恭介の眼は、舜斎にも、二人の上にも留まってはいなかった。その上を越し、間を通り、奥の床の間の違い棚の上に……私はその視線を追って、はっとした。その上には、時代のついた養命酒の瓶《びん》――そして舜斎の前の畳には、小さな瀬戸の杯が落ちていたではないか。

「卜部君、お医者に知らせてください。松下君、手当てを早く……」

今度は二度目だけに、私の処置も前より早かった。ぼーっとその場にあらわれてきた女中のお時を叱りとばして、水や洗面器を運ばせ、胃の中の物を全部吐き出させると、私はその体をかつぎ上げて、隣りの部屋に敷かせた布団の上に横たえた。

薬の分量が少なかったのか、土岐子のときより容体は悪くはなかった。脈も呼吸も、老人とは思えないほど、しっかりしている……。

隣りの部屋から、神津恭介の声が聞こえた。

「僕は鴻一君の旧友で、東大法医学の神津恭介というものです。失礼ですがこの際ですから、率直におたずねいたしますが、この養命酒を、ご老人は毎日お飲みになっておられるのですか」

「ええ、いつも夕方ごろ、お杯に一杯ずついただきますのよ」

かすかに震える烈子の答えが聞こえた。

「それできょうもお飲みになったのですね」

「わたくし、見ておりませんでしたが、たぶんそうだと思います」

「瓶はいつも、ここにおいてあるのですね」

「ええ、そうです」

「おそらくこの中に、土岐子さんの場合と同じ毒物が混入されたのでしょう。それできたのうは何も起こらなかったとすると、……きょう、この家におられた方は誰々ですか」

「おじいさんと、わたくしと、鴻一さんと、土岐ちゃんと、お時と吾作爺やと……この幸二さん」

幸二の名前だけには、何か知れない憎悪の念がこもっていた。

「なるほど、これでだんだんと嫌疑を受ける人間も減ってきましたね」

意味ありげな神津恭介の一言であった。

「どうしました。今度は教祖先生ですか。どちらに寝ておられるんです」

廊下から菊川医師の声が聞こえた。

「こちらです。こっちですよ」

私は障子を開いて、大声で呼びたてた。

「ああ、そうですか。いやどうも……」

急いでかけつけてきたためか、額にべっとりと浮かんだ脂汗を、ハンカチで拭《ぬぐ》いながら、医師はつかつかとはいってきて、舜斎の脈をとった。

「松下さん、一昨日とまったく同じ症状ですね」

彼は強度の近眼鏡の底から、何かを暗示するような眼で私の顔を見つめた。

「先生、まさか生命に別状はありませんでしょうね」

神津恭介が、私の背後に立っていた。

「松下さん、このお方は……」

「これが有名な神津さんですよ。神津さん、こちらが菊川先生です」

医師もさすがに、なんとなく一瞬はっとした様子だった。

「これはどうも、お名前はかねがね、……いいえ、ぜんぜん生命に別状はありません」

「とりあえず、応急手当をしていただいて、それからちょっと、むこうでおたずねしたいことがあるのですが……」

「承知しました。いちおう手当をしていきますから、どこかでお待ちになっていてください」

恭介と私は、またもとの大広間へと帰ってきた。暗澹《あんたん》たる思いはなおも私の心を去らない。なんのために犯人は、このような散発的な毒殺未遂を次々と企ててくるのだろう。人びとの注意を外へ引きつけて、自分の企図する殺人を、完全に遂行しようというのだろうか。それともほかに何かの目的が……。

まもなく医師は、よろよろとした足どりで、こちらのほうへ歩いてきた。

「どうも先生、ご苦労さまでした。じつに不可解な事件ですね。ところで毒の種類は、先生にはおわかりになりませんでしょうか」

「今度は養命酒の中にしこんであったらしいですね。一昨日もちょっと味をためしてみましたが、もうお調べもついたでしょう。あの味と症状から見て、エメチンを使ったのではないかと思うのですが……」

「そうです。そのとおりです。警視庁の鑑識報告では、たしかにあの水薬の中には、エメチンが混入されていたそうです」

「そうでしょうね……」

医師は眼鏡をはずして、それをハンカチで拭いていた。恭介の追求は急である。

「先生、先生は最近エメチンをお使いになりましたか」

「私はあんまりあれを使ったことはないのです。でもあれなら、どこの薬局でも買えますよ」

「この家の人の中で、誰か最近、赤痢を患った人はありませんか」

医師は眼鏡をふたたびかけて強く恭介の眼を見つめた。

「あなたがたは、ご存じのこととばっかし思っていましたがね。鴻一君が、東京で赤痢にかかって、死にそうになったことをご存じなかったのですか」

私たちは思わず口をつぐんだが、その次の彼の言葉はさながらとどめの一太刀だった。

「松下さん。あの六郎という男は、もう気味が悪くって、預かっておくのは私もいやなんですが、なんとかならないもんでしょうか。いまもこちらからお迎えが来るちょっと前、私が部屋をのぞいてみたら、にたにたと笑いながら、

――今宵悪魔の娘は一人、火に包まれて殺さるべし――

と、相変わらず、変なひとりごとをぶつぶつと呟いていましたよ」

第七章　火に包まれて殺さるべし

さすがの天才、神津恭介も、今度という今度は、完全にこの犯人に先を越されたといえる。彼はこの事件の舞台に登場して、第一の殺人の秘密も解かぬ間に、第二の殺人の挑戦を受けねばならなかった。そしてその結果、彼は珍しい敗北を甘受せねばならなかった。

だがそれは、おそらく人力をもってしては、止められない犯罪であっただろう。

その夜は、ふつうならば、紅霊教の奥義である、年に一度の星祭りの夜であった。

陰暦十月二十日の夜を選んで、舜斎は二人の巫女《みこ》とこの家の塔の頂上にのぼる。そして四方の窓を開け放ち、上がり口をかたく閉ざして、楽を奏し、舞いを捧げ、満天の星を浴びながら、不老不死の効をあらわす、なにかの密儀を行なうのだという。

しかし今夜は、さすがにそれどころの始末ではなかった。

舜斎は毒を飲まされて、うんうん唸っているのだし、二人の娘には、いま恐ろしい死の影がおそいかかっているのだから……。

第一の殺人の例から見て、犯人の魔手は、いつ二人の上に伸びてくるかもしれなかった。

私たちは大広間で卜部鴻一と相対して、今夜の処置を相談せねばならなかったのである。

「卜部君、久しぶりに会って、こうしたことは言いたくないが、君の立場もずいぶん危険なものだとは思わないかね……」

神津恭介としては、平素に似合わぬ強い語調であった。

「どうしてなんです」

「警察では君に対して相当に強い疑惑をいだいていたよ。なぜ君が、犯罪の予感がするなどと言って、松下君をこの家に呼び寄せたかと……」

「そんなことは、これといって説明できることではありませんよ」

「まあ、待ちたまえ。あれは十年前、一高時代のことだったね。君が僕や友人の前途について、ふしぎな予言をしたことがあった。僕はあのとき、そのことがふしぎでたまらなかったんだが、最近ロンブロゾーの骨相学や、そのほかの書物を読んでいるうちに、ある程度は理解ができるようになってきた。あの説によると、人間の運命というものは、内包的な性格によって定まる。性格というものは、大脳の形状や発達によって定まるものだから、その外面へのあらわれである、頭の骨の形状さえ見れば、人間の運命は、ほぼ決定されるという見方だね。それは納得できないこともない。

戦死や事故で死ぬなどということは、骨相学ではわからないかもしれないけれども、西洋の手相学や人相学は統計学的には、相当の的中率を持っているというから、これもどうにかわかるような気もする。

しかしだね。君が松下君を呼び寄せて、松下君が、この家の敷居をまたいだ瞬間から、こうした事件が、相次いで起こってきたというのは、これは単なる偶然や予感でかたづけられない気がするね。卜部君、君はまだ、何かかくしていることがあるんじゃないかい」

恭介は平素は友人に対しても、非常にていねいな言葉遣いをするのが常だったが、このときだけはどうしたのか、恐ろしいほど高飛車だった。

「僕は何もかくしていないつもりですが」

鴻一もなんとなく気《け》おされたふうであった。

「かくしたってだめだよ。君は土岐子さんと恋仲じゃないのかね……」

「どうしてそれが……」

鴻一の顔色がさっと変わった。

「松下君への土岐子さんの話から受けた僕の印象から言うのだよ。君は少なくとも、澄子さんの死によって、間接的にでも利益を受ける一人だったね……それからなぜ、松下君に七匹の猫が、行方不明になったことを言わなかった……」

「それはこの事件とは、あまり関係がないと思って……」

彼の答えはしどろもどろであった。

「それからあの毒の件、あれは赤痢の特効薬のエメチンという薬品だったことがわかったよ。君は赤痢をやったそうだね」
明らかに恭介は威嚇《いかく》戦法に出ているのだった。強烈な精神力をただ一点に集中して、相手の精神を萎縮させようとしているのだった。
それは明らかに効を奏したらしかった。鴻一の息は大きくはずんでいた。顔は真っ赤に充血し、繊細な指の先が、ぶるぶると震えている。
「神津さん……しかたがありません。僕の秘密を申し上げましょう」
その声はかすかに語尾が震えていた。
「心配しないで話したまえ。君がそういう予感をいだいた理由というのは……」
「あの猫が行方不明になった翌朝のことでした。朝、誰よりも早く起きて、庭へ散歩に出かけた僕は、雨戸にピンで白い一枚の封筒が留められているのに気がついたのです。その中には一枚の半紙がはいっていましたが、その上にはへたくそな毛筆の字で……、
舜斎は宙を泳ぎて殺さるべし
澄子は水に浮かびて殺さるべし
烈子は火に包まれて殺さるべし
土岐子は地に埋もれて殺さるべし
という四行の文字がしるされていただけでした」
神津恭介は、その刹那、顔色を変えてその場に立ちあがった。

てしまったんです」


「卜部君、なんだって君は最初にそれを言わなかった……」

「松下君の顔を見たとき、さっそく言おうと思ったのです。しかしなんだか言いそびれて……そのうちに、六郎がその予言を言いだしたというので、ついうっかり言う機会を失ってしまったんです」

「宙を泳ぎて殺さるべし……水に浮かびて殺さるべし……火に包まれて殺さるべし……卜部君、紅霊教の奥義は何だった。たしか古代ギリシャ人のような四元説だったね」

「そのとおりです。万物は地水火風の四元素からできているという……」

「四人の殺人……四ふりの短刀……四元説……卜部君、君はこの犯人の意図がわからなかったのかね。宙は空に通ずる言葉。犯人は紅霊教の教義どおりに、四つの元素を利用して、四人の殺人を行なおうとしているのだよ……」

私は全身が骨の髄までじーんと音をたてて、痺《しび》れていくような気がした。眼の前の柱や天井が、くるりくるりと回転して、音もなく崩れかかっていくような気がした。

四元説に基づいた四人の殺人……それはいったい、紅霊教に対する狂信の結果なのか。あるいはそれに対する生命をかけた反逆か。皮肉か。あるいはその裏に、いま一つ恐ろしい意図がひそんでいはしないか。

呪いの家、常軌を逸した人の世界、私はこの家で、わずか二夜を過ごしただけで、自分もおかしくなるのではないかと思ったのだ。

気をも失うばかりだった私の耳に、雷鳴のような恭介の言葉が響いた。

「卜部君、この家に、鍵のかかる部屋はどこかにないかしら……」

「離れに洋間が二間だけあります」

「大急ぎで掃除をさせて、烈子さんと、土岐子さんを、その部屋へ移してくれたまえ。外から鍵をかけて、僕と松下君と不寝番《ふしんばん》をするからね。それから楠山警部に、舜斎先生のところについていてもらいたいと、僕が頼んでいたと知らせてくれないか。今晩さえ無事に過ごせば、なんとでも後は処置の方法もあるし、烈子さんをおそうと見せて、ほかの誰かがやられないとは、決してわかったことじゃない……」

鴻一は軽くうなずいて立ちあがった。

「お時は菊川さんのところへ、薬をもらいに行っていますから、帰ってきたら、さっそく準備をさせましょう」

私たちはただ二人、この大広間に残された。暮れやすい秋の日はすでにとっぷりと暮れて、たとえようもない寒さがぞくぞくと身に迫ってくる。明るい電灯はついていたが、広間の隅々には、名状できない暗影が、ちらちらとただよっている気がするのだった。

「神津さん、なにかしら現代離れのした、ずいぶん古風な犯罪もあったものですね」

私はこれまで、心の底にいだいていた考えを、ついうっかりと口に出してしまったのだ。

「松下君、君はほんとうにそう思っているのかい？　それは大変な間違いだ」

「どうしてなんです」

「この家に住む人びとの考え方なり行動は、それこそ何世紀も前の時代の遺物だよ。しかし、この第一の殺人にあらわれた犯人の思想と行動は、ちょっと僕でも捕捉できないほど新しい方法なんだ。それが古い衣をまとっているだけ、手足がばか踊りを踊っている人間が、顔だけ深刻に考えこんでいるような、そんな不調和が感じられる……。この真相がわかったならば、君も決して時代錯誤の犯罪などとは感じないだろう」

惻々《そくそく》と私の心に迫る言葉であった。彼はやがて、さげていたボストンバッグの中から、魔法瓶の紅茶と、サンドイッチを出して私にすすめた。

「松下君、これからこの家では、ぜったいに何も口にしてはいけないよ。犯人はいつだってエメチンだけ使うとは、決してきまっていないんだからね」

とうぜんの注意なのかもしれないが、私は自分の不用心が、恥ずかしくてならなかった。

そのうちに、楠山警部が青ざめた顔をして姿を見せた。連日の徹夜の疲労のせいだろうか。眼は血走って、兎のように赤かった。

「楠山さん、どうもご苦労さまですね」

「いや、なんのこれぐらい……たいしたことはありません。神津さん、今夜こそはしっかりお願いしますよ」

「僕がついているかぎり、めったなことはさせませんよ。ところで彼の跡はつけていますか」

「大丈夫です。ご安心ください。それから離れの準備ができたそうです」

「それでは参りましょうか」

私たちは楠山警部の案内で、庭を突っきって小さな洋風の離れの前に出た。なにしろ数千坪という、広い敷地の中だったから、こんな建物のあることは、いままでちっとも気がつかなかったが、あとで聞くと、舜斎の死んだ息子が若いときに建てた建物だということであった。ふだん使っていなかったので、中はだいぶ汚れていたが、電灯のついていただけはなによりであった。

土岐子は、五十前後の下男らしい男に背負われて、こちらへやってきたが、私たちに軽く一礼すると、左の部屋へはいって、寝台の上に横になった。

つづいて烈子があらわれたが――。

名は体をあらわすというが、たしかにこの女には、どことなく火のように燃えさかる激しい情熱がこもっていた。それはこの女豹のような眼を見ただけでも、ほぼ想像がつくというもの――炎のように燃えあがって、一つのことに熱中し、また、がらりと対象をかえて、別な目標を焼きつくそうとする……そのような精気と情炎とが、やや浅黒い肌の光沢と、男のような眉のあたりにひそんで見える。

なにかしら、ここへ閉じこめられるのは、彼女には不服なようだった。

「どうしても、今夜からこの部屋へ寝なければなりませんの」

「非常手段ですから、今晩だけはがまんしてください。あすになれば、もっとよい方法を考えだします。今夜がいちばん危険なんですからね」

「だめですわ。こんなところにいるんでは、なんの役にも立ちませんのよ。ああ早くこの恐ろしい家から逃げだしたいわ……」

なんとなく恐ろしそうな一言をもらすと、それ以上強く反対もせず、彼女は右側の部屋にはいった。

この部屋の窓は内側から鍵がかかり、その外には鉄の鎧戸が閉じるようになっていた。部屋の中には、寝台のほかにはなんの調度もなく、なんの危険もないことを確かめて、神津恭介と私は、この部屋の外の廊下に椅子を据えて不寝番を始めだしたのである。

扉の鍵は、私たちが持っていた。神津恭介は神経質なくらいに、三十分おきぐらいに部屋の扉を開き、二人の寝ていることを確かめるのだった。

なにかぶきみな凄気をはらんで、夜は深々と更《ふ》けていく。恭介も私も一言も語ろうとはせず、ただ死のような静寂が、この離れの空気を支配していた。

午前一時……。

私はそのとき、どこか遠いところで鳴り響く半鐘の音を耳にしたのである。

「火事ですね」

だった。

「そうね」

神津恭介は、耳に聞こえぬ音を聞こうとするように、ただじっと眼をつむっているだけ
私は離れの入口を飛び出して、四方を見まわしたが、卜部六郎の祈禱所の建っている、反対側の丘の上が、真紅の色に染まっている。月のない暗黒の夜空に、めらめらと紅蓮《ぐれん》の炎が舞いあがり、星に混じって赤い火の粉が流星群のように大空を横切っている――。

「神津さん、火事はそんなに遠くはないようですよ。むこうの丘の上らしいです」

私は帰って恭介に報告した。

「そうかい」

彼は一言答えたまま、額のあたりに手をあてて、深い瞑想《めいそう》にふけっている。

突然、彼は立ちあがった。

「松下君、君には何も聞こえないか」

「なんです。何が聞こえるのです」

「猫……たしかに猫の鳴き声が……」

氷のように冷たいものが、ずきーんと私の背筋をつらぬいて流れた。もし相手が彼でなかったならば、私はわっとそのとき叫びをあげて、あとをも見ずに、この離れから逃げだしていたかもしれない。

だが私には何も聞こえはしなかった。

「神津さん、僕には何も聞こえませんが……」

「そうですか。僕の気のせいだったかもしれないね」

彼はふたたび椅子に腰をかけたが、日ごろはどんな事件にも、決して興奮を知らなかったその顔にも、いまは恐怖の色がみなぎり、吐き出す息も、彼に似合わず荒かった。

ニャオー　ニャオー

そのときだった。どこからか、かすかに響く猫の声……幻想ではない。錯覚ではない。まさしく生きた猫の声！

「神津さん！」

「松下君！」

恭介は躍りあがって、烈子の部屋の扉の鍵を……。

一見何の異常もない。窓の鎧戸は閉じている。枕の上には黒髪が見える。猫の鳴き声などは聞こえはしない。

私たちはつづいて、土岐子の部屋をのぞいた。ここにも何の異常もなかった。

だが、廊下にもどった恭介は、いまは火のように興奮していた。冷静水のごとしとたとえられた彼が、初めて炎のように燃えあがったのだ。

——火に包まれて殺さるべし、火に包まれて殺さるべし。

譫言《うわごと》のように彼は何度か呟いていた。そわそわと、廊下を狂人のように歩きまわっていた。

「松下君」

私を見つめた彼の眼に、私は思わず飛びあがった。それはあの卜部六郎と同じ眼の色……天才と異常者は紙一重だといわれるが、このときは彼もその境を踏みはずしていたのだろうか。

「烈子さんは、ほんとうにあの部屋に寝ているのだろうか……」

「でなかったら、誰が……」

「いま一度、調べてみよう」

彼の声はすっかりかすれきっていた。

扉を開けて、私たちは部屋の中へ躍りこんだ。一見何も変わったことはないように思われたが……。

「烈子さん」

恭介の言葉にも何の答えもなかった。彼女は顔を壁のほうにむけて、すやすやと眠っているように見えたのだが……。

ニャオーン
またも聞こえる猫の声、それもたしかにこの部屋の中。

「烈子さん」

恭介は女の額のあたりに手をのばしたが、一瞬ぎょっとしたように、手を引いて、私のほうへふり返った。

「松下君、死んでいるよ！」

私の頭はもはや完全に痴呆状態に陥っていた。女が死んでいる、というかんたんな言葉さえ、なかなか理解ができなかった。

恭介はさっと上の布団をはぎ取ったが、

――あっ！

鋭い叫びがそのとき彼の口からもれた。

緋の長襦袢《ながじゅばん》に包まれた白い女の体の上には、一ふりの白柄の短刀が横たわり、きらきらとぶきみな光を、こちらへ投げかけていたではないか。

いや、それればかりではなかった。

布団の下には、一匹の黒猫が背を丸くしてうずくまっていた。呆然とたたずむ私たちに金色の瞳から、嘲《あざけ》るような視線を投げかけると、ごろごろと喉を鳴らし、ぺちゃぺちゃと舌なめずりして、猫はふたたびニャオーンと鳴いた。

恭介は震える手で、ポケットからハンカチを取り出し、その短刀をつまみ上げた。

「松下君、これは玩具の短刀だよ。これでは人は切れない。突けはしない……猫と玩具の短刀が、ついにこの事件にあらわれてきたのだよ」

そのときの私の気持ちは、いったいどのようにたとえたらいいのだろう。天才神津恭介を前に、かくも大胆不敵な殺人……私はもはやこの世に、たよるべき力の綱を失った。科学も知恵も良識も、この邪教の魔力には、ついに及ばなかったのか。

だが、火は……今度は犯人は、あの予言をも無視したのだろうか。

恐ろしい疑いが、ちらと私の頭をかすめた。その考えに感応したように、恭介は死体のそばに歩み寄り、女の顔をのぞきこんだ。

「あっ……」

言葉とならぬ呻き声が、彼の口から奔《はし》り出た。

「松下君、これは違う。烈子さんではない、あの女中、お時という女が、烈子さんのかわりにここで殺されたんだ……僕たちは完全に裏をかかれた。じつに恐ろしい犯人だね」

たしかにそれはお時だった。この犯人は堂々と天才神津恭介を打ち破った。私の耳にはその刹那、森閑とした夜の静寂を破って流れくる悪鬼の哄笑が、虚空にこだまして響きわたるかと思われた。

私はその額に手をあててみたが、まだ体温は去ってはいない。唇は紫色に変わり、ゆがんでかたく吊りあがり、眼は開き、乾ききって、断末魔の苦悶をなおもまざまざと示している。

だが死体には、なんの傷跡も残っていない。血は一滴も流れていない。明らかに毒殺、それもストリキニーネのような、瞬時に作用する毒ではないかと思われた。

だがそれでは、その方法は……。

恭介も、いぶかしそうに呟いた。

「ふしぎだね。死んでからそれほど時間はたっていないはずなんだ。十分か二十分、せいぜい三十分以内に殺されたのにちがいはないが、薬を入れるような紙包みも、瓶も、注射器も、どこにも発見できないんだ。毒を飲んでから死ぬまでは一分もかからぬはずなのに、どうしてこんな見事な殺人ができたんだろう」

たしかにそれも恐ろしかった。だが私には、それよりさらに恐ろしくてならないことがあったのだ。

この部屋に寝ていたのが、お時だったとしたならば、烈子は……烈子はどこへ行ったのだろう。

——火に包まれて殺さるべし。火に包まれて殺さるべし。火に包まれて……。

恭介はまたも狂ったように呟いていた。と思うと、つかつかと、廊下へ歩み出て、彼方の空に燃えあがる真紅の炎を見つめていた。

「松下君、もしやあの火事と、今夜の事件には、何か関係がないだろうか……」

鋭い洞察だったといえる。私はこの事件の鎖の、失われた一環が、初めて発見できた気がした。

「するとあの火は……」

「行ってみよう。ここは楠山警部にまかせて、あの火の中を調べてみよう」

ひとりごとのように呟いて、彼はふらふらとした足どりで闇の庭へと迷い出た。

しばらくたって、楠山警部は一人でこの離れへあらわれたが、その眼には、私の恐れていた叱責と非難の色は見えなかった。同情と慰めの色がはっきりあらわれていた。

「しかたがありませんよ。あなたがたはできるだけのことはなさったのですものね。まあ、あとは私が引きうけますから、神津さんといっしょにいらっしゃってください。神津さんは玄関のところで待っています。それから火事場で警官に会ったら、ここへ来るように言ってください」

彼は私の心を傷つけることを恐れてか、聞こえぬくらいに低く囁いた。

「お願いします。ところであの火事は、いったいどこでしょう」

「ちょっと変なのです。あのあたりには、無住の社《やしろ》が一つあるだけ、人家といってもないのですがね……」

その声を背後に聞いて、私は思わず小走りに暗黒の庭へと走りだしていた。

林を横切り、池のまわりをめぐって、玄関先へ出てくると、そこには恭介が懐中電灯をさげて待っている。

「松下君かい、行こう……」

私たちは、空に映る炎を目指して足を速めた。烈風はひゅうひゅうと唸りをあげ、木々の梢をゆすぶり電線を鳴らし、私たちの頰を鋭い刃のようにかすめ、はるか彼方へ過ぎ去っていく。恭介は一言も発しようとはしなかった。

目的の丘へ近づくにしたがって、村人の姿はしだいに数を増した。家の前にたたずんで火事を指さし、大声でしきりにわめきたてる者、息せききって走っている者、逆の方向へかけもどる者、私たちはその混雑の中をかき分けて、丘の麓《ふもと》についた。

ちょうどそのとき、帽子をぬいで額の汗を拭きながら、二人の警官が、上からこちらへ下ってきた。私にも見覚えのある、この村の駐在巡査であった。

「もしもし……」

私はそばを通りすぎようとする二人を大声で呼びとめた。彼らは暗闇の中に私の顔をすかしていたが、

「ああ、松下さんですね。これはちょうどよいところへ来てくださいました。これからそちらへかけつけようと思っていたところです」

口ばやに物語るその言葉の調子には、どこか異常なところがあった。

「どうしたんですか」

「この上に小さな社のお堂があります。いまの火事はそこだったんですが、どうせ浮浪人

が焚き火でもして火事を出したんだろうと、私たちはそう思っていました。水利の便も悪く、ことにふしぎに火勢が速かったので、手も出せないうちに焼け落ちてしまいましたが、その跡から、人間の死体が発見されたのです。

半分骨になっているくらいで、顔や何かはわかりませんが、たしかに女、その胸の肋骨の中には、短刀が突き立てられた跡がそのまま。それですっかりおどろいて、これからご報告に行こうと思って……」

「死体はそれだけだったのですか」

あとから恭介が一歩踏み出してたずねた。警官たちはぎょっとしたように、また暗闇をすかしていたが、

「ああ、神津先生ですか。ええ、人間の死体はそれが一人でした」

「というと……」

「猫が一匹、そのそばで焼き殺されていたのです」

またも冷たい戦慄が私の全身に音もなく湧きあがった。

猫……黒猫……七匹の中の二匹目の猫、……もはやこの死体の主に、私はなんの疑いも持てなかった。

予言どおりの第二の殺人！　火に包まれて殺さるべし！

烈子がついに倒されたのだ……。

「それでは失礼します。警部殿は、紅霊教の本部においでになりますね」

私たちに一礼して、通りすぎようとする警官に、恭介が静かに声をかけたのだ。

「君たち、ちょっと待ってくれたまえ。君たちのうち、一人は卜部六郎の祈禱所へ行ってくれないか。そして何か変わったことは起こっていないか——ことに、神棚に備えてある短刀が何本残っているか、見てきてここへ知らせてくれないか。僕たちは焼け跡で待っているから……」

彼は何を思っているのだろう。その思索の跡は私にもたどれなかった。

丘の上と下から流れてくる人のどよめきを、夢現《ゆめうつつ》のように聞きながら、私たちは、ともすれば足を奪おうとするような赤土の道をのぼっていった。余燼《よじん》はまだ消えやらず、くすぶりつづけているのだろう。時折りぱっと舞いあがる火の粉が、線香花火のように、私たちの眼の前でかすかな光芒を散らして明滅した。

やっとのことで、丘をのぼりきると、そこには恐ろしい光景が展開されていたのだった。この社は、むしろ祠《ほこら》と言いたいくらい、四坪ぐらいの広さの建物だったと見える。醜く残る土台石の上に、黒焦げになった柱や梁が一面に崩れ落ち、白い灰と、まだ真っ赤に焼けている板片が、その上にいっぱいに散乱していた。

火花とともにぷすぷすといぶってくる黒い煙、白い煙、火のほてりは、そのそばに立ち並ぶ消防団員や、青年団員らしい人びとの顔を赤鬼のように照らし出していた。

その中からむっと鼻をついて迫ってくる肉の焼ける臭気、こみ上げるような悪臭が丘一面にただよっていた。

「消防はまにあわなかったんですか」

神津恭介は、その中の一人にたずねた。

「なにしろこんな水利の便の悪いところなもんですからね。ことになにか石油でもかけて火をつけたらしいんです。火の回りがとても速くって、山火事にならなければいいがと、それを防ぐのに精一杯でした」

「もちろん放火なんでしょうね」

「初めは乞食か何かが、焚き火でもして、その不始末からと思いましたが、どうもそうでもなさそうですね」

彼は灰の中からのぞいている、なかば骨まで崩れきった黒焦げの死体を指さした。

わずか数時間前までは、青春の美貌を誇っていた烈子が、このようなあわれな姿を見せるとは……。

この犯人は、犠牲をほふるだけではその心が満たされないのだろうか。その死体にかくも残酷な悪戯《いたずら》をほしいままにしようとは――じつに悪魔の犯罪と言わずにこれを何と言おう。

「松下君、これで三人の娘のうち、二人までが悪魔の犠牲となったね。これであの舜斎老人が死んだら、紅霊教の財産は、土岐子さんの手に、帰することになるね」

ぽつんと恭介が口を切ったが、その後はつづけようともせず、ただ黙って彼はうつむいている。業火《ごうか》の跡を眺めている。

そのとき、丘をかけあがってくる足音があった。

「神津先生、神津先生はこちらですか」

それはさっきの警官の一人であった。

「ああ、僕はここです。ご苦労さまでした。あそこに何か変わったことはありましたか」

「鍵がかかって、格子の中へははいれませんでしたが、神前に供えた短刀はたしか二本、二ふりしか見つかりませんでした……」

その声は、背後の林にこだまして、私の耳におどろに鳴り響いた。

火山の鳴動《めいどう》のような地鳴りを足に感じ、眼の前の灰の中から、高熱の溶岩がほとばしり、地獄ががばりと口を開いて、悪魔を吐き出すような幻覚を感じながら、私は気を失ってその場に倒れてしまったのだ。

第八章　神秘宗教釈義《しやくぎ》

私はいま、この回想の筆を走らせながら思うのである。

この紅霊教殺人事件は、第一の殺人、水の悲劇から、第二の二重殺人、火の悲劇に至るまで、じつに真空というべき無風状態があった。表面には、これと思われる波瀾《はらん》もなく、捜査当局のとらええた手がかりは、ほとんどなんの価値もない、断片にすぎないと思われたのだった。それがこの第二の殺人に及んで、初めてその恐ろしい全貌を示してきたのである。致死量以下の弱い毒薬、エメチンによる二度の殺人未遂、二本の玩具の短刀の紛失、七匹の猫の失踪。そして二度まで実現された呪わしい殺人の予言……。

私たちは、これらのものに、初めはなんの意図をも読みとることができなかった。ただ未知の力に対する漠たる不安……それだけは、持っていないといえなかったが……。

犯人はついに自分の持ち札を完全に私たちにさらけ出して見せたのである。そしてその切り札の前には、天才神津恭介も、ほとんどなす術《すべ》を知らなかったといえるのだ。

これはたしかに、彼が犯罪捜査に手を染めてから、初めて経験した失敗であった。立ちあがりにまだその態勢の整わぬうちに見事に機先を制した、犯人の恐るべき一撃といえるのであった。

だが、神津恭介が、いつか断言したように、犯罪とは一種の勝負であるといえる。犯人はたえず、捜査当局を直接の相手とし、運命をその間接の敵として、自らの命をかけた勝負をつづけていかねばならない。勝つか、しからずんば、死があるのみの勝負なのだ。

およそすべての勝負において、完全に勝ちきるということは、じつに至難の業である。自分が一手の名手をさして、勝機を完全に把握したと思う瞬間が恐ろしいのだ。必勝を期した強烈な勝負手のかげには、必ず一歩誤れば、全局の瓦解《がかい》を招く重大な危機がひそんでかくれている。勝利と見えた瞬間には、敗北の深淵が、がばりと口を開くのだ。

完全に神津恭介を圧倒し去ったこの第二の二重殺人で、犯人はその反面、致命的な錯誤をおかしたものといえる。ついに自らの墓穴を掘ったといえるのだった……。

しかしあのときの私には、とてもそこまで考えている余裕はなかった。殺人の予言に始まり、実際の殺人に終わった第一夜、そしてその翌日の捜査の疲労、つづいて第二夜の緊張の中の待機、そして、第三夜、神津恭介すら予想しえなかった、この絢爛《けんらん》たる火の惨劇……私がついに、自分の神経の耐えうる限度まで達して、あの場に倒れてしまったのも、決して無理なことではない。

私は一晩中、ずっとわけのわからぬ譫言《うわごと》を口走っていたらしい。気がついたときには、もはや朝の九時すぎ、熱があるのか、頭は火のように熱かった。

そこはどこか、私には見覚えのない一室だった。六畳ほどの小さな部屋で、建築も紅霊教本部の、あの堂々たる建築とは比べものにならないほどの安っぽい造りであった。

ここはいったい、どこなのだろう。

私は綿のような疲れた体をもたげて、あたりを見まわした。

「お気がつきましたか。よかったですね」

静かな、菊川医師の声であった。白い診察着を身につけた彼がむこうの隅に立って、強い近眼鏡の底から、こちらにやわらかな視線を投げているのだった。

「ああ先生、ここはいったい、どこなのですか」

「私の家の入院室なんですよ。昨夜、あの火事場であなたは昏倒してしまったでしょう。あそこから、消防団にかつぎだされ、リヤカーでここまで運んでこられたんですよ」

「そうですか。それはどうも、お手数をおかけして申しわけありません。なに、このくらいのことで、参ってしまうつもりはなかったんですけれど……」

「過労ですよ。あまり緊張なすったんで、ついお体にさわったんですよ。まあ、きょう一日、ゆっくりここで寝ていらっしゃい。私のほうは、いっこうかまいませんから……」

「ありがとうございます。ところで神津さんは、いったいどうしているんでしょう」

「あなたについて、ここまで来られましてね。私にこんなことを言ってました。

──もうあの家には、大事な友だちを一晩でもおいてはおけないから、体がよくなるまでここへ預かってもらえないか。あの家へ帰したら、あの恐ろしい、気がおかしくなったような犯人は、何をやりだすかもしれないから──と。友だちというものは、じつにありがたいものですね。私も聞いていて、なんだか眼頭が熱くなりましたよ」

私もそのときは、この医師に涙を見せまいとして、思わず顔をそむけていた。

「松下君、どうしました。もう気分はよくなったかい」

神津恭介の静かな声に、私は思わずわれに返っていた。なんとなく重くだるいような、首を回してみると、いつのまにか、恭介は菊川医師と肩を並べて立っていた。いつものように水のように静かな姿。昨夜の興奮の跡はどこにも感じられない。事件がすでに解決し、犯人が捕えられたのかと、ちょっと錯覚を起こしたくらいの冷静さであった。

「どうも昨夜はすみません。もう、大丈夫です。たいしたことはありませんよ」

「まあ無理をしないで、そのままそっと寝ていたまえ」

恭介は近寄って、私の額に手をあてた。外の寒さのせいだろうか。その女のような掌は、氷かと思われるほど冷たかった。

「事件はその後、どうなりました」

「混沌、混沌、また混沌……。僕はすっかり、自分の才能というものに愛想がつきてしまったよ。この犯人は僕たちなどより、一段も二段もすぐれた知力を持っているんだね。松下君も寝ていますし、おさしつかえなかったら、ここでお話をうかがえませんか」

菊川先生、失礼ですが、先生にいろいろおたずねしたいことがあるんです。——松下君も寝ていますし、おさしつかえなかったら、ここでお話をうかがえませんか」

「ええ、私でお役に立てるなら、光栄です。ちょうど患者もいちおうすんだところですし、知っているだけのことは、すっかりお話しいたしましょう」

二人は私の枕もとに端座《たんざ》した。

「先生、こんなことを申し上げては失礼ですが、松下君は別として、先生はこの事件の、たった一人の局外者だと思います。それで先生の腹蔵ない科学者らしいご意見が、うかがえないかと思うのですが……」

「そうですね。私にもさっぱりわけがわかりません。ただこの犯罪を計画したのは、恐ろしい異常者だということだけは間違いないでしょうね」

「異常者——たしかにそのとおりです。紅霊教という邪教の迷夢の虜《とりこ》となって、頭脳だけは剃刀《かみそり》のように鋭い力を持ちながら心の均衡を失ってしまった、異常者の犯罪にちがいありませんね」

「神津さん。私はあなたにならば、いろいろと打ち明けてお話ししたいこともあるのですが、あなたは私を信用して、その話を聞いてくださいますか」

「先生、正直なことを申しましょうか。僕は松下君の話を聞くまでは、先生をこの事件の真犯人ではないかと恐ろしい疑いを持っていたのですよ……」

恭介は、べつに言葉の調子を変えていなかった。菊川医師は、その刹那おどろいたように、彼の顔を見つめたが、おかしさをこらえかねたように、思わず笑いだしていた。

「私が犯人ですって……これはおどろきましたね。どんな理由からなんです」

「第一の犯罪で、先生が澄子さんの死体を浴槽からひきずり出した、と聞いたので、ひょっとしたら、先生がそのとき、短刀を手の中にかくし持っていて、手品の要領で、ぐさりとやったのではないかと思ったのですよ。ちょうどそのとき、電灯が消えていたと言いますからね……」

「おやおや、それでは、医者も職業的義務を遂行するのには、よほど注意しないとだめなわけですね。冗談じゃありません。手品師が、手で細工をして、指の中から出したり、なくしたりできるのは、せいぜいお手玉か、カードか煙草ぐらいでしょう。私はなにも手品の修業をしたわけでもありませんし、だいいち専門の奇術師だって、手の中にあれだけの大きな短刀なんか、隠せますかしら」

「まったくです。いや、お許しください。ひょいとそう考えただけなんです。それに、松下君の言葉が、僕にその疑いを捨てさせました。

あのとき、先生は、松下君に脈を見ろとお言いつけになったそうですね。だから死体にいちばん先に手をふれたのは、松下君ということになりますが、松下君は、そのとき澄子さんの脈は完全に停止していたと言っています。素人ならばともかくも、医学士の肩書を持つ松下君が、脈のとりちがえなどするわけはありません。

澄子さんは、みなさんが扉を打ち破って、浴室の中に侵入する以前に殺されていたのです。これだけは、根本的に疑う余地のない前提ですね。そうなってくると、かりに先生が大奇術師、フーディニエの再来であったとしても、それだけの大手品を行なうことは不可能です。それで僕も、先生だけは、いちおう嫌疑から除外して、事を打ち明けてご相談できると思ったのです」

「これは、これは、なんと申してよいことやら、容疑者の中から除外していただいて、光栄とでも申しましょうか」

あまりにも率直な恭介の言葉に、この医師はさすがにいささか心の中で憤慨しているような様子であった。冗談のような返事の調子にも、なんとなく鋭いものが感じられた。

「ところで先生、僕はどうしてもこのような結論に追いこまれたのです。この犯罪は、現在表面にあらわれている形相だけを観察したのでは、とうてい理解のできるものではない。紅霊教の過去の歴史にさかのぼり、関係者がこの神秘宗教に対して、これまでどのような役割を果たしていたか、それがわからなければ、犯人も、動機も、ひょっとしたら、犯行の方法さえも、把握できないのじゃないかと思ったのです」

「私もそのお考えには、まったく同感ですね。風邪や腹痛ならばともかくも、癌や心臓病や、結核などの命とりの病気だったら、やはりその病気にかかるだけの原因があり、病勢も一朝一夕に進行するもんじゃありませんからね」

「それで僕もふしぎに思ったのです。松下君も言っていましたが、紅霊教の本部の人びと、ことに卜部舜斎に対する村人の目の冷たいこと、これは僕にも意外と思ったくらいでした。田舎の人たちが都会の人間と、根本的な考え方の差異を持っている、というわけではありません。しかし、たとえ没落し、以前の勢力を失ったにしても、まだあれだけの財産を持ち、あれだけの家屋敷に住んでいる、あの人びとを、あれほど蛇蝎《だかつ》のように嫌う理由は、いったいどこにあるのでしょう」

「さすがは、神津さん、鋭いところをつきますね」

この医師の眼は、近眼鏡の底に、炎のように燃えあがっていた。

「あの老人の素行なんです。これまで犯してきた罪が、村人の心を離反させてしまったのです。彼はこの生まれ故郷の村へ帰ってくるべき人間ではなかったのですよ」

「それはどういう意味なのですか」

「ああした疑似宗教というものは、一度勢いを得はじめ、上げ潮に乗ったときには、その勢いも当たるべからざるものがあります。人間の心の中には、バスに乗りおくれたくないという、焦りが誰にもひそんでいるのですね。私が子供のときまでは、舜斎さんに対するこの村人の尊敬は、それこそ大変なものでした。生き神様か弘法大師《こうぼうだいし》の再来か。日本を救うものは、この人のほかにない、というぐらいの打ちこみ方だったのですよ。

しかし、人間というものは、あの世の幸福よりも、現世における栄華を求めます。未来で極楽へ行くよりも、現在の病気を治してもらったほうが、ずっとありがたく思われるのですね。彼がその勢力を得たのは、一つには、未来の事件を的確に予言しうるという透視力でした。しかし、これはまもなく、神がかりのようなあいまいな言葉となって、どうにでも意味のとれるよう、どう転んでも、自分には責任のかからないような表現にかわったようです。

いま一つ、彼が素朴な村人の心を得たのは、霊気療法という暗示療法によって、万病を治してみせると豪語したことでした」

「なるほど。それは指圧療法か、なにかの類いなんですか」

「そうじゃありません。霊気説です。四元説の上に立つ霊気説です。

ふしぎなものです。科学では完全に否定されている邪説、迷信のほうが、かえって人の心をひきつけるというのは、いったいどのような現象でしょう。

永久運動の不可能なことは、物理学で証明されているはずなのに、それを研究し、発見しようとする人間の数は跡をたちません。戦争中、海水から石油をとるという発明を完成したという男には、当時の海軍の首脳部まで、半分信用してしまったということですね。

一般の大衆には、九十幾つかの元素から、万物が構成されているという、近代科学の理論より、古代ギリシャ人の考え方のように、万物は、地水火風の四元素からできており、生物と無生物との相違は、それに霊気が加わっているかいないかの違いだという、紅霊教のほうが、もっと心をひくのでしょうか」

「そうかもしれませんね。大衆というものは、考えることを嫌います。スローガンは単純なほどいいのです。彼らはただ、それを信じて行動したいのですからね」

「その霊気が、生命を守り病気を治すというのが、彼の唱えた霊気療法でした。すぐれた精神の持ち主が、心気を統一して、両手を上げ、行を切れば、その掌から、眼に見えぬ霊気が放射され、それに触れれば、万病一つとして、癒《い》えないものはないという思想です。医者にかからなくても治るような、軽い病気の病人なら、こんな方法で、精神の暗示を受ければ、ぜんぜん効能のないこともありますまい。しかし手術を必要とするような、盲腸炎や、腹膜炎の病人が、手当てがおくれて死んだ例は闇から闇に葬り去られて、その数は、どれだけだったか知れますまい。

この霊気療法は、相手が女だった場合には、それ以上の弊害を生じました。舜斎さんは若いときは有名な好色漢でした。訪れてくる女を、病気を治すためだと称して、裸で一室に閉じこめて、その霊気療法を行なうのです。生き神様とあがめられていた彼のこと、ことに射すくめるような鋭い眼の力を持っていました。数えきれないほどの女性が催眠術でもかけられたようになって、そのいけにえとなったことは、想像に難《かた》くありません。悪く言う人などは、この村の女という女はすべて、舜斎の毒牙にかからなかったものはないと、そこまで、極言しているくらいなのですが……」

「なるほど、僕も初めて、この紅霊教という神教の本体がつかめだしましたよ。それで……」

「それでも、勢力を得ているうちは、誰一人悪く言う者はありません、女は喜んで操《みさお》を捧《ささ》げ、男は財産を寄進したのです。あの紅霊教本部の壮大な大邸宅も、涙と血と汗との上に築きあげられた呪いの家――この村人は、いまとなっては、おそらくあの家を眺めては、呪いの言葉を吐きながら、通りすぎないものはないでしょう。父祖から伝わる財産を、すべてこの紅霊教の発展にかけ、それが画餅《がべい》と帰したのですから……」

「科学を信ぜざる国民の悲惨な姿ですね。いや、それはこの八坂村だけではありませんよ。戦後日本のどこにでも、必ず見られる光景です。単純なだけに、それだけ深刻な悲劇ですね。いや、一般論はよくわかりました。

ところであなたご自身は、この紅霊教というものに対し、どういうお気持ちを持っておいでなんですか」

「私も、ある意味では、紅霊教の犠牲者の一人だったといえるでしょうね。私の家はむかしからこの八坂村では、有名な旧家の一つでした。財産もあり、家屋敷も田地田畑《でんじでんぱた》もあり、相当の現金も持っていました。ところが父が猛烈な紅霊教の狂信者で、罪咎《つみとが》をほろぼすために、その全財産を捧げ、病気の母も霊気療法の犠牲となってしまったのです。すべてのものを失って、父も最後には眼がさめました。私を枕もとに呼んで、

『おまえだけは正しい学問を学んでくれ。ほんとうの医術を習いおぼえてくれ。そしてこんな邪教や迷信の犠牲となって苦しんでいるこの村人を救ってくれ。家にはもう財産もない。これからの一生には苦しいこともあるだろうが、それだけが自分の最後の望みなんだ』

これが父の臨終の言葉でした」

恭介も、なにか暗然としたようだった。

「お気の毒にね……先生が、紅霊教の害毒を、鋭く把握しておられるわけもよくわかります。先生自身の身におこった貴重な苦しい体験だったのですものね……それで先生は医者の学校へはいられたというわけですね」

「そうです。苦学しながら医専を卒業しました。子供のときに受けた紅霊教の教義も、科学と医学の教育のおかげで払拭《ふっしょく》することができました。卒業してから、軍医でしばらく従軍していましたが、この村で開業していた、ただ一人の医者が死んだので、村医みたいな格好で、またこの村へ呼びもどされたのです」

「そうして、紅霊教の犠牲者たちを救おうとなさっているわけですね……。いや、どうも先生の古い手傷にさわったようで、たいへん申しわけありませんでした。ところであのト

部一家について、先生のご観察になったことを聞かしていただけませんか」

「それが私の申し上げたかったことです。いまあの家に巻き起こった陰謀——これがこの殺人事件の直接の原因ではないかと、私などは考えるのですが、神津さん、いかがでしょうか」

「その陰謀といいますと」

恭介の眼は光っていた。この呪縛の家の悲劇を解く、一つの鍵がいまにも得られんとする、喜びに輝いていた。

「紅霊教には、むかしから、極端な男尊女卑の風習がありました。すべての大事は男の手によらないとできない。女はただ、子供を産む機械、享楽の対象、目的のための手段にすぎないという考え方なのですね。ですから自分の一人息子に生まれた孫が三人までも女であったということは、あの老人にとっては大きな落胆だったことは争えません。

そしてその息子が空襲の犠牲となってしまったということは、一時は彼を失意のどん底へ追いこんだのです。

そこへあらわれてきたのが、あの幸二と睦夫という二人の兄弟でした。元来は、ブローカーかなにかしていた男です。表面は、紅霊教の信者のふうは装っていますが、その内心では、決してそうではありません。

こんな疑似宗教ぐらい、商売として、ぼろいものはめったにありません。資本もいらず、原料もいらず、ただ人間の心の弱点につけこんで、金をまきあげるだけなのです。しかも、ふつうの詐欺やなにかとは違って、少なくとも表面では、合法的な衣をまとっているのです。

闇商売では、このごろうまい儲けができなくなった二人が、この老人に眼をつけたのは、さすがに商才にたけたというべきでした。

いま一度、この老人をかつぎだして、ふたたび紅霊教の勢いを、むかしに返す。それにまた、まだ彼の手もとに残されている莫大な財産、それを受けつぐ三人の娘――条件はそろいすぎているじゃありませんか」

「それで……」

恭介は、争えない興奮をそのまま顔にあらわしていた。

「二人の作戦はいちおう効を奏したらしいのです。澄子さんは、兄の幸二を愛するようになりました。烈子さんは、弟の睦夫と結婚するつもりでした。紅霊教が、このように勢力を失墜するようになったのは、一つはあの老人の陣営から、参謀の役をつとめる人間が、姿を消したことによるのです。この二人が、商才をふるい、それにあの老人が、ふたたび腰を上げたなら、むかしほどにはいかなくても、紅霊教が再起するのには決して困難はなかったでしょう。しかし弟のほうは、あの老人には、見きりをつけたらしいのです。そして卜部六郎と気脈を通じ、この六郎を守《も》りたてて正統紅霊教の継承者として、新しい一派を立て、自分が一人で、その実権を握ろうとしたらしいのです」

「先生、それを先生は、どうしておわかりになりました」

「卜部六郎を手当てしているうちに、彼がときどき口走る譫言の断片から推理したのですが、おそらくこの想像には誤りがありますまい。

紅霊教の陣営は、これで二つに分裂しました。そこにまた、莫大な遺産の継承権の問題が残されているのです。三人の娘の一人が死んだら、それだけ残された人間の利益となる――殺人事件の動機としては、絶好の条件ですね」

「三人の女をめぐる三人の男ですね。ですが、澄子さんも烈子さんも相次いで倒されてしまいました。残されたのは土岐子さんだけ、その恋人は、卜部鴻一君なのですね」

「そうです。彼は初めは紅霊教に帰依《きえ》しておったらしいのですが、このごろではその迷いをさとったと思われます。土岐子さんと卜部鴻一君だけは、紅霊教にとっては異端者的な存在なのですよ」

「おかげで、あの人たちの立場は、はっきりしてきました。しかし、幸二さんも、睦夫さんも、その財産の継承者としては、まず失格したというわけですね。残されたのは、ただ一人土岐子さんだけ。もしこの人が殺されたら、この事件はどんなことになりましょうか」

医師はおどろいたようであった。

「あなたは、土岐子さんまで殺されると思っておいでなのですか」

「そうです。もしわれわれが、犯人の企図に先手を打って有効適切な手段を講じないかぎり、あの人は、地に埋もれて殺されるでしょう」

「地に埋もれて……殺される！　それでは、神津さん、それでは……」

「そのとおりです。この殺人事件は地水火風の殺人です。犯人は完全におかしくなっているのです。ただ表面は、われわれと同じ、ふつうの人間に見えるかもしれません。しかしその心の底の奥底まで、紅霊教の教義が蝕《むしば》みつくしています。あとの二人を、ただ生命を断つぐらいなら、この犯人には、なんの造作もないことでしょう。だが犯人は、その死体を利用して恐ろしい悪戯を試みようとしています。生きた人間の霊気を奪って、地水火風の四元素に還元してみせようとしているのです。

黒猫は紅霊教の教えでは、神秘な力を持った神の使いということですね。犯人はまずその猫をあの家から盗み出しました。そして、七匹の中の二匹を、第二の殺人で、堂々と誇示してみせました。卜部六郎の祈禱所の玩具の短刀は、一つの殺人が起こるたびに、一ふりずつ姿を消していきます……。この犯人が倒れるとなれば、それはこのような装飾癖、自分の力を過信したことによって倒れるにちがいありません」

「そうでしょうか。神津さん。私は素人考えですが、この犯人は恐ろしい力を持った人間のような気がしますね。常識では解決できない魔力をもって、堂々と殺人を予言し、その予言どおりに実行する。自滅したり、捕えられたりするということは、ちょっと考えつきませんが……」

「いや、犯人は第二の殺人で、致命的な失敗をしてみせましたよ」

「その失敗と言いますと」

「お時を殺したことなのです。本筋の殺人には、なんの関係もないようなこの殺人に、私はある恐ろしい意味を見いだしたのです。犯人の焦慮《しょうりょ》を完全に見てとったのです」

「と言いますと」

「それよりも、まず先生におたずねしましょう。お時というのは、いったいどんな女なのですか」

「この村の中農の娘でした。やはり両親は猛烈な紅霊教の帰依者で、財産を全部失い路頭に迷って、父はおかしくなり、母は病気で死にました。本人も小さなときに病気をやったらしく、日常の生活に問題がありました」

「とすると、決して紅霊教に対しては、好感を持っていなかったことになりますね。それでも僕の見た感じでは、わりあいおとなしそうな、言いつけられたことは、はいはいと言って聞くような娘に見えましたが……。

どうして、あの家では、そんな娘を女中に使っていたのですか」

「さっきも申しましたように、この村の人びとは、みなあの家に非常な反感を持っているのです。たとえどんなに高給をつんだところで、あの家に娘を女中に出す者はありますまい……」

「それもそうかもしれませんが、直接にあの娘を雇い入れたのは誰ですか」

「それは……鴻一君でした」

医者は、ポケットから出したハンカチで、額の汗を拭《ぬぐ》っていた。

「ふしぎなことがあるものですね。この事件の急所急所に必ず鴻一君の名前があらわれてくるのです」

そのときだった。深い沈黙にはいってしまった私たちの耳に、あの恐ろしい第三の予言が低く響いてきた。どこから聞こえてくるのかと、私が耳を疑ったほど、低くかすかに、まるで地底はるかの奈落から、響いてくるような声であった。

「殺さるべし、地に埋もれて殺さるべし、最後の娘は地に埋もれて殺さるべし……」

たしかにそれは、あの予言者、卜部六郎の声であった。

「また、気がつき出したのですね」

「行ってみましょうか」

恭介と菊川医師は、とたんに顔を見合わせていた。一瞬間、私はぞっと、わけのわからぬ悪寒を感じたが、考えてみれば、それほどふしぎなことでもない。卜部六郎は、この家に監禁されているはずなのだし、とすれば、彼がまた神がかりのような状態に陥って、あの予言を口ばしりだしたのは、決してわからぬことではない。

だが、第一の水の予言も、第二に起こった火の予言も、そのまま事実となって起こった。とすれば、この第三の、地の殺人の予言も、また一笑に付してよいであろうか。

私も床から起きあがって、廊下へ歩み出した二人の後を追ったのだ。恭介は心配そうな眼をあげて、私のほうをふり返ったが、べつにおしとめもしなかった。

隣りの部屋は洋室だった。白壁に頑丈な樫の扉が閉じられている。医師は先に立って、鍵穴に鍵を突っこんだ。

卜部六郎は、寝台の上にすわってこちらにうつろな視線を投げていた。大きな眼の中の瞳孔は、定めなく、ちらちらと動いている。彼はほとんど放心に近い状態だった。私たちのあらわれたのにも、おそらく気がついていなかったろう。

「殺さるべし、殺さるべし、地に埋もれて殺さるべし……」

たえず、かすかな喉の底から、つづけざまに飛び出してくる呪いであった。

だが私たちを、心から震えあがらせたのは、決してその呪いの言葉ではなかった。狂った彼の眼ではなかった。

彼の膝の上に、一匹の黒猫が黄金色の両眼を輝かせて、じっと私たちを見つめていた。ごろごろと、喉を鳴らしていた。

いや、私たちを慄然とさせたのは、そればかりではなかった。

寝台の枕の上には、一ふりの白柄の短刀が閃いていた。鞘《さや》をはらった中身だけ、朝のやわらかな日の光を、きらきらとこちらへ投げかけていたのだ。

神津恭介はつかつかと部屋の中へふみこんで、その短刀を取りあげた。

「松下君、二本目の玩具の短刀と、三匹目の黒猫がまたあらわれてきたよ。しかも窓は中から鍵がかかっている……昨夜のお時の殺人と同じ条件、ただこの男が死んでいないだけの違いだ。いったい犯人は、なんのためにこんな冒険を行なったのかなあ?」

第九章　地底の巫女《みこ》

「菊川先生、先生がこの部屋へ、最後においでになったのはいつなのですか」

「七時ごろ、ちょっとのぞいて見ましたが、まだよく寝ているようなので、そのままにしておきましたが……」

「そのとき、この猫と短刀には、気がおつきになりましたか」

「布団の下にでも、かくしてあったのではないでしょうか。ぜんぜん気がつきませんでしたね」

「猫の鳴き声もお聞きにはなりませんでしたね」

「聞きませんでした」

恭介は、静かに窓のそばへ歩みよった。

「窓には鉄格子が植えこまれていますね。ずいぶん頑丈なつくりですが、これは精神病者の入院室として、建ててあるのですか」

「べつにそういうわけでもありますまいが、前の院長が造った家で、私はそのまま、どこも直さずに住みこんでいるものですから」

「そうすると、この窓から人間は出入りできないことは、はっきりしていますね。だが通信や、猫や短刀を入れるぐらいのことはできますね」

「でも、神津さん、この窓には、内側から鍵がかかっているじゃありませんか」

「先生、第一の殺人でも、第二の殺人でも、窓はどの場合でも、必ず内側から鍵がかかっていましたよ」

「というと」

「いわゆる密室の犯罪ですね。しかし第一の犯罪では、僕は窓の鍵を十分調べた結果、どんな手段を用いても、機械的な方法によっては、あの窓を外から閉じて、中から錠をかけたように見せかけることはできない、という結論に達したのです」

「どんな方法によってもですか」

菊川医師は、いくらか合点のいかないような様子であった。

「そうです。理由は申し上げませんが、それが物理的に不可能だということだけは、僕が首をかけて断言します。あの窓は、内側から直接、鍵をおろされたのにちがいないのです」

「するといま、この部屋の場合もそうなのですか」

「そのとおりです。三度とも、部屋の窓は、内側から閉じられてあるのにちがいありません」

神津恭介は、いつのまにか、日ごろの自信をとり返していた。迷いもせず、疑いもせず、ただ一筋の信念に生きる、孤高な天才の颯爽たる態度であった。

「私にはわかりません。どうしてそんなことができるのか、見当さえもつきませんね」

「先生が、おわかりにならないのも、ごもっともですよ。犯人だって、おそらく第一の事件では、窓が閉じられているとは思わなかったことでしょう」

「どうしてです。どうしてなんです」

彼はふしぎな興味を感じはじめたらしかった。

「先生は、第一の殺人のときに、卜部六郎らしい男が、浴室の外からのぞきこもうとしているのを、便所の窓から発見なすったと言われましたね」

「そのとおりです」

「ところが卜部六郎には、そのときのアリバイが成立しています。とすれば、窓からのぞきこんでいたのは、彼ではなかったのですよ」

「それでは、私の錯覚だったのでしょうか」

「いや、なんと言っても、暗いところですし、先生も距離のある便所の窓から眺めたのですからね、誰かが、この男の変装をしていなかったとも言えますまい」

「すると、それは、いったい誰なのでしょう」

「少なくとも、そのとき、あの家の中にいた人間の中にいるとは思えませんね」

「それが犯人なのですか」

「そこまでは断言できません。しかし、菊川先生、あの窓のガラスは曇りガラスなのですよ」

「それは、神津さん、どこの浴室でも、たいてい曇りガラスを入れてあるでしょう」

「ところが先生、こんなことに気がつかれたことがありますか。部屋の中に電灯がついていて、窓に曇りガラスが入れてある場合、外からどんなにガラスに顔を寄せても、中の様子はわかるものではないのですよ。それと反対に、中からは誰かがのぞいているということはわかるのです。だからもし犯人が、ああして窓へ忍びよってのぞきこもうとしたとするならば、その窓が閉まっているということは、予測していなかったわけでしょう。彼は窓に錠がかかっていないと、信ずる十分の理由があったのです」

「そうすると、どういうことになりますか」

「あの日浴室へはいったのは、松下君、幸二さん、それから卜部鴻一君、最後に澄子さんの順でした。ところが鴻一君の、松下君に話した話では、自分は窓を一度開けたとは言っていました。ところがその後で、錠をまたおろしたとは、一言も言っていないのです」

　真に恐るべき神津恭介の洞察であった。彼はこのとき、まだ十分に、この事件の真相を把握したとはいえなかった。だが、この点に気づいたというのは、その核心を衝《つ》く第一歩だったともいえるのだ。

私はそのときまで、寝台の上に腰をおろしている、卜部六郎のことは、ほとんど忘れはてていた。匕首《あいくち》で鋭く急所をえぐるような神津恭介の推理の魅力に陶酔して、いまにも彼が、この事件の犯人の名を指摘してみせるかと、期待に胸をおどらせていた。

そのときである。突然、卜部六郎は、恐ろしい苦闘を始めだしたのだ。くっくっくっと喉を鳴らし、寝台の上に身を投げて、爪で布団をかきむしりはじめた。両眼は朱を注いだように血走っている。吐き出す息は、火を口に含んだように乾いている。大波のように身悶えし、虚空をつかもうとする、震える右手の動きとともに、寝台の上の玩具の短刀は、かたりと床の上に低い響きをたてた。

その姿を、嘲り笑うかのごとく、枕の上の黒猫は、長い尻尾をくるくるとまきあげて、赤い舌をなめずりながら、ニャオーンと長く尾を引いて、ぶきみな鳴き声で鳴いたのである。

「神津さん、また毒……でしょうか」

私の頭の中には、昨夜のあの一室の光景が電光のように閃いたのだった。

「そんなことはありますまいよ。ここはあの紅霊教の本部ではないんですからね」

恭介は、かがみこんで、六郎の顔をのぞいていたが、突然ふり返って、菊川医師を詰問するように言いだした。

ませんか」

「菊川先生、この六郎という男は、ひょっとしたら、麻薬中毒にかかっているんじゃあり
「どうも、そうらしいんです……」

その声に応ずるように、六郎はばりばりと胸をかきむしりながら言いだした。

「薬をくれ……モルヒネを打ってくれ……」

「先生、モルヒネの準備はあるのでしょうね」

「ええ、多少の準備はしております」

「それでは、注射の支度をしていただけませんか」

医師の出ていくのを待って、恭介は男の体を揺すぶりながら言いだした。

「さあ、いま注射をしてやるよ。そのかわり、おまえの知っていることはなんでも言うか。言わないと、注射をしてはやらないぞ」

「言う……言う……なんでも言う」

「あの予言を、おまえに言わせた相手は誰だ。その黒幕を言わないか」

「誰にも……誰にも……頼まれはしない。薬を早く……」

「それではどうして、澄子さんや、烈子さんの殺される時間も方法もわかったんだ」

「神のお告げだ……予言の力だ……おれは神様ののりうつっている間に、その予言が頭に浮かんだんだ。それに気がついてから、読みあげただけ。ああ苦しい。薬は……薬

は……」

「さあ、神津さん、準備ができましたよ」

菊川医師が注射器とアンプルを持ってはいってきた。

「どうもすみません。僕が打ってやりましょう」

恭介は六郎の腕をまくりあげたが、おどろいたように眼を見はった。

「ずいぶんひどい注射の跡ですね。モヒ中毒として相当のものですよ。いったいこの男は、どこからこんな麻薬を手に入れるのでしょう」

「神津さん。大きな声では言えませんが、紅霊教の本部には、軍から戦時中流れ出した、大量の麻薬が隠匿されていると、村ではもっぱらの噂ですよ」

「もしそれが流れ出して、この男の手にはいっていたとするならば、あの家とこの男とをつなぐ糸は、まだ完全に切れてはいなかったのですね」

ひとりごとのように答えて恭介は鋭い針を、六郎の二の腕に刺しこんだ。

大きな吐息が、紫色に変わった厚い唇からもれた。ほっとしたように、大きく肩で息をつくと、彼は軽く眼を閉じて、すやすやと、ふたたび夢路をたどっていった。

「先生、じつに裏には裏のある事件ですね。この男が今度眼をさましたら、徹底的に、その予言の真相を追及してみせますよ」

恭介は、きりりと唇を嚙みしめていた。

鈍い自動車の警笛が、そのとき表のほうで聞こえた。低い心を沈みこませるようなその響きは、この灰色の光景をいっそう寂しいものに感じさせた。

楠山警部がはいってきた。

「先生。お早うございます。昨夜はどうもたいへんお手数をかけました。松下さん、どうです。もう気分は治りましたか。それはよかったですね。では、神津さん、参りましょうか——」

「どこへ行くのですか」

私はおどろいて、楠山警部の顔を見つめた。

「この男の祈禱所へ行くのですよ。家宅捜索の令状が出たのです。神津さんのお話では、あの祈禱所こそ、この事件の陰謀の根源にちがいないとのことでしたから……」

「神津さん、僕もつれていってください」

私は我慢ができなくなって叫んだが、恭介はまだ心配そうな顔をしていた。

「先生、松下君は大丈夫ですかしら」

「まあ、ご本人がこう言っておられるのですから、たいしたことはありますまい。どうせ、一時の過労と興奮からきている脳貧血ですから、ここでいらいらしているより、いっしょに行って、気晴らしをしたほうがいいかもしれませんね。ただ無理をなさらないようにしてください。あとでまた、ここへ帰ってこられたらいいでしょう」

私は手早く洋服に着かえて二人といっしょに家を出た。頭はまだ、ずきんずきんと割れるように痛んでいた。手も足も、背中のあたりも、鉛のように重かった。

自動車はすぐ走り出し、まもなく、あの丘の麓についた。その間に私は二人に問いただし、あれから後の捜査状況について次のようなことを知ったのである。

神津恭介が、混沌、混沌、また混沌と、嘆息をもらしたのも無理はなかった。この第二の殺人の直後の捜査当局の狼狽《ろうばい》は、まさにおおうべからざるものがあったのである。

犯人は絢爛華麗たる殺人交響楽を演奏しようとしたのである。殺人の予言、殺人未遂、つづいて真の殺人と、これが一つの楽章をなし、水を主題とした第一楽章から、火を主題とした第二楽章へ、一分の狂いもなく堂々と傍若無人に演出されたのであった。しかも天才、神津恭介ですら、見事にその裏をかかれたということが、まさかとたかをくくっていた当局の自信を根底から覆《くつがえ》してしまったのである。

第二に当局を茫然自失の状態に陥れたのは、香取睦夫が姿を消してしまったことであった。しかしこれは、当局の側にもぜんぜん手落ちがなかったとは言えない。

彼は夜にはいって、いったん浅川警察署から釈放された。それは直接のきめ手がなかったことにもよるが、一度彼を自由の身にしておいて、これからどういう行動をとるか、終始観察したほうがよくはないか、という意見が大勢を制したためであった。

しかしいったん釈放された睦夫は、八坂村へ帰ってくると、六郎の祈禱所の立っている丘のあたりで、忽然と姿を消してしまったのだ。

戦時中、軍がこの丘を利用して構築した横穴や洞窟が、なかば崩れたままに放置されていたが、彼はその穴の一つに姿をかくしたまま、尾行してきた石川《いしかわ》刑事を、完全にまいてしまったのである。その後の彼の行方は杳《よう》として知れない……。

それが、私が気を失っている間の、一般的な状況であった。

この日は、朝から灰色の暗雲が、低く地上にたれこめていた。

武蔵野の木枯らしが、時折り鋭い響きをあげ、薄《すすき》の尾花をゆり動かして通りすぎるたびに、ぱらぱらと冷たい氷雨が、私たちの総身を吹きつけてくるのだった。

私たちは黙々と、一言も語らずに、丘をのぼった。祈禱所の前には、すでに何人かの警官が私たちを待っていた。

彼らには、ふしぎな動揺の色が見える。なにかまた、恐ろしい事件がここで起こっているのだ。私はとっさにこのように感じていた。

その中の一人が、一歩踏み出して、かすれた声で言いだした。

「警部殿、妙なんです。妙なことが起こっています」

「どうしたんだね」

「昨夜、神津さんのお話で、私がここへ来て、のぞいたときには、たしかに三方《さんぼう》の上に、短刀が二ふりのっていました。ところがいま来てみると、三方は空《から》、その短刀は一ふりも残っていないのです」

私もまたも恐ろしい戦慄を感じないではいられなかった。四ふりの玩具の短刀……その一ふりは、お時の胸にのせられていた。一ふりは、卜部六郎の寝台の上だった。それであとの二ふりはいったいどこへいったのだろう。

楠山警部も恭介も、顔色を変えた。ものも言わずに、互いに顔を見合わせていた。

人の影もない、がらんとした建物の中へ踏みこむと、警部は駆けるように、奥の院の格子にしがみついて、その錠をのぞきこんだ。

「神津さん……」

恐ろしい物を見たように、彼はこちらをふり返った。

「どうしました」

「一昨日、私がここへやってきて、錠をおろした封印が、そのままになって残っています。犯人は決して、この戸から出入りしたのではありません……」

しかしそれでは、……短刀はたしかに一ふりも残っていない！　白木《しらき》の三方の上には、塵一つとどめていないではないか！

格子と三方の間には、六尺以上の距離があった。手もとどかぬ。もちろん、人間の出入りなどできようはずはなかったのだ。

形を変え、姿を変じて起こってくる不可能犯罪の数々だった。すべては密室の犯罪か、またその変形とでもいうべき事件であった。

私は思わず、そのとき両手で顔をおおって、逃げだしたくさえなったのである。

しかもその瞬間、死のような沈黙を破って、どこからともなく聞こえてくる、ぶきみな猫の鳴き声が……。

神津恭介の眼は、射とおすように、格子の中の白木の扉、高天原の入口に注がれていた。後をふり返り、天井を眺め、横を見まわして、猫の姿を求めていた。私たちの眼が、彼の視線を追ったとき、私も氷のような戦慄を禁ずることはできなかった。

「楠山さん。この格子を破ってください。あの扉の中を調べましょう」

「でも……」

「あなたまで、紅霊教を恐れているのですか。神のたたりが怖いのですか。事は一刻を争います。あの中には、僕たちの捜し求めているものが、かくされているはずなのです」

神津恭介が、いったんこうと思いつめると、その言葉には、妥協を許さぬきびしさがあった。いかなる者の権威をも従わせずにはおかない、強い力がこもっていた。

楠山警部は、一言も答えようとはしなかった。ポケットからとり出した鍵を、震える手で錠に突っこむと、封印を破って、格子戸を開いた。

高天原の白木の扉口は、外から大きな錠がおりていた。鍵はない。錠をこわす以外、方法はなかった。

またもぶきみに流れてくる猫の鳴き声があった。いまは疑う余地もない。それはたしかに、この高天原の中から聞こえてくるのだった。

警官が、太い鉄棒で、錠をこわしている間に、恭介は、じっと短刀ののっていた祭壇の上の白木の三方を見つめていた。

「松下君、見えるかね。この祭壇の上の埃は、ちっとも乱れてはいないんだ。犯人は三方を動かさずに、短刀だけを持ち去ったのだよ」

なにか意味ありげな一言であった。だがそのときの私には、その言葉の意味を考えなおしている余裕はなかった。私の全神経は、一筋にはりつめて、白木の扉のかげの秘密に集中されていた。

扉が開いた。錠がぎりりときしっていった。

楠山警部が大きく力を入れて扉を手もとに引いた刹那、その隙間から一匹の黒猫が、ぱっと飛び出して、私たちの間をかすめ、奥の院の薄暗い雑然とした供物調度の中を、火のついたように狂わしく走りまわっていた。

黒猫は死の象徴であった。少なくともこの紅霊教殺人事件では、失踪した七匹の黒猫のあらわれるところには、すべて恐ろしい死の影が、黒い巨大な翼を、はたはたとひるがえしておそいかかってきたのだった。

神津恭介の洞察は、またも的中したと言える。捜査当局が、懸命に捜し求めていた、香取睦夫、彼はいまここに、この祈禱所の高天原に、その身をかくしていたのだった。だが、時はすでに遅く、機会は永遠に失われた。

彼はもの言わぬ死体であった。命を失い、冷たく冷えきった骸《むくろ》であった。

恐ろしい痙攣の跡が、まざまざとそのこわばりきった顔の表情に残っていた。かっと見開いた眼は、天井の隅に白く巣を張った蜘蛛の網、その中に捕えられた、かわききった一匹の白蛾の影を見つめているように思われた。かるくゆるんだ唇からは、いまにもこの邪教に対し、自らの命を奪った殺人鬼に対する、呪いの言葉が飛び出してくるのではないかとばかり思われた。

「死後十四、五時間、ストリキニーネによる毒殺ですね」

神津恭介は低くひとりごとのように呟いていた。時間は十時三十分、とすれば、睦夫が命を奪われたのは、きょうの明方《あけがた》、第二の殺人の直後だったといえるだろう。

だが恭介の視線は、ふたたび薄汚い畳の上の、薄い包装紙に包まれている大きな籠をとらえていた。紙は半分ほど猫の鋭い爪にかきむしられて、大きく口を開いていた。

そしてその中に、きらきら閃く、一ふりの短刀の光があった。

楠山警部は、恭介の視線に気づいたように、その籠のそばへ歩みよったが……。

「神津さん。靴です。汚れた兵隊靴です。それに玩具の短刀が、ここに一ふり残っていました」

「楠山さん。これは恐ろしい事件ですよ」

恭介の声も震えていたのだった。

「この事件では、八人の犠牲者が予定されているのです。睦夫君も、そのあわれな一人にすぎなかったのですよ」

「どうしてです……あなたはさっき、この事件は、地水火風の四元素殺人、四幕の悲劇だと、言われたばかりではありませんか」

「地水火風の殺人は、この紅霊教殺人事件の本筋なのです。ところがこの恐るべき犯人は、その間奏楽として、本筋には一見なんの関係もないような、四つの殺人を企図しています。それが四ふりの玩具の短刀に、そのまま象徴されているのですよ……」

私たちの心をじーんと凍りつかすようなこの事件の核心をついた鋭い一声であった。

「その証拠はそればかりではありません。七匹の黒猫が行方不明になっています。第一の殺人にこそ、猫の姿は見えませんでした。しかしそれから、死体とともに、必ず一匹ずつの黒猫が発見されているのです。一プラス七イコール八。これから見ても、この犯人の企図するものは、八人の殺人としか思われませんよ……」

楠山警部は、一歩ふみ出して血を吐くような声でたずねた。

「それでは、あの六郎のところにあらわれた猫と短刀は、いったいどんな意味を持っているのでしょうか」

「死を賜う、という犯人の宣言でしょう。まだあの男は、犯人のために、ある役割をつとめなければならないのです。その役割が終わったときに、彼もおそらくこの冷酷な犯人の手にかかって生命を絶たれるのでしょう。それをいまから犯人は、堂々と僕たちに予言してみせたのです」

「神津さん。それであと一ふりの短刀は、玩具の短刀はいったい誰のところに舞いこむのでしょうか」

「わかりません。僕はすべて見通すような予言の力は持っていません。だが、この事件の犯人は、すばらしい殺人方法の妙味を見せているのです。一方では短刀による心臓の一撃という、大胆不敵、傍若無人な堂々たる殺人。一方では、陰険きわまりない毒の使用。生命には別状のないエメチンと、瞬時に命を絶つ猛毒ストリキニーネを使いわけて、神秘宗教の衣の下に絢爛華麗な四楽章、四つの間奏楽からなる殺人交響楽を、演出しようとしているのです」

言語に絶する、この殺人鬼の恐るべき企図は、いまこそ神津恭介によって、完全に私たちの眼の前に暴露された。

私もたしかに、この犯人の大芸術とでもいいたいような、雄大無比の構想に、驚異の眼を見はらないではおられなかった。

だが、この二つの間奏楽――お時と睦夫の殺人は、いったいなんの目的で行なわれたものであろうか。捜査当局の眼をそらそうとする苦肉の策にすぎないのか、それともまた、その裏には、隠微をきわめ、容易に捕捉できないような動機が秘められているのだろうか。

「神津さん。そのことはあとにしましょう。ところで犯人は、いや被害者の睦夫さえも、どうしてこの部屋へはいれたのでしょう。私の残した封印を破りもしないで……」

「さっきから、僕もふしぎでならなかったのです。楠山さん、ひょっとしたら、この部屋、この高天原には、どこか抜け道がありはしませんか」

「どうしてです」

「そうでもないと、この殺人の方法が、ぜんぜん見当がつかないんです。この丘には、戦時中に軍のつくった洞窟や横穴が縦横に残っているはずですし、この被害者も、その穴の一つに身をかくしたと言いますね。よくこの中を調べさせていただけませんか」

その中は、三畳敷きの部屋であった。壁はみな、白木の板壁、一方には神棚が設けてあって、

「天正紅霊大名神」

と黒くしるされた一枚の神札と、榊のはいった素焼きの壺がのっているだけ、なんの装飾もなかったのである。

「壁ではありません。床です。床を調べてください」

三畳の二畳は畳、あと一畳には薄べりが敷かれてあった。その薄べりをまきあげたとき、

楠山警部の口からは、またもおーっという感嘆の声がもれた。喜びとも、おどろきとも、恐怖とも、名状できない声であった。

その下の板には、揚げ蓋が切られていた。人間一人、くぐれるかくぐれないかという大きさ。蓋を両手で引き上げると、生あたたかい風がぷーんと吹きあげて、中は底知れぬ、古井戸のような、深い竪穴《たてあな》なのだった。

それればかりではない。揚げ蓋の裏側には、くるくると丸めた縄ばしごが、くくりつけられていた。その長さは二丈はゆうにあっただろう。これが高天原から、地底の闇に通じている秘密の通路なのだった。

「神津さん、おかしいですね。この部屋へ犯人ははいってこなかったのでしょうか」

「そんなことはありますまい」

「でも、この縄ばしごを巻きあげて、揚げ蓋を閉めたなら、この部屋はやはり完全な密室になってしまうわけじゃありませんか」

「しかし、この殺人は、明らかに毒殺なんですからね。犯人がこの毒を部屋に持ちこんで出ていき、その後、被害者が、縄ばしごを巻きあげて、揚げ蓋を閉じ、それから被害者が毒を飲んだと考えるなら、なんのふしぎもないのです」

「それでは、その毒は、いったい何に……」

恭介はしずかに畳の上を指さした。死体のわきに転がっていたのは、口の開いた魔法瓶、中の液体はほとんど畳に吸われていた。

「指紋の検出なんか、むだですよ。指紋なんかでつかまるような単純な犯罪者ではないのです」

楠山警部の心の中を見すかすように、恭介は鋭い言葉を言い放った。

「神津さん。それでは、犯人は、ここから出入りして短刀を持ち去ったのでしょうか」

「冗談ではありません。大きな錠がこの部屋の外側からかかっていたことをお忘れですか。この高天原の中へはいることは、とうぜんできたことでしょう。しかしこちらから、あの奥の院へはいることは、ぜったいにできはしないのですよ」

「といって、祈禱所のほうからはいるには、あの錠の封印も破れてはいませんでしたが――」

「またしても、密室の犯罪ですね。しかしこんなことは、子供だましの悪戯にすぎませんとも」

神津恭介は笑っていた。かげの秘密を見ぬいたように静かな微笑を浮かべていた。

「まあ、楠山さん。この魔法瓶の内容を分析させること、死体を解剖させること、それから この靴が、この間の足跡に一致するかどうか、確かめることが先決問題ですね。しかし、それは時間がかかることですから、その前にいちおう、この穴の中を探ってみましょうか」

「いや、どうも恐れ入ります。私たちのほうが、先に立って行動しなければならないのに、神津さんには万事に後手をいきますね」

そう言いながら、警部の全身には、烈々たる闘志がよみがえってきたようだった。

縄ばしごを伸ばし、懐中電灯をともして、まず楠山警部が地の底へおりていった。まもなく、縄をひく合図とともに、かすかな声が、四方の壁にこだまして聞こえてきた。

つづいて恭介が、その後を追って私がはしごをおりた。下は古井戸の底のような、なんの光もない狭い洞穴、懐中電灯を振りまわしても、なんの痕跡も、発見することはできなかった。

人間一人、腰をかがめて通れるぐらいの横穴が、右のほうへ通じていた。生あたたかい湿気をおびた、かすかな風が、私たちの官能をくすぐるように吹いていた。

「楠山さん。行ってみましょう」

今度は恭介が先に立った。ゆるやかな傾斜を持った狭い道——前途に何が待っているか知れないだけに、私はなんとなく恐ろしかった。はてしない不安を心に感じていた。

先頭の恭介はとつぜんぎょっとしたように立ち止まった。

「あなたは……あなたは……」

彼の持つ懐中電灯の光芒は、大きく動いて、その刹那、一人の人間の姿をくっきり浮かびあがらせた。

恐ろしい瞬間だった。私の思いもおよばぬ出来事だった。

それはまさしく女であった。卜部六郎の相手をつとめる、若い巫女、美しい千晶姫が、いまこの地底にあらわれたのだ。

「まあ、みなさん、今度は地獄めぐりですの」

嘲《あざけ》るような一言をぽつりと唇からもらしたまま、この巫女は濃艶な口もとにあやしい微笑を浮かべたのだった。

第十章　静かなる決闘

時も時、場合も場合、この暗黒の地底に、白衣の美女がひそもうとは……。

それも怪奇な事件の解決の、一つの鍵を握っていると思われる千晶姫が……。

私は思わず震えあがった。高天原で発見された死体のことを、知ってか、または知らずにか、女は私たちの狼狽を嘲るように、懐中電灯の光の中で、唇の端をかすかにつり上げて、なにか意味ありげな微笑を浮かべ、それと同時に、身を刺すような一言を、ぽつりと浴びせかけたのだ。

「木下昌子さんですね……あなたはここで何をなさっておられるのです……」

表面では、なんの動揺をもあらわさぬ、しずかな神津恭介の声。

「あなたが神津恭介さん。名探偵直々のご出馬とは、まったく恐れ入りますわ。いかが、真犯人の目星はおつきになりまして……」

「まあ、おぼろげながらもつかめましたね」

「それじゃあ、早くあの人を返してくださらない……」

「なんにしても、ここではお話もできませんから、外へ出ましょう」

「ええ……」

思いのほか素直に女は言葉に従った。

生ぬるい、どんより澱《よど》んだ空気は息苦しく私たちの胸を圧した。地下水にじっとり濡れた洞窟の壁を手さぐりに、赤土にすべる足をふみしめながら、一町ばかり歩きつづけると、道はゆるやかな上り坂となり、穴の入口から、かすかにもれてくる光とともに、快い枯草の臭いが、むっと鼻をついた。

入口は山間の谷に開いて、一面の熊笹の茂みにかくされ、ちょっと気がつかないようになっている。私たちが、車を止めた丘ののぼり口とは反対側になっているのか、めったに人の通らぬような場所であった。

「一本どうだね……」

大きく深呼吸した楠山警部が、ポケットからとり出した「光」の箱を女にすすめた。

「そんなもの、いただきませんわ」

「ほう、ご挨拶だね」

むっとしたように、警部は自分の煙草に火をつける。かわって、恭介がたずねはじめた。

「木下さん。僕たちは、べつに六郎さんに悪意をもって監禁しているわけではありませんがね……この事件の真相が完全に暴露されるまでは、どうにもしかたがないのです。できるだけ早くお返しするようにいたしましょう。ですが、あなたはどうして、この穴の中にかくれておられたのですか」

「ランデブーだとお考えあそばせ」

「それでその相手は……」

「待人は……来たらずよ」

とりつく島もないような言葉だった。言葉の調子にも、なんとなく金属的な響きがある。この女は、身につけた衣装の上に眼に見えぬ鎧《よろい》をまとっているような感じがした。生まれのためか、信仰のせいか、それとも心に、人に語れぬ秘密をいだいているためか、女とは思われぬほど冷ややかなところがあった。

「それよりも、あなたがたこそ、どうしてあんなところを歩いておられましたの……」

「高天原から天下って、地獄めぐりをしていたんですよ」

「まあ、高天原から！　いったい誰の許しを受けて……」

「地上の法律の力によって、あえて神域を侵したのですがね……」

「それで、何かを発見なさいまして……」

「死体を一つ、昨夜この丘のあたりで、尾行の警官をまいて姿を消してしまった、香取睦夫君の死体をね……」

「ほんとう……それはほんとうですか……」

「僕は決して嘘を言いませんよ」

女の表情は、なんとなく変わっていた。眼に見えぬ鎧がいつか消え失せたよう。私たちに対する恐れ、反抗心、警戒意識などがたちまち失われ、ただの女に返ってしまったような姿であった。

大きく肩を落として溜息をつくと、女は恭介のほうに、憐れみを求めるような眼を上げた。

「神津さん、それでは睦夫さんを殺したのは、やっぱりほかの人たちを殺したのと同じ人間の仕業でしょうか……」

「と、思いますね。木下さん。ご用心なさいよ。この血に飢えた殺人鬼は、何をやりだすか、ぜんぜん得体が知れないのです。卜部一家の人びとが殺されているのを見るだけなら、あなたも路傍の人が死ぬような、平気な気持ちで見ておられるかもしれませんが、犯人の手は、次には六郎さんの上に伸びようとしているのです……」

女はぶるぶると身を震わせた。なにか言いだしたいのだが、言葉が出ないというふうだった。

「それで神津さん。名探偵といわれるあなたが、それを黙って見ておられるの……」

「残念ながら、いまのところ、僕には、真犯人に対する確証がありませんので……」

しばらく死のような沈黙がつづいた。千晶姫は、いらいらした気持ちをおさえきれないように、薄《すすき》の穂を左手でぽきぽきと折っていた。

「神津さん、わたくしをあの人に、一度会わせていただけません？」

女はなにか、心に思いつめた様子であった。

「そうですね。菊川先生さえ、よろしいとおっしゃるならば……」

「菊川先生ね……」

女は眼を伏せて、わけのわからぬ吐息をもらした。

そのときである。熊笹の中をざわざわかきわけて、一人の警官が、この場へ姿をあらわした。

「警部殿。こちらでしたか。至急紅霊教本部にお帰りねがいます」

「どうしたのかね」

楠山警部は、はっとしたように、背後へ開き直った。

「三度目の毒殺未遂事件が起こりました。今度もエメチンが使われたらしいと、菊川先生のお話であります」

「今度は誰だ。誰がやられた」

「香取幸二が倒れました。持薬を飲んだと思ったら、とたんに卒倒して嘔吐《おうと》を始めたそうであります」

ふたたび三たび、執拗にくり返される、この薬品による殺人未遂……犯人の狙いは、はたしてどこにあるのだろうか。

神津恭介は眼を上げた。灰色の暗澹《あんたん》たる空を眺めて、私たちの肺腑《はいふ》をえぐるような言葉を口走った。

「松下君、これがこの事件の大きな特徴なんだなあ。僕がこの殺人事件を、殺人交響楽と名づけた意味がわかるだろう。四つの楽章に加えて四つの間奏楽。そして一つの楽章には、殺人の予言に始まり、殺人未遂につづき、実際の殺人に終わるライトモチーフがくり返されている。水の楽章、火の楽章……この交響楽はいま最高潮の第三楽章、地の悲劇にはいっているはずだ……」

私たちは、丘を回り、待たせてあった自動車に乗って、紅霊教の本部へむかった。

黙々として、腕を組み、眼を閉じている恭介に、楠山警部はなじるようにたずねた。

「神津さん。あの女は、どうしてあそこにおったのでしょう」

「わかりません。何か目的を持ってのことにちがいないのですが、ああした女は、こちらが強く突っこむと、ますます深く殻に閉じこもってしまいます。いま少し、手を下すのは待ってみましょう。それよりも、重要なのは土岐子さんの処置……この地の殺人だけはどうしても防がなければ」

彼の焦慮にたえぬ心境は、きょうの私には完全に理解できた。昨夜私たちの眼前で行なわれたような犯人の大手品が、ふたたび今夜くり返されないとは、誰にも予想できないのだ。

車が本部へついたとき、大玄関には菊川医師が立っていた。

「先生、今度はエメチンは、何にはいっていたのです」

車から降りるや否や、恭介がたずねた。

「あの人は、喘息持ちで、たえず丸薬を持薬にして持っていたらしいのです。お断わりしておきますが、これは私の調合した薬ではありませんよ……それがあと十錠ぐらい残っているのですが、昼食前にそれを飲んで、たちまち苦しみはじめたようです」

「もちろん、薬をすりかえたのは、この家の住人のしたことでしょうね」

「と思います。いや、そうとしか、私には考えられません」

「それで危険はありませんか」

「エメチンでは、死ぬようなことはありませんよ……」

医師の口もとには、なにかしら、わけのわからぬかすかな微笑が浮かびあがっていた。それは、医学士の肩書を持つ私たちを、軽蔑しているようにもとれるのだった。

廊下を歩いて、奥へ行こうとした私たちの前に、突如として、卜部鴻一が立ちふさがった。血の気の少しもない顔色。きりりと噛みしめたその唇、何かを心に思いつめているようだった。

「神津さん。お話があります」

「ほう、なんですか」

「土岐子さんの処置のことです」

「土岐子さんを、どうしようというのですか……」

「あの人は、もうこれ以上一晩も、この家に放置しておけません。今度殺されるとすれば、必ず土岐子さんの番……一刻も早く、どこか安全な場所へ移してください」

「そうですね。それは前から考えてはいたのですが、菊川先生、病人のほうは、急を要する状態ではありませんか」

恭介は、背後の医師をふり返った。

「大丈夫です。例によって例のごとしですよ」

「それでは先生、すぐに参りますから、幸二さんの手当てをお願いします。じゃあ、卜部君、どこかの部屋で……」

恭介と鴻一と私の三人は、すぐそのそばの六畳にはいった。

「卜部君、君がそんなに心配する理由はどこにあるんだい」

「神津さん。あなたは昨夜の惨劇を防止することはできませんでしたね。名探偵といわれるあなたが、完全に虚を衝《つ》かれるようなこの犯人……いや、僕はあなたを責めているのではありません。ただ、あの人を殺したくないだけ……今夜、今夜がじつは危ないのです」

「どうして今夜と言うんだい」

「菊川さんから、まだお聞きになりませんか。卜部六郎はさっき、菊川医院の中で、――悪魔の娘は殺さるべし。今宵地に埋もれて殺さるべしと、はっきり口走ったようですよ」

恐ろしさにたまりかねたというように、彼は大きく身を震わせた。私も思わず、背後をふり返ったくらい……一度は私も笑っていた。わけがわからないとも言えるのだった。しかしこの殺人交響楽の楽章、楽章ごとに、必ずくり返されていく、このリフレインの恐ろしさ。ゆるやかな、それでいて、数学的な正確さをもって、見事と言いたいほどのリズムとテンポをもって、進行していくこの殺人計画の大きさには、私もすっかり圧倒されていたのだった。

「卜部君、もし私がそれをとめたら……」

「神津さん。あなたはなんの権限をもって、僕の決心をとめるのです」

「君こそ、土岐子さんの体に対して、それほど心配する必要があるのかしら」

「神津さん。一高時代に推理機械と言われていたあなたは、やっぱり木石のような冷たい人なのですね。人間の愛情というものには、てんで理解がないのですね。僕と土岐子さんは、心から愛し合っています。もしあなたやほかの人がとめるようなら、僕たちは正式に結婚して、あすにでも、この死の家を立ち去ります」

「正式に結婚する……いいでしょう。僕はそこまで干渉する意志もなければ資格もない。しかし、卜部君。君たちが正式に結婚して、その後で土岐子さんが、殺されるようなことがあったら、君の立場はどうなる……」

「………」

「卜部家の莫大な全財産は、すべて君の手に転がりこむことになるのだよ」

「神津さん、それではあなたは、僕をこの殺人事件の犯人だと、思っておいでなのですか」

「そうは言わない。そこまで僕も言いはしないよ。だが僕が、この事件を細かく観察していったときに感じたこと、それはね、この事件の急所急所には、必ず君の名前があらわれるということなんだ」

「と、言うと」

「松下君をこの家に呼びよせたのも君だった。エメチンに関係のあるのも君、この紅霊教に恨みをいだいているようなお時を、女中に雇い入れたのも君だろう。そしてエメチンを飲まされもせず、死の宣告も受けない人間は、この家の棟の下ではただ一人。それにまた、君が土岐子さんと正式に結婚すると、すべて条件はそろっている。いや、そろいすぎると言いたいくらいだね」

「神津さん、遺憾ながら、それはあなたにも似合わないお言葉ですね。すべての証拠は状況証拠、直接証拠は何一つありませんよ」

「直接証拠があがっていたら、君をこうしておきはしないよ。松下課長か楠山警部にそう言って、君をこの事件の真犯人として逮捕させるよ」

日ごろ、おとなしい恭介がこのときは珍しく興奮していた。隣りの部屋には、床についた香取幸二と楠山警部、菊川医師がいるはずだし、私はこの言葉が、隣りの部屋へ聞こえはせぬかと、一人ではらはらしていたのだ。

「神津さん。それはあなたにも似合わない、独断的な考え方ですね」

恭介が興奮すればするほど、相手は氷のように冷静になった。日ごろとは攻守、所をかえたと思われるほど、とめようにも、私は割ってはいる機会を発見できなかった。

「独断だと考えるのかね。そうじゃない。そうじゃないよ。この事件は、一見雲をつかむような混沌たる事件にはちがいない。だが混沌の中に一つの統一がある。大きな事件の性格がある。一つ一つの楽器の音を聞こうとするから、ほかは雑音だと聞こえるが、すべての要素のかもし出す全体には一つの法則があり、流れがある。……たとえば犯人が、こうして地水火風の殺人をあえてしようとしているわけ。卜部君、君にはそれがわかるかね」

「僕ならば、犯人の見事なファインプレーと考えますね。神津さんのような名探偵でも、まんまとその虚を衝かれたのですから」

「そのとおり。だが、それだけの理由じゃないよ。犯人には子供のときに受けた紅霊教の信仰が、強固な潜在意識となって、どうしても払い去ることはできないんだ。その後で犯人は、近代の正統学派の教育を受けた。そして信仰と科学との矛盾に悩んだ。理念と信仰との相克《そうこく》。これは決して古い問題ではない。人類のつづくかぎり、いつまでも、いつまでも、くり返されていく永久に新しい問題だよ。そして犯人はおかしくなった。もちろんおかしくなったといっても、あの卜部六郎のように誰が見てもわかるような異常者ではない。表面は君や僕のように、ふつうの人間とは、ぜんぜん変わりのない人間の様子をしている。ただ理念と信仰との均衡を保つ、一つの歯車が狂ったんだ。小さなときから受けて信じていた教義、それに命がけの反逆を企てながら、どうしてもそれを離れることができない……それがこの犯人に、この四元素殺人を、あえて行なわせた理由なんだよ」

鋭い恭介の心理解剖に、初めて私もおぼろげながら、この犯人の恐ろしい意図がつかめるような気がした。

「さすがは神津さんですね。いかにも鋭い理論だと思います。ですが問題は、その異常者は誰かということですね。その人間が、はっきりそうだと自認しないかぎり、それは架空の論にすぎませんよ」

「誰かと名前をあげることは、いまの僕にはできないが、犯人がどんな種類の人間か、それだけは間違いなく言えると思うね」

「それでは、参考までに、その人の人相を、僕に知らせていただけませんか」

「第一に、子供のときから紅霊教の教義を骨の髄までたたきこまれて、その雰囲気の中に育った人物であること。第二に、その後、自然科学の洗礼を受けて、紅霊教に対する疑惑と反感に、矢も盾もたまりかねた立場に追いこまれた人物であること。第三に、僕がこれまでめぐりあった犯罪者の中で、もっとも極悪人の素質を備えている人物、第四には……」

「神津さん。どうしてあなたは、この犯人を極悪人と言うのです」

鴻一は鋭く一太刀切りこんだ。

「それはね、卜部君。お時と睦夫君の殺人に、その性格がよくにじみ出ているんだよ。地水火風の四元素殺人。これが殺人事件の本筋だということには、まず疑う余地があるまいね。僕はこれを四つの楽章から成り立っている殺人交響楽だといまでも思っている。犯人は、僕の言葉がほんとうだとすると、その計画をすでに明示し、そのうえに念には念を入れて、殺人の起こる寸前、必ず卜部六郎に、その楽章の主題——殺人方法を予言させている。しかし犯人の目的が何であるにせよ、犯人はどうしてこの傍筋《わきすじ》の殺人を行なわなければならなかったんだ。楽章の合間合間に間奏曲を、なぜはさまなければならなかったか……本筋をぼかそうとするための犯罪ではない。誰を殺すか、捜査当局を眩惑《げんわく》させようとするための殺人ではないよ。どうしても、この二人の人間を殺さなければ、残りの殺人計画が、予定どおりに運ばないと、ただそれだけの理由で人を殺すとは……この犯人は、自分以外の人の命など、道ばたの雑草ほどにも思っていないんだよ」

「そういえば、あるいはそうかもしれませんね。だが神津さん。あなたも今度は白旗をあげて、この犯人の軍門にくだるのですか」

「卜部君。僕はまだ敗れたとは思っていないよ。犯人のプログラムは、いままでで半分を終わったばかり。これからがほんとうの勝負なんだ。この悪魔の殺人交響楽を、未完成交響楽として終わらせたいという……それが僕の一つの希望なんだ」

「わが輝ける名声のなお終わらざるがごとく、この曲もまた終わらざるべし、と、神津さん。あなたのお気持ちはよくわかりますよ」

皮肉な調子の言葉だった。それに答えて、恭介は、最後の一太刀を浴びせかけた。

「卜部君、僕は君にたずねたいことがいま一つだけある。十年前、君は一高の寮の部屋で、十年後、君と僕との運命はある犯罪を契機として、火花を散らして交錯すると、恐ろしい予言の言葉をもらしたね。あれは単なる君のでたらめだったか。それとも理由があっての言葉か。僕はそれをいま確かめておきたいんだ」

卜部鴻一は、かすかな微笑を浮かべていた。

「いかにも僕は、そのようなことを、あのとき言いましたね。もちろんそれは、ある理由があってのことでした。神津さんが、犯罪捜査で成功するということは、骨相学上の判断ですが、もしもその道に進まれたら、僕と必ずしのぎを削る日のあることは、僕も確信して待っていました。まさかあのときには、ここで、こういう立場で対立しようとは、僕も思っていませんでしたが……神津さん、残念ですが、あなたと僕との立場はいま、完全に対立したようですね」

「そうかもしれない。では最後に、僕のさっき言い残した言葉を言わせてもらおうか。……第四には、犯人はいまこの家の棟の下にかくれていると、それだけを僕はこの場で言いたかったんだ」

二人の間の空間には白熱の火花が音もなく飛んでいた。互いに相手の瞳を見つめて、しばらく息づまるような睨みあいがつづいた。

「では卜部君、失礼」

恭介はたまりかねたように、顔をそらして部屋を出た。後に残された私は、卜部鴻一と相対して、なにか白々しい思いであった。胸を圧迫されるような重い空気が、部屋の隅々までみなぎっていた。

しばらくたって、部屋に帰ってきた恭介は、いつもの平静さに返っていた。

「卜部君、楠山警部や、菊川先生とも相談したが、土岐子さんの容体もだいぶいいようだし、本人が希望さえするならば、ここを離れるのもかまわないだろうということになった。しかし、場合が場合だから、自由行動だけはつつしんでもらいたい。場所は浅川の東洋《とうよう》ホテル、その一室に土岐子さんに、泊まってもらうことにして、浅川警察署の刑事が護衛するという条件、それでも君はかまわないかね」

卜部鴻一は笑いだした。神津恭介の顔を眺めて、なぜか皮肉に笑っていた。

「神津さん。僕のほうはちっともそれでかまいませんよ。あなたはまさか、第二の殺人のことを、お忘れになったのではありますまいね。あなたと松下君を、眼の前におきながら、堂々と巧妙きわまる密室殺人をやってのけたほどの恐ろしい魔術師ですよ。刑事の一人や二人の護衛など、物の数にも思いますまい。それでは僕は、土岐子さんと相談して、引っ越しの準備にとりかかりますから……」

彼は悠然と、部屋から姿を消していった。その後ろ姿を見送って、恭介は暗然と面を伏せた。

「神津さん。どうしてあなたはあの男に、むざむざ土岐子さんを殺させようとするのですか」

私は思わず、言ってはならない一言を、口に出してしまったのだ。

「松下君。心配してはいけない。あれが罠《わな》だ。陥穽《かんせい》だ。今度こそ、僕の名誉にかけても、土岐子さんの体には、指一本さわらせはしないよ」

おそらく神津恭介は、犯人の陰謀を、一挙に覆滅《ふくめつ》しようとする秘策を胸に秘めているのであろう。私はその言葉を信頼する以外、ほかにとるべき方法もなかった。

まもなく、土岐子は鴻一の腕にすがって、私たちの前に姿をあらわした。衰弱の跡はまだ争えないとはいうものの、それだけに可憐な美しさがめだっていた。上の二人の姉には見られなかった上品さが、古人の言葉を借りていえば、梨花一輪雨に濡れたる風情のように、いとおしく見えた。それだけにまた、この人を殺そうとする恐ろしい犯人の計画が、私の心を重く暗くした。

「神津さん。松下さん。たいへんお世話になりました。それでは行ってまいります」

土岐子は、静かに手をつかえた。

「それでは十分お気をつけて、行ってらっしゃいね」

神津恭介として、その言葉には、おそらく口に出せない無量の思いがこもっていたろう。私はただうなずく以外、ほかに言葉を知らなかった。

私たちは、しばらくそのまますわっていた。警笛を高く鳴らして、自動車の走り去る音。暮れるに早い冬の日は、すでに傾きはじめていた。

「神津さん。これからどうすればいいのですか」

恭介は、やさしい中に威厳を含む眼で私をじっと見つめた。

「君はまだ、体がほんとうに治っていない。菊川先生のところへ帰りたまえ」

「いいえ、もう体はこのとおり大丈夫です。どんなところへでも行きますから、いっしょに連れていってください」

「いや、いけない。今晩は、僕一人のほうが仕事がしやすいんだ。僕はこれから、浅川へ行って、徹夜で仕事をすることになる。それに君には、卜部六郎の監視をたのみたいんだ」

最後の言葉は、低く私の耳に囁いて、彼は私の胸をとらえた。

「じつはそちらのほうが大事なくらいなんだ。卜部六郎の部屋を十分気をつけて……あの猫と玩具の短刀からいって、犯人がいつのまにか、あの家のまわりに出没していることも、まず疑いはない。飲食はこの家と同様に気をつけること……食事は駐在所で作ってもらうようにたのんでおいた」

私はおどろいて恭介の顔を見つめた。

「神津さん、なんだって、そんな用心をしなければならないんです」

「この犯人は、どんなことをやりだすか、ぜんぜん見当がつかないからなんだよ。水が水道ならばいいんだがね。この八坂村では、みんな井戸なんだろう。この家は動力線を引きこんで、モーターで水を汲み上げているようだが、菊川先生のお宅はたしか車井戸。犯人は卜部六郎を殺したいために、あの井戸に毒薬を投げこみもしかねないからね……」

じつにゆきとどいた恭介の注意だった。私はただ、彼の観察力と注意に、頭を下げるほかはなかった。

「神津さん。私は失礼したいと思いますが、なにかご用はありませんか」

菊川医師が、障子の外から声をかけた。

「べつに、いまは用事がありません。あとで松下君が参りますから、お願いします」

「どうぞ、お待ちしていますから……」

彼はこつこつと、廊下をむこうへ歩いていった。入れかわって、はいってきたのは、楠山警部であった。

「神津さん。あの高天原で発見した兵隊靴は、あの浴室の外の足跡と完全に一致していました」

「そうでしょうね。そうでなければ、ぜんぜん理屈が合いませんからね」

「それから、今夜は大丈夫でしょうか」

「大丈夫だと思いますが、なんにせよ、昨夜のことがありますからね。十分以上に気をつけないと……それから楠山さん。あなたにうかがいたいことがあるのですが、あの女——きょうあの洞穴で会った巫女、千晶姫とか言いましたね。あれはいったいどんな女ですか」

「あれはこの町の、もとの地主の娘です。あれで女学校まで出ており、父親のほうはだいぶんの年輩ですが、母親のほうはまだまだ色気が抜けきれていませんね。母親のほうは、相当の浮気女で、結婚してからも、その素行にはとかくの噂がありました。あの女も母親の血を引いているのでしょうか。鴻一とも、いい仲だったという評判もたちましたし、菊川さんとも恋愛関係があったとか……その後で、結局ああして、卜部六郎といっしょになったというわけですね」

「そうですか。じつを言いますと、僕はきょう初めてああして会ったのですが、あの女には非常な興味を感じました。巫女だの、千晶姫だのと言いますから、僕はさだめてがりがりの、箸にも棒にもかからない狂信者だと思っていましたが、ぜんぜんそうではありませんね。思いのほか賢い女ですよ。表面では、神に仕える身だと言い、紅霊教に狂信しているふうを装ってはいますが、たしかにほかに冷たい目的を持って動いているはずです。この事件の犯人だとは言いませんが、楠山さん、なにかお心あたりはありませんか」

「そうですね。これは嘘かほんとうかわかりませんが、こんなことを言っている人さえ村にはいる始末ですよ。『あの女は、いまの父親の子ではない。舜斎さんのかくし子だ』と……」

恭介は愕然とした様子だった。

「それですよ。あるいはそうではないかと、僕も思っていましたが、これでこの事件の裏の秘密を解く、一つの鍵が見つかったのです」

それ以上、彼は一言も言わなかった。ただ黙然と眼を伏せて、しだいに白く崩れていく火鉢の炭火を、じっと見つめているのだった。夕刻近く、私はこの家を立ち去ろうとした。そのとき恭介は眼を上げて、初めて私に言葉をかけた。

「松下君、昨夜ももちろんそうだったが、今夜は君は、異常者と同じ家に一夜を過ごさねばならないんだ。どうか十分に気をつけてくれたまえ……」

読者諸君への挑戦

読者諸君、いまこそ挑戦の時はきたと思う。

私はこれまで十章、三百枚にわたって、この邪教、紅霊教殺人事件の筆を進めてきた。その間、私のもっとも恐れたことは、この小説が、現代感覚を失った、前世紀の人間の犯罪と思われることであった。そうした意味で私は、二、三の方面から、お叱りの言葉もいただいた。だが私が、この小説の舞台を、この場所に選んだのは、決してトリックの粉飾のためではない。

私の意図したのは、決して前世紀的な犯罪ではない。私はこの作品によって、現在の自分の力量で描きうるかぎりの極悪人を描こうとした。トリック以外にも、過去、現代、未来を通じて、人間心底の最奥部にひそむ、深刻な魂の悲劇を描こうとした。私のこの身のほど知らずともいうべき野心の成否は、この作品の完結を待って、あらためて諸君の批判を待ちたいと思う。

しかし本格的探偵小説の真髄の一つは、犯人捜しにあるというのが、私のたえて変わらぬ信条である。

この一連の殺人事件の真犯人を、論理的に決定しうる鍵は、すべて提出された。表面は、混沌と見える事件の数々には、一つの大きな統一のあることを、私はここに諸君に断言する。

したがって次の二問に対しては諸君の賢明な推理によって解答しうる段階にきていると思う。

一、真犯人の名

二、澄子と烈子の殺人方法

ただし、第一の殺人については、次のことを付記して解明の一助とする。

一、機械的に、扉、窓の開閉を行なわない。

二、機械的な方法で殺さない。

三、犯人は被害者のごく近くまで近寄って短刀を突き立てたものである。

四、殺人は一同の乱入以前に行なわれた。

五、必ずしも、浴場の特殊な構造を必要としない。

第十一章　地に埋もれて殺さるべし

この神秘宗教、紅霊教を主題として描き出された、血みどろの殺人交響楽は、その楽章の一つ一つに、それぞれ異なる性格を示していた。

第一楽章、水の悲劇に示された、底の知れない神秘性。第二楽章、火の悲劇の眼を奪うばかりの絢爛さ。そして第三楽章、地の悲劇こそ実に隠微な殺人であった。

この夕方、卜部鴻一が、土岐子とともに、呪縛の家を去ると言いだしたとき、神津恭介の示した興奮は、私のかつて見たことのないほどのものだった。それにまた、恭介の態度を嘲るように、卜部鴻一の示した反撃の気勢もまた凄まじいものだった。

二人が浅川へ去ってから、私の心は重かった。第三の犠牲者として選ばれた土岐子が浅川へ去ったのだから、いちおうこの家には、何も起こるまいと思われたが、しかし第二の殺人で意表を衝《つ》かれた例もあり、恭介が八坂村を離れずに、じっと事件の進行を見守り、八方にするどい視線を配っているのも、決して理由のないことではなかった。

しかし、度重なるにしたがって、この殺人交響楽の各楽章でくり返される、リフレインのぶきみな恐ろしさが、私を震えあがらせた。犯人は何を目的として、こうして殺人の予言を堂々とくり返すのか。そしてまた真の目的の殺人を行なう前に、なぜ別人を選んで殺人未遂を行なうのか。

最初の一回はともかくとして、これは度重なるにしたがって、犯人を自縄《じじょう》自縛《じばく》の窮地に追いこみ、その発覚の危険を増すにすぎないではないか。

いや、いや、そうではなかったのだ。この裏には、捜査当局の心理の盲点をつこうとする、世にも恐ろしい、犯人のトリックが隠蔽《いんぺい》されていたのである。

私は鉛のような心をいだいて菊川医院に帰ってきた。今夜の殺人、地の悲劇は浅川で起こるのにちがいない。だが、神津恭介が、私をこの家に止めたのは、狂人卜部六郎をめぐって起こる裏面の動きを、観察してほしいという点にあったのだと、私は彼の最後の言葉から思った。

菊川医師は、夕食をすまして、碁盤にむかい、一人で碁石を並べていたが、私の顔を見ると近眼鏡の底から、射るような視線を浴びせかけた。

「松下さん。お体の調子はどうですか。ああしたことのあった後で、一日走りまわられたんですから、無理じゃないかと、ずいぶん心配していましたよ」

「いや、体は綿のようにくたくたですが、緊張していますから大丈夫。たいしたことはありません」

「なにしろこんな混沌たる事件ですからね。神津さんも、いつもの冴えを見せないようじゃありませんか」

「そういえばそうですが、どうにか事件の大きな輪郭だけは、つかみ出したようですよ」

「それはけっこう。それでは今夜の地の殺人で、犯人は完全に自分の墓穴を掘るわけですね」

「もちろん、そうですとも。今度こそ、恐るべき犯人も、お陀仏《だぶつ》ですよ」

「なにしろ、鴻一君が狙われている土岐子さんを護衛しているんですから、かりに犯罪が成功したとしても、犯人はすぐ捕まることには間違いありませんね」

なにかしら、いわくありげな一言だった。私は彼の真意をはかりかねて黙ってその顔を見つめていた。

「松下さん。あなたは碁をおやりでしょう。気分転換に、一局打ってみませんか」

「お相手しましょう。しかし笊《ざる》も笊、水もたまらぬヘボ碁ですよ」

私はなにもこの危急存亡の機にのぞんで、碁など打ちたくはなかったが、こうして相手の気分を変えて、何かを探り出してやろうかと思ったので、黒石を握って盤にむかった。
四、五十手ほど打ち進んだころ、看護婦が部屋にはいって手をつかえた。
「先生、桑島《くわしま》さんのお母さんが、もう危篤らしいので、すぐ往診を願いたいと、使いの者が申しております」

「そうか。いますぐうかがうと言ってくれ。松下さん。この碁は、いずれ打ち直しとしましょう。医者という商売も、まったく楽じゃありませんよ」

彼は笑って、石を碁笥《ごけ》に入れ、支度をして家を出ていった。独身で看護婦一人と、こうして暮らしている彼のこと、支度もしごくかんたんだった。

私はしばらく看護婦をつかまえて、おしゃべりをしていたが、べつにたいした収穫もなく、昨夜かつぎこまれた卜部六郎の監禁されている隣りの部屋に帰り、床にはいって電灯を消した。

今夜は、この狂人、卜部六郎も、じつにおとなしかった。寝入っているのか、起きて瞑想にふけっているのか、なんの物音も聞こえなかった。

しばらく、なんのこともなく過ぎた。

疲れのためか、いつとはなしに、とろとろとまどろみかけていた私は、夢と現《うつつ》との間に、近く忍びよってくる、人の足音を聞いたのである。

そのときの私の神経は、全身の隅々まで、針のように鋭くとがりきっていた。

だからこうした、ふだんなら聞こえぬような物音も、はっきり耳にはいったのだ。

それは誰かが庭の落ち葉をふむ、低いがさがさいう音だった。しだいに私の部屋に近づいて、窓の外でしばらく立ちどまり、また隣りの部屋のほうへ歩きだした。

雨戸を一枚へだてて、私はなにか説明もできないような、底知れぬ殺気を感じていた。

――いまだ。これこそ絶好の機会だ。

と、私は思った。誰かは知らぬが、この夜こうして、窓から卜部六郎の部屋をうかがう人物が、この犯罪に何の関係も持たない人間だと思えなかった。

私は忍び足に、窓へ近づいた。そしていきなり雨戸を開くと、手にした懐中電灯の光をその人物に突きつけた。

「あっ」

低い叫びが、その人影の口をもれた。と思うと、窓べりにつかまって、中をのぞいていたこの女が、ぱっとおどりあがって闇に消えた。

女なのだ！　その顔はたしかにあの巫女、千晶姫！

「待って、待って……」

私も思わず声をあげたのだが、もちろん呼び返されるはずもなく、ただ私の呼び声は、裏山の森の中に、反響もなく消え失せていく。

――どうしてあの女、千晶姫が、いま時分、六郎の部屋を窓からうかがっていたのだろう。そうして何をするつもりだったのだろう。

私は思い惑っていた。だが、土地不案内のこの村で、女の後を追ったとしても、とうていつかまるはずはなかろうと思ったので、玄関に回って、靴をはくと、紅霊教本部へ訪ねていった。神津恭介に、いちおうこのことを報告しておこうと思ったのである。

だがこの家には、ぶきみな殺気が渦巻いていた。電灯があかあかと照らされた大玄関には、右往左往する人びとの群れ。その中に、神津恭介の姿も見えた。

私が門をはいっていくのと同時に、黒塗りセダンの警察の車が、私を追い抜いて玄関先へ。

「ああ、松下君。いまこれから、君のところへ行こうと思っていたんだよ。あの家には、何も異常はなかったかしら」

「たいしたことはありません。卜部六郎も、きょうはおとなしく寝ているようです。ただ千晶姫が、どこからともなくあらわれて、窓から彼の部屋を、のぞきこんでいただけです」

「なに、千晶姫がね……それで君はいったいどうしたの」

「追いかけようかとも思いましたが、なにしろ土地不案内のことですし、つかまるまいと思ってあきらめたんですが」

「楠山さん。いちおう、千晶姫をとりおさえて、何の目的でそういう行動をとったか、お調べねがえませんか。松下君、君は僕といっしょに、浅川へ行ってみないか」

「もちろん、どこへでも行きますが、それでは浅川で、土岐子さんが……」

「そうじゃない。まだ殺されたんじゃないんだよ」

「まだというと……」

「殺す準備はしてあったんだ、間一髪のところでね」

「また短刀。あの短刀でやったんですか」

「そうじゃない。まあ、あとは急ぐから、車の中で話そうよ」

楠山警部をここに残して、私たちは車の中へ。深夜の道を浅川めざして驀進《ばくしん》する自動車の座席に深く身を沈めながら、恭介は恐ろしそうに口を開いた。

「やっぱり僕の心配は当たっていたよ。卜部君がホテルから逃げだしたんだ」

「えっ」

この一言は、なんといっても私には意外だった。あまりにも理解できない彼の行動、こうした無謀の挙に出ても、逮捕は時間の問題なのに、どうして彼は、このような冒険をする気になったのだろう。

「それもね。ただの逃げ方じゃないんだよ。見張りの刑事を部屋にひき入れ、麻酔剤をかがせて逃げだしたというんだ」

「では彼が……」

「いや、それだけでは、まだ彼が、この殺人交響楽の指揮者だとは言えないさ。しかしいま一つ、彼には不利な証拠が発見された」

「それは何です」

「菊川先生の投薬した二日分の散薬が、あと一包み残っていた。その中に、ストリキニーネが検出された。もし土岐子さんが、この薬を飲んでおったらね……」

閉じた私の瞼の上に、じーんと音をたてて、いくつかの火花が飛んだ。自動車の震動が
その瞬間、耐えきれないほどに、大きく伝わってきた。

「松下君、だがこのことは、誰にも話しちゃいけないよ。楠山君と僕しか知らないことなんだから……」

「それでは誰がその毒を入れたのでしょう」

「わからない。僕は予言者でも、千里眼でもないからね」

「まさか、菊川先生が……」

「あのエメチンの件がなければ、僕もそう思ったかもしれないね。菊川さんだって、ぜんぜん殺人の動機を持っていないわけでもない。財産の継承権に関する争いこそないが、先生の紅霊教に対する恨みは相当なもの……だが、エメチンのことがある。自分の投薬した水薬にも、養命酒にも、香取幸二の持薬にも、エメチンを入れる機会は、持ちあわせていなかった……とすれば、この散薬をすりかえたのも、菊川先生に嫌疑を転嫁しようとする犯人の作戦じゃないかしら」

「それでは今度の犯人も、警戒に恐れをなして、地の殺人を放棄して、間奏楽の場合と同じように、かんたんなストリキニーネの殺人を選んだのでしょうか」

「松下君、それなんだよ。その点に僕は疑問を持ったんだ。地水火風の四元素の性質から

いって、僕は今度の第三楽章は、非常に陰険きわまりない殺人だとばかり思っていた。だが卜部君が、刑事に麻酔剤をかがせて逃げだしたというのは、理にかなわない行為だし、それにまた、土岐子さんが、かりにその毒を飲んでその場で倒れたとしても、ぜんぜん『地』には、縁もゆかりもない犯罪だよ。猫も短刀も一つも影を見せないんだからね……」

彼はぽつりと、最後の言葉をもらしたきり、オーバーの襟をそばだてて、なんの言葉もつづけなかった。

荒涼とした冬の野を、走りつづけて、浅川の町へはいったとき、私は蘇生の感があった。つめたい夜霧の中に明滅している街の灯が、泣いているように私の眼に映った。

「さあ、つきました」

運転手の声に、私たちは相次いで車を降りた。東洋ホテルというのは、この町でも一番の豪奢な旅館だということであったが、東京に出しても恥ずかしくないような凝《こ》った建築なのだった。

私たちは、出てきた女中に案内されて、長い廊下を幾度か折れ、二間つづきの洋間にはいった。

大きなベッドに身を投げて、しなやかな姿態に大波を打たせながら、土岐子が必死に泣きじゃくっていた。おさえても、おさえても、堰《せき》を切ったように流れ出てくる、涙がとどめもあえぬというふうに枕がびっしょり濡れていた。

「さて、卜部鴻一はどこへ逃げたんです。あなたが、その行方を知らないはずはないでしょう」

やさしい中にも威をふくむ係官の言葉に、土岐子は涙に光る、白蠟を刻んだような顔を上げた。

「知りません。わたくし、何にも知らないんです……」

「あなたはさっきから、何度も同じことをくり返していますが、同じ部屋にいたあなたが知らないはずがありますか」

「でも、知らないものはなんともお答えしようがありません」

やわらかな言葉の中にも、思いつめた一筋の、鉄のような強靭な意志がこもっていた。

「いったい、どういうふうにして逃げだしたんです」

「この前の部屋で、番をしていた刑事を、背後から麻酔剤で倒し、この部屋の窓から逃げだしたんです」

神津恭介の質問に、そばに立っていた、いま一人の係官が答えた。

「土岐子さん。あなたはいま、とても危険な立場に立っているんですよ。菊川先生の下さった散薬の、最後の包みには、猛毒ストリキニーネがはいっていたのです。あの一服を飲んでいたら、あなたはこの世の人ではなかったでしょう」

「まあ！　それでは菊川先生が……」

「いや、毒のすりかえなどは、この恐ろしい犯人には、朝飯前の仕事でしょう。前の水薬のエメチンの例もあり、僕はそうとは思いません。卜部君の行く先を、はっきりおっしゃっていただいたほうが、あなたのためにもいいんじゃありませんか」

土岐子の瞳は火と燃えた。

「神津さん。あなたもあの人を疑っていらっしゃるの……」

「もしも身に何のおぼえもなかったら、どうしてここから逃げだしたんです」

「それはあなたがたみなさんが、よってたかってそうしたのよ。あの人は悶えていました。何かを思いつめていました。――警察も、神津さんも、僕を疑っているけど、僕は決して姉さんたちを殺した犯人じゃないんだ。神津さんにも解けないなら、僕がかわって、この事件の謎を解いてみせるからね。――などと申しておりましたから、その一念で前後を忘れて、わたくしの寝ています間に、ここから逃げだしたんじゃございません？」

「どうでしょうかね……」

神津恭介がふたたび言葉をつごうとしたとき、一人の警官がはいってきて、彼に何かを囁いた。

「ちょっと失礼……」

一度姿を消して、玄関のほうへ去っていった彼は、帰ってくるなり、廊下に私を呼び出した。

「松下君、ちょっと――」

彼の白皙《はくせき》の顔には、一面の紅潮がさしていた。いつもの柔和な面影は、どこかへ忘れ去ったよう、峻厳《しゅんげん》そのものの姿であった。

「神津さん、どうしました」

「僕はこれからすぐ、八坂村へ引き返すよ。君もいっしょに来るかい」

「行きますとも。しかし、神津さん、どうしたんです。何があの村で起こったんです」

「千晶姫が殺されたんだよ」

私は思わず二、三歩よろめいた。脳天を重い鈍器の一撃で、たたきのめされてしまったように、全身の神経が痺《しび》れていった。天才神津恭介を、右に誘い左に誘って、その虚を衝く！　言語に絶する悪魔の知恵！

これもまた、殺人交響楽の間にはさまれ演奏された、一つの間奏楽なのか……。

「神津さん、こちらは大丈夫なんですか」

私はそれを言うだけが、精一杯だった。

「大丈夫でしょう。これであの人を、一晩中起こしておく口実ができたんですからね。どんなに、この犯人の知恵がすぐれていたところで、まさか警察の取調べ中のあの人を殺すことなどできないでしょう……」

五分後、私たちは自動車を、八坂村へと走らせた。こうして浅川へやってきても、ほとんどなんの収穫もなく、ただ犯人の計画にしたがって、右に左に翻弄《ほんろう》され、手を空《むな》しくして帰らねばならないのか。私などはどうでもいい。ただこの天才神津恭介の敗北の姿は私には痛ましかった。

「神津さん。卜部君はどうしたというんでしょう。彼がやっぱり犯人で、それであわてて逃げだしたんでしょうか」

「こういう場合に、無事に逃げおおせるものか、知らないような卜部君でもないだろう。もしも彼が、犯人だったとしたならば、われわれの思いも及ばぬ極悪人か、想像もできないような天才だね……」

何を言う気力をも失って、黙ってしまった私たち二人を乗せて、この車は木枯らしの中を、どことも知れず走っていった。

八坂村の村はずれまでついたとき、非常警備についていた警官たちの黒い姿が、ヘッドライトの光の中に、ばらばらと浮かびあがった。

「神津さん、神津先生ですね……」

「そうです。死体はどこで発見されました」

「卜部六郎の祈禱所の下の、地底の洞穴です」

「それでは車をそちらへ回してください」

一人の警官をその場で中に拾いあげ、車はそこから五分ほど、村の中のせまい道を走っていった。

けさ、私たちが、高天原から縄ばしごで降りて、地下の迷路を歩きまわり、そこから地上にあらわれたあの洞穴の入口に、楠山警部が立っていた。

「神津さん、大変なことになりました」

「いや、僕もこういうことになるとは思っていなかったので……卜部君はまだ見つかりませんか」

「八方に非常線を張って警戒していますが、少なくとも道路伝いには、この村へはいってきた形跡はありません。裏山伝いにでも、やってきたかもしれませんがね」

「それで死体はどこなのです……」

「この穴の中、高天原の真下に近い竪穴の中に……」

みなまで聞かずに、恭介は懐中電灯を手にかざし、がさがさと熊笹の茂みをかき分けて、その中へはいりこんだ。ものも言わずに、私たちもあとにつづいた。

昼でさえ、なんの光もさしこんでこない、漆黒の闇に包まれた地底の洞穴。ましてこの夜、その暗黒は、まさに地獄のぶきみさである。あやめもわかぬ暗黒の迷路の奥から、流れ伝わってくる、生あたたかい風の中にも、べっとりよどんだ、生ぐさい血の臭いがただよっているようだった。

ただでも地下水に濡れた、粘土質のこの地底の道は、靴の底をすべらさずにはやまないのに、私はふみしめる足にも力がなく、何度か膝をついて転んだ。

「そちらです。その枝道を、左のほうに曲がるんです」

後ろから、がんがんと四方の壁にこだまして、伝わってくる楠山警部の声は、破《わ》れ鐘《がね》のように私の耳に響いた。

八幡《やわた》の藪というような細い道を右に折れ、左に曲がって進むうちに、私たちは、いくらか広い六畳ぐらいの部屋のような広場に出た。四方の壁から、天井のほうに立てられた坑木から、ぽたりと落ちてきた地下水を、額に受けて、私は思わず顔をそらした。死骸の傷口からしたたり落ちる血潮かと思って……。

その中央に、深い竪穴が掘られていた。それを囲んで二、三人の警官が立っている。その前には、白衣の全体を、どす黒い血と、赤黒い泥土に汚して横たわっている、見るも無残な千晶姫。

「どうしてここで発見されたのです」

「高天原に、この女がかくれているんじゃないかと思って捜索をしているうちに、ひょっとしたら、この地下の洞穴にでも、ということになって、あそこからおりてみました。そうしたら、ここにこうして埋もれて死んでいたのです」

「なに！　埋もれて死んでいた。この竪穴になんですか」

「そうです。いまわれわれが掘り返したんです」

「それではどうして、死骸が埋もれていることがわかりましたか」

「それは……首だけが、ぴょこんと地の上に出ていたんです」

「首だけが出ていたんですって……そのほかにはなんの異常もなかったんですか」

「黒猫が一匹、殺されて、いっしょに埋もれていましたが……」

「黒猫！　またあらわれた黒い猫！　一匹、二匹、三匹、四匹、五匹目の猫が、ついにあらわれてきたのですね。それでこの死因は何です」

「ご覧なさい」

楠山警部はひざまずいて、死体の首のあたりを示した。雪のような白い襟首に、なまなましく残っている紫色の索条《さくじょう》のあと。明らかに細紐か麻縄で、力まかせにくびり殺したとしか思われぬ絞殺死体なのだった。

眼は飛び出し、口はゆがみ、首の骨さえ折れていた。惨殺死体を見ても、いいかげん不感症になっている私が、思わず顔をそむけたほどの、それは凄惨な死体であった。

「絞殺……ですね。それではこの血はどこから出たのです」

「神津さん。それ、これなんですよ」

楠山警部の手は、白衣の胸もとを開いていた。スポットライトの中に、くっきりと浮かびあがった豊かな胸、そのふくよかな左の乳房に突き立てられた一ふりの白柄の短刀が、私の眼前に、恐ろしい形をなして浮かびあがった。

「これは玩具の短刀ではありませんね」

「そうです。澄子さんや烈子さんを殺したと同じ白柄の短刀です」

「楠山さん……松下君……」

私たちは、思わずはっとふり返った。狂ったような恭介の声。彼は大きく肩をふるわせて、かすれた声で口走った。

「僕はまた、完全にこの犯人にしてやられました……第三楽章、地の殺人は、初めからこの千晶姫を狙って行なわれていたのです。これは間奏楽の殺人ではないのです！」

「何です！　何ですって！」

「間奏楽で使われる、ストリキニーネではありません。玩具の短刀ではないのです。地に埋もれて殺さるべし。地に埋もれて殺さるべし……あの予言、卜部六郎は、今度はなんと予言しました。今宵悪魔の最後の娘は、地に埋もれて殺さるべし……千晶姫もまた、紅霊教祖舜斎の血をひいている娘です。これで理屈が合うのですよ」

「理屈というと……」

「土岐子さんは、殺すわけにはいかないんです。少なくとも舜斎老人が、宙に浮かんで殺されるまでは……卜部鴻一が、正式にあの人と結婚するまでは！」

「神津さん、それではやはり犯人は……」

神津恭介は答えなかった。彼はこの暗黒の中に、かすかな一条の光明を、ついにとらえたようであった。

「なぜ、犯人はこの絞殺死体に、わざわざ短刀を突き刺す必要があったのでしょう。なぜ二重に殺人を行なわなければならなかったのでしょう。これが殺人交響楽の、全体を貫く大きな秘密なのです……」

彼はついに、この悪魔の死命を制する最後の武器を、手中におさめたのであった。

ふたたび読者諸君への挑戦

諸君は謎が解けましたか。なに、わからないって。困りますね。そんなに勘が悪くちゃ。それでは、ここで、最後のヒントを与えましょう。ここまで書いてわからないようじゃ、頭がどうかしています。

第一、殺人未遂を三度まで、犯人がなぜくり返す必要があったか、それを見破らなければだめです。犯人は伊達《だて》や酔狂で、エメチンを使ったんじゃないですからね。例の『グリーン家』のアダみたいに、その倒された中に犯人がいるだろう、というんですか。どういたしまして、そんな甘い手は、小生、使用いたしません。

この小説も、もうあと四章で終わります。一章でも早くホシを当てて小生の挑戦に応じてください。読み終わってそんなことぐらい知っていたんだ、といばっても意味ないですよ。

さあ、これで小生、手袋を投げました。

これを受け損じたら、それこそ鬼の風上にもおけませんぞ。

第十二章　血迷える人びと

神秘宗教、紅霊教の悲劇、豪華絢爛の殺人交響楽は、悪魔の凱歌《がいか》の高らかに響きわたる中に、第三楽章を終わり、いよいよ最終の第四楽章、宙の悲劇に移るかと見えた。

だがそれと同時に、私たちの側には、全戦局の主導権がわたされた。この好機をとらえた神津恭介が、いかに巧みに局面を誘導して、彼のもっとも得意とする、鋭い寄せへ持ちこんでいくか、いかにして、犯人に心理的な、とどめの一撃を与えるか。

私は息づまる鬼気と凄気に満ち満ちた、この地底の洞窟の奥底で、一縷《いちる》の光を求めるように、彼の端麗な横顔をうかがい見た。

「帰りましょう。松下君、もうここには、僕たちは何の用事もないんだよ」

楠山警部や、そのほかの人びとには、それは完敗を自覚した、打ちひしがれた天才の、いたましい姿と映ったかもしれない。だが、私にはわかっていた。神津恭介の全身に、いままでかつてなかったほどの、自信と勇気が満ちてきたのを……勝敗は、目睫《もくしょう》の間に決するのだ。私たちは、終始黙々と、洞窟を出て、紅霊教の本部へと足を運んだ。

その途中で、恭介は何か思い出したように、ふっと足をとめていた。

「松下君、僕は一つ、大事なことを忘れていた。駐在所へ寄って、浅川へ電話をかけてくるから、先に帰っていてくれたまえ」

「僕もいっしょに行きましょうか」

「いいえ、一人のほうがいいんだ。それにあの犯人は、ついに予言も何もぜんぜん無視しはじめた。このままにほうっておいたら、今夜にでも、また新しい惨劇が起こらないともかぎらない……早く帰って、舜斎老人と幸二君、二人を見はりしてくれたまえ。二人とも、エメチンの中毒からは、まだ完全に回復していないようだから」

オーバーのポケットに両手を突っこんで、かるくうなだれ、むこうの横道へ折れていく恭介の後ろ姿を見送ったとき、私の眼には、なぜかしら、熱い涙が浮かびはじめた。いくど拭いても、ぬぐっても、その涙はなかなかとまらなかった。

私が呪縛の家に帰りついたとき、この館は墨汁のような暗黒の中に眠っていた。灯影一つ、もれてはいない、死の家だった。

私は裏へ回って、戸をたたいた。居眠りでもしていたのだろうか。一人の警官が眼をこすりながら、私を中に入れてくれた。

「どうもご苦労さまですね。何も異常はありませんか」

「ええ、いまのところは、べつに異常はありません。ただあの爺さんが、怨敵退散、悪魔払いの祈禱をするんだとか言って、とめるのも聞かずに起きだして、なにかさかんに祝詞をあげているんですよ。払いたまえ、清めたまえ、コウジラフウノギヨウスイトウ、とかなんとか、わめきたてていますよ」

そういえば、夜の静寂を破って、どこからともなく聞こえてくる。地の底から響いてくるかと思われるような、ひくい呪文の声があった。陰々と、滅々と、世を呪い、人を恨むかのような、凄気を帯びて、絶えてはつづき、また消える、それはこの世の幽鬼の呪言であった。

私は足をひそめて、その声の聞こえてくる部屋に近づいた。二十畳ぐらいの広さの大きな部屋である。

一段高い、上段の間の祭壇に、白衣の舜斎がぬかずいていた。わずかの間にめっきり痩せた、この老人の横顔には、高い頬骨が、ちらちら動く蠟燭の炎に、微妙な影を描き出した。青白い、枯れ木のように、生気をとどめていない顔に、眼ばかりが、まだ動物的な強靱な生命を燃えあがらせて、地獄の鬼火、死人蛍の色を思わせた。

「ギヨスイケンマツ　インデンタン……」

わけのわからぬ、言葉が絶えずつづいている。笑いだしたくなるような光景だともいえるのだった。だがそれは、この周囲に起こった事件の凄惨な印象をいやがうえにも高めていた。

「松下君、お待たせしたね」

神津恭介が、そばに来ていた。彼もまた、狂えるような舜斎の姿に、私たちのあらわれたことも知らずに、こうして祈りつづけているこの老人に、憐れむような視線を投げた。

「もうご用事はすみましたか」

「ええ、やっと」

「それで今夜はこの家で、何をしようというのです」

「卜部鴻一を、逮捕しようというのだよ」

心臓を貫くような神津恭介の一言なのだった。彼はいったい、どんな成算と自信があって、卜部鴻一が、今夜この呪われた家に、帰ってくると断言したのだろう。

だが、それきり神津恭介は、身をひるがえして、香取幸二の寝ている部屋へはいっていった。

エメチンの毒は、こうした牛か馬のような頑強不死身な男には、たいして効力がないのだろうか。彼は床の上にすわり直して、一人でウイスキーのグラスを傾けていた。

「おじゃましますよ」

「やあ、いらっしゃい、いいかげんよくなったんで、いま一人で寝酒をやっていたところです。おひとついかが、ぜったいに毒などはいっていませんよ」

「ありがとう。ただ僕は、酒も煙草もだめなんです。松下君もそのとおり」

「そうですか。残念ですな。しかし実際、薄気味悪い家ですね。気がじーんとめいってしまって、居ても立ってもおられませんよ」

そう言いながら、彼はぐーっと一息に、琥珀色の液体をあおると、ぺちゃぺちゃと喉を鳴らし、ごくりとうまそうに舌鼓を打った。

「それはそうと、香取さん。あなたに一つおたずねしたいことがあるんですが」

「それはいったい、何ですか」

彼はとろんと、赤く濁った眼で、神津恭介のほうを見つめた。

「この事件の犯人の正体ですよ。あなたには、ぜんぜん見当がつきませんか」

「とんでもない！　それは畑違いというもんです。神津さんや、専門家のお歴々が、これだけ首をひねっても、解決できない問題が、私のような素人にわかってたまるもんですか」

「いや、いや、僕にも、まだわからないことがあるんですよ。問題はあなたの持薬を、エメチン入りの錠剤と、誰がすりかえたかということです。あなたはあれを、肌身につけていましたか」

「そうですね。こんなことになるとは思いませんでしたから、それほど貴重品あつかいはしていませんでしたが、この家の中に住んでいた人間なら、誰でもいちおう、そんな機会は持っていたでしょう」

「僕のおたずねしようとするのは、そんな点ではありません。外部の人間、たとえば菊川先生や、卜部六郎、千晶姫などに、そんな機会があったかどうか、ということです」

「そんなことは、ぜったいに考えられませんよ」

彼は、六郎の名を聞いて、憤然としたようであった。

「それから、あと一つ、おたずねしますが、第一の殺人のときですね、あの扉から誰もはいっていかなかったのは、わかっているとしても、誰かがあなたの前を通って、焚き口のほうへ行ったことはありませんか」

「そうですね。湯加減でも見ていたのでしょうか。澄子さんがはいる前に、風呂場から出てきたお時がおりていったきり、それ以外には、誰もですね」

「ありがとう。それで僕のおたずねしたいことは終わりました」

ところが、彼のほうが今度は逆に質問をはじめた。

「それはともかく、神津さん。僕はいつまでここに逗留《とうりゅう》していなければいけないんです。いいかげん、東京の用事もたまっていますし、弟の葬式でもすんだら、ぽつぽつひきあげたいんですが」

「もう、そんなに長いことはありませんよ。今晩にでも、おそらくは、最後の解決が得られるでしょう。……お葬式と言いましたが、お墓はここにあるんですか」

「ええ、紅霊教の一族は、土葬されることにきまっているんです。烈子さんのように、初めから、お骨になっているときだけは別ですがね、ハッハッハッ。この犯人は、どこまでも紅霊教に、皮肉な悪戯ばっかししますよ……この裏山に、卜部家だけの墓地がつくってありましてね。まあ、この事件の犠牲者はみな、そこに埋められることになるでしょう」

「お時や、千晶姫もですか」

「なんです、千晶姫も殺されてしまったんですか。そうですか。そいつは惜しいことをしましたね……体のぴちぴちとした、つやっぽい肌の女でしたっけ。こんな寂しい村の女のくせに、長年、色恋で苦労した東京の商売女のような、いろんな手練手管を知っていて……あんなのを、生まれつきの娼婦とでもいうんでしょうな。といって、べつに金のために体を売るんじゃないんです。ただ楽しめばいいという。男ならともかくですが、女としちゃあ、ずいぶん桁はずれの女でしたよ」

「まあ、娼婦のほうが、ふつうの女なんかより、ずっと神に近いと言いますからね。それで発心《ほっしん》でも起こして巫女になったんじゃありませんか」

「どうですかねえ。失礼ですが、神津さん、この道にかけては、あなたなんかより、私のほうがずっと年季を積んでいますよ。あんがい、あの女はいかもの食いだったんじゃありませんか。菊川さんや、鴻一君や、私なんかには、もういいかげん、食欲を感じなくなったんでしょうね」

彼は口もとに、にたにたと好色漢らしい笑いを浮かべ、唇をぺろりと舌でなめまわした。

こうした女だということは、私もうすうす見当がついていた。だが、紅霊教殺人事件の解決の一つの鍵は、こうした千晶姫の娼婦性にもひそみかくれていたのである。

「それはそうと、神津さん。これでもし土岐子さんが死んだら、紅霊教の財産は、どういうことになるんでしょう」

「そうですね。めったに死ぬこともありますまいが、もしもそうした事態が起こったら、遺言状を書き換えなければならなくなるでしょう」

「もしも、それを書き換えないうちに、舜斎さんが殺されたら」

「僕は法律家じゃありませんから、そんな場合のことまでは、ぜんぜん見当がつきません」

「なにしろ、何千万という財産なんですからなあ。われわれがどんなに危ないまねをして、闇から闇へ、物資を動かしてみたところで、それだけの金を残すには何百年かかるか……詐欺をしたんじゃ算盤はあいませんし、なんといっても、こういう人の弱みにつけこんだ宗教屋ぐらい、ぼろい儲けはありませんなあ」

酔ったはずみか、彼の付焼き刃もはげて、いつか本音が出たのだった。

「それじゃあ、そろそろ失礼します」

神津恭介は立ちあがった。

「まだいいじゃありませんか、もう少し話していらっしゃいな。それにしても、もうこうなったら近道は、舜斎さんか、土岐子さんかどっちかを口説き落としたらいいってことになりますね。……三千万円としても、トイチで月に九百万、いや月に一割として三百万、八回複利で回転すれば元金だけはまるまる返ってくるんですぜ」

私たちは、ものも言わずに部屋を出た。

いまもなお、自分に残された力を信じて、一人で祈りつづけている枯れ木のような老人と、高利貸のように、自分の手にまだ落ちてもいない大金の利息を計算しつづけている、この脂ぎった小商人と、そのとりあわせは、私にはおかしいというよりも恐ろしいものだった。

「神津さん、どうして鴻一君が、今晩この家に帰ってくるということがわかったんですか」

私は、それが聞きたくて、たまらなかった。

「これもまた、はずれているかもしれないがね。僕はこういうことを考えたんだ……犯人としては、もうこうしてはおられない、という焦慮《しょうりょ》を感じはじめたのではないだろうか。今晩の、土岐子さんの殺人未遂にも、千晶姫の地の殺人にも、いままでとはぜんぜん違った色彩が感じられだしてきた……ひょっとしたら、犯人は第四楽章、宙の悲劇では、予言も殺人未遂をも抜きにして、僕たちの意表をつき、今晩にでもその殺人をやってのけるかもしれないんだよ」

「それで真犯人は、いったい誰です」

「二人だよ。その名はだいたいわかっているが、ただその決め手をどうしようかと、僕はその最後の方法に迷いつづけているんだよ。現行犯ででもおさえないかぎりは、泥を吐くような犯人ではないからね」

夜は深々と更《ふ》けていった。舜斎の祈禱も、いつかやんだのか、裏山にときどき、ホーホーと梟《ふくろう》の鳴く声が聞こえるほかには何の音もなく、静まり返った死の家だった。

ことことことと、どこからか、かすかな音が聞こえてくる。しばらくたって、またことりと、何かわからぬ音だった。

じっと聞き耳をたてていた恭介は、私の腕をおさえると足音を忍ばせて、部屋を出た。

誰かが、廊下を歩いている。闇の廊下を手探りで、這いまわるようにして歩いている。

神津恭介の手が動いた。と思うと、とっさに懐中電灯の白光が、その人影に浴びせかけられた。

「誰だ！」

「誰でもありません。僕です。神津恭介ですよ。浅川においでとばかり思っていたら、とんだところで会いましたね」

その光の中に、浮かびあがった蒼白の顔は、たしかに卜部鴻一だった。

「神津さん、何か事件は起こっていませんか」

彼は一瞬、絶え入るばかりにおどろいたが、またすぐに態勢を整え直したようである。

「べつにね。ただ千晶姫が殺されました。地に埋もれて死んでいました」

「なんです。千晶姫が殺された！　神津さん、あなたはまた、この恐ろしい殺人鬼に、先手を打たれてしまったんですか」

「君があんまり無茶をしたからさ。予定の行動かも知れないけれど、刑事に麻酔剤をかがせて、ホテルを逃げだしたりするもんだから、こんな結果になるんだよ」

じりじりと、眼にもとまらぬわずかな距離を、恭介は相手のほうにつめよせていく。

「でも、そのために、あの人のほうには、何もなかったでしょう」

「何もないって、笑わせるね。あの人の散薬の、最後の包みの中に、ストリキニーネがはいっていたことを、君は知らないというのかね」

「ストリキニーネ……なんですって」

彼は愕然としたように、大きく一歩後じさりした。間合いをはかって対峙していた剣客が、相手の剣先の近づいたのを感じて、ぱっと飛びじさったような素早さだった。

「それじゃあ、君はなんだって、こんなところへ帰ってきたんだ」

相手に立ち直る隙も与えず、神津恭介の追及は鋭い。

「神津さん、あなたは僕を、この事件の犯人だと疑っておいででしょうね」

「そりゃもちろん、疑ってるさ」

「それが僕にはくやしいんです。どういうことをしても、僕はその濡れ衣を晴らしたかった。犯人の狙いは、じつに巧妙に、僕を犯人と見せかけるように集中されています。……エメチンがそうです。しかもほかの人間には、みな一度ずつ、この薬を飲ませて、殺人未遂を企てたのに、僕だけには、指一本ふれはしないんですからね。

今晩のストリキニーネのことは、ぜんぜん知りませんが、澄子さんと烈子さんと、二人の人間が殺されて、土岐子さんだけ残ったら、この殺人は、紅霊教の財産の継承権をめぐって行なわれた、僕たち二人の陰謀だと思われても、ほかにしかたはないでしょう。僕は死にもの狂いでした。今晩、地の殺人が行なわれるということは、すでに六郎が予言しています。そしてその目標に、狙われているのは土岐子さんでした。……僕はまず、あの人を安全地帯に残しておき、ひとさわぎを起こしておいて帰ってきました」

「そして舜斎老人を殺そうと思ったのかい」

「どうしてです。それはどういうことなんです」

「君はおかしくなっているんだよ。人を殺せば、その罪がどうなるかまでは考えずに、めったやたらに、一族を殺したくなったんだ」

「とんでもない！　神津さんともあろう人が、そんな理屈も何もあわない無茶なことを言いだそうとするんですか。証拠は何です。証拠を見せていただきましょう」

「証拠だって、それはもちろん、いくつかあるさ。だが、それは、君を逮捕させてから、ゆっくり楠山警部に、突きつけてもらうとも。

第一に、エメチンを、いろんなものに入れられる機会を持った人間は、この家の中にいる人間のほかにはないさ。……それは何人残っている。殺されたり、自分がその薬品で倒れたり、残されたのは君ひとり。ほかには疑わしい者はいない。……君はお時を雇い入れた。千晶姫とも関係があった。どういうわけで、紅霊教に恨みを持った人間だけと、そうして接触をつづけたんだ。

第二に、水の殺人だが、あれは君のほかにできないという、たしかな証拠を僕は握った。君が嘘を言っているのは、あのときの君の言葉からもよくわかるとも。……もう言うまい。いくらなんでも、君と僕とは同窓の友人、いかに極悪人であっても、僕の口から、これ以上、追及するのは忍びないよ。松下君、誰か警官を呼んできてくれたまえ」

そのときの卜部鴻一の顔はまったく恐ろしかった。きりきりと、血が出るように唇を歯で噛みしめて、彼はいまにも、神津恭介めがけて飛びかからんばかりだった。

私は長い廊下を突っ走った。何人かの警官は泊まりこんではいたはずだが、どこにいるのかわからぬほどの、広い建築なのだから、ほうぼう捜しまわったあげく、やっと奥の部屋で寝そべっていた警官を、ひきずるようにして帰ってきた。この間、五分や六分はかかっていただろう。

二人はそのまま、相対していた。

だが、これはどうしたことだろう。卜部鴻一は笑っていた。この間に、神津恭介に、なにか秘密をあばかれて、あきらめきってしまったのか、冷たい笑いを浮かべていた。

「卜部鴻一君にちがいないね」

警官が、一歩ふみ出して、鋭い語気でたずねた。

「そうです。僕が卜部鴻一です」

「紅霊教殺人事件の容疑者として、緊急逮捕の指令が出ている。職権によって、君を逮捕する」

がちゃりと、金属の冷たい音。手錠が彼の両手にかけられた。

「神津さん、あなたの明察にはおどろきました。いまの一言は、ぎくりと僕の胸にこたえましたよ」

捨てぜりふのような言葉を残し、私のほうに冷たい視線を投げて、彼は表へ引かれていった。こつこつという足音が、いつまでもかすかに聞こえていた。

「神津さん、どうしたんです」

「ご覧のとおり種も仕掛けもないんだ」

「僕がいない間に、彼に何かを言ったんですか」

「言ったとも、とどめの一言をずばり、それでおとなしくなったんだよ」

「どんなことです」

「まあ、いいだろう。そのことはあとにしよう。僕はきょう、だいぶ疲れているからね」

とくに持病はないが、どちらかといえば病身の神津恭介には、連日連夜の悪戦苦闘は、だいぶ骨身にこたえたのだろう。眼の下の肉がげっそり落ちて、薄黒い隈がありありと浮かんでいた。

なんだか、口をきくのも物憂さそうな彼の姿を見て、私は彼を残して、菊川医師の家へ帰っていこうと決心した。

彼はべつに、それをとめようともしなかった。だが裏口に回って、私が靴を履きかけようとしたときである。闇の中から、あわただしく一人の警官があらわれた。

「神津さん、神津先生」

「何です。僕はここにいますよ」

「浅川署から電話で連絡がありました。……卜部土岐子が、ストリキニーネで死んだそうです」

神津恭介はまたもや、一歩踏み出すと、息せきこんでたずねた。

「自殺ですか。他殺ですか」

「係官がちょっと眼を離しているうちに、あの散薬の中の薬を、飲んだのだ、というのですから、自殺とも他殺ともいえるでしょうね」

「やっぱり、そうでしたか……」

恭介は、肩を落として大きく吐息をもらしながら、じっと闇の中を見つめていた。

「この事件の打撃は、かよわいあの人の神経には、どうしてもたえられなかったのでしょう。二人の姉をはじめとして、相次いで、自分のまわりに起こった、いくつかの連続殺人事件、この恐ろしい殺人鬼が、自分の最愛の恋人だった、と知ったとき、はりつめていた一筋の勇気もくじけてしまったのでしょう……いたしかたもありません。すべてはもう帰らぬことです。どうもご苦労さまでした」

「神津さん、これでは浅川へおいでにならなくちゃいけないでしょう」

彼の答えには、力がなかった。

「いいえ、いまとなっては、僕たちが駆けつけてみたところで、何の役にも立ちますまい。それよりも、今夜はゆっくり静養して、あすからの活動に備えましょう。人間の精神力にも体力にも、やっぱり限度がありますよ」

神津恭介としてみれば、無理もないことと言えるにもせよ、じつに力のない言葉だった。それ以上、私も何も言いかねて、暗澹《あんたん》とした心をいだいて、紅霊教の本部を出た。

彼の明知と才能をもってしても、ついにこの悲劇は防げなかったか。

紅霊教の血を受け、財産の継承権を持った三人の孫娘、澄子、烈子、土岐子の三人、それに加えて、睦夫にお時、千晶姫と、六人までが、恐るべき殺人鬼の手に倒されたのだ。

第一の惨劇だけは防止できなかったのは無理もない。だが残りの五つの殺人は、完全に彼の失敗だといえた。土岐子の死も、自殺としても、これは他殺と紙一重のものといえるのだから……彼が二の足踏んだ理由も、私にはうなずけないこともなかった。

戦後日本に施行された新憲法を基幹とする新しい法律のためなのである。

個人の人権を極度に尊重する立場にたった、この新しい法律は、その反面、いくつかの新しい弊害を生んでいた。

たとえば、どんな犯罪者でも、いちおうの条件が備われば、必ず保釈が許される。だがその結果は、飢えた虎狼《ころう》を野に放ったように、また新しい犯罪の種子を、地に蒔く事態が生じたのだ。

強盗犯も保釈される。前の犯罪に対する刑が確定しないうちに、彼はふたたび強盗罪をくり返す。保釈の詐欺犯が、また新しい詐欺罪を犯す。……そうした例は、枚挙にいとまがないほどだった。個人の人権を尊重する意図でつくられた新法律が、多くの社会人の福祉を侵害するような結果となっていた。

いつの時代でも、法は一種の怪物である。

創造された瞬間から、それは固有の生命を持って動きはじめる。その結果、創造者の思いもよらぬ事態がそこに生じてくる。……ギロチンを発明、創始した医師も、自らがその機械によって首を断たれるなどということは、よもや想像しなかったろう。……それほど極端ではないとしても、皮肉な事態は処々方々に生ずるのだ。

私の兄、警視庁捜査一課長の松下英一郎は、前から確実な証拠なしでは、容疑者を送検しないので有名だった。だがその兄でも時折りは、皮肉な言葉をもらしていた。

「研三、じっさい、今度の新しい法律というやつは難物だよ。基本的人権の尊重もいいさ。だが、ものはほどほどにしなくちゃね。……判事の逮捕状がなくちゃあ、逮捕できないのもいいさ。殺人犯が眼の前を、大手をふって通ってもだまって見すごさなければならない。四十八時間以内に、犯罪の証拠があがらないかぎり釈放もけっこうだよ。だが、四十八時間以内に証拠のあがるようなのには、たいした犯罪はありはしないぜ。犯人のほうが極度に賢明だったら、指紋や手がかりを残したり、目撃されたり、偽のアリバイをたてたりなどしなければ、殺人犯の証拠など、なかなか見つかりゃしないんだからな」

この法律の欠陥は、その後ある程度まで、実質的に緩和された。だが犯人の計画が、奸《かん》知巧妙《ちこうみよう》をきわめるほど、犯人の逮捕はいよいよ困難になったのである。

たとえば、この紅霊教殺人事件でも、証拠といえるような物は、ほとんど皆無の状態だった。こういう場合、たとえ犯人が当局の取調べによって、犯行を自白しても、法廷でその罪状を否認すれば、有罪の判決は下しえない。警察が笑われるのが落ちなのだ。

神津恭介が、卜部鴻一の逮捕を躊躇していたのも、その原因はそんなところにあったろう。だがしかし、彼は自ら墓穴を掘った。東洋ホテルから逃げだしたのはまだしも許しうるとしても、その後に、ストリキニーネの包みを残しておいたとは、まさに確実な証拠ではないか。そしてこの家へもどってくるとは、何の罪もない、人間の行動とは思われないではないか……。

私の頭の中には、そのようなとりとめもない考えが、ぐるぐると渦巻いて離れようともしなかった。連日連夜の緊張で、私の頭も綿のように疲れ、判断も、推理も何も、できないような状態だった。

いつのまにか、私は菊川医院の前に来ていた。灯は、まだあかあかと輝いている。……玄関を開けると、菊川医師が、診察室から精悍《せいかん》な顔をのぞかせた。

「お帰りなさい。今晩もまた大変でしたね」

「ええ、神津さんも僕もくたくたですよ」

「私も千晶姫の検屍に行ってきましてね、たったいま帰ってきたところです。ずいぶんひどい死体でしたね」

「しかし先生のご苦労も、もう今晩ですみましたよ。鴻一君があの家に帰ってきたところを、この事件の犯人として逮捕されました」

医師は、火鉢の炭火を見つめていた眼をぴくりとあげて、おどろいたように私の顔を見つめた。

「それはいったいほんとうですか」

「ほんとうですとも、こんなわけだったんですからね」

私はいちおう、今夜の事件のことを、彼に話して聞かせたのだ。

「鴻一君が……やっぱりそうだったんですかねえ」

彼も大きく嘆息をもらすばかり、白衣の袖をまくりながら、暗然とした様子であった。

私はまもなく、彼に挨拶をして、自分の部屋へ帰っていった。

部屋にはいるかはいらぬうちに、耳をつんざく笑いがあった。勝ち誇ったような、あたりかまわぬ高笑い、常人の声とは決して思われない、狂ったような哄笑だった。

卜部六郎なのだった。

悪魔が凱歌《がいか》をあげているのだ。

その刹那、こつこつと外から窓をたたく音がした。慄然として、私はまた立ちすくんだ。

「松下君、僕だよ。神津だよ。ちょっとここを開けてくれたまえ」

開けた窓から、這いあがってきた恭介は、卜部六郎の狂笑に、じっと耳を傾けていたのだった。

第十三章　吸血鬼

その夜は、それ以上何の事件も起こらなかった。なにを思ったか、神津恭介は、私の部屋で一夜を過ごし、このことは誰にも話さないように、と口止めをしたうえで、翌朝早く去ったのである。

その翌日は、種々の事柄が明らかになった。

第一に、土岐子の死んだ状況であるが、楠山警部のもらした報告によると、どうした手違いからか、土岐子を調べていた係官が、ちょっとした油断をしたうちに、土岐子は机の上におかれてあった、ストリキニーネのはいった散薬の包みを別の紙包みにすりかえ、手洗いに立つと見せかけて、座を立った瞬間に、それを口にしたというのである。

さっそく駆けつけた医者も手当てのしようもなく、死体はすぐに解剖の手続きがとられたということであった。

第二には、澄子の死体の傷口に対して神津恭介の依頼によって、再解剖が行なわれたことである。その結果は、死体の傷口に、生体反応を認めえない点もある、とのことだったが、この点については、神津恭介はこのように言っていたのである。

「死体が生体反応を呈するかどうか、ということには、法医学的に確実な方法が発表されていませんからね。……たとえば、外国にこんな例もありました。とつぜん姿を消したある高官が、その翌朝、汽車に轢《ひ》き殺された、ばらばらの死体となって、発見されたんです。政治状勢が、非常に険悪をきわめていたときでしたから、自殺だ、他殺だと、捜査当局の間にも、鋭く両派の意見が対立してしまいました。

他殺説の根拠は、いろいろありましたが、そのいちばん有力だった理由というのは、死体には生体反応が認められなかった。つまり、一度撲殺《ぼくさつ》した死体を線路の上に寝かせて、それを轢断《れきだん》させたのだ、というのです。ところが、それに対しても、法医学的に有力な反対論が起こって、結局どちらの側も譲らずに、うやむやになってしまったんですが、まあこの場合にも、それは重要視できませんね。いちおうの参考意見とする程度にしておきましょう」

理路整然として、何の疑点をはさむ余地もなかった。

第三に、卜部六郎の精神状態であるが、これも急速に悪化していた。ついに、翌朝、菊川医師も、自分の手には負えない、と言いだして、浅川から精神科専門の医者が来診することになった。その結果は、完全な精神分裂症の症状があらわれていて、とりあえず精神病院へ入院させることになったが、その治療は絶望だろうといわれたのである。

あの殺人の予言の秘密も、ついに白日の下にあばき出されずに終わるのだろうか。卜部鴻一の取調べの状況については、神津恭介も、楠山警部も、兄も一言も話してはくれなかった。

取調べはいちおう順調に進んでいる。四十八時間の期限がきれて、検事勾留に移ったと、ただそれだけ話してくれた。

だが私には、その点に、だいぶ不安があったのだ。彼にあの第一の殺人ができたろうか。心配にたまりかねて、こうたずねた私に対して、神津恭介は笑って答えた。

「松下君、こういうことを考えてみたまえ。澄子さんの前に、入浴したのは、あの男が最後じゃないか。こういう寒い天候では、まさか風呂場の窓を開けて、入浴するような物好きな人間もいないだろう。……しかし、あの男はたしかに自分が窓を開けたと、ちゃんと申したてているんだよ。ただそのあとで、錠をかけたかどうか、ということについては一言も言っていない。

もし、あの言葉がほんとうなら、そして窓が開いていたとしたら、外へ回ってあの窓に近づき、窓を開いて澄子さんに、なにか秘密の話があると見せかけて、胸を短刀で刺したことも、うなずけないこともないだろう。そのアリバイを証明する烈子さんも、この世の人ではないんだから……それから後はかんたんだ。浴室を破って、みんなが飛びこんだとき、ヒューズが切れて飛んだね。この暗闇の間に、窓の錠を、内側からかけたとも、思えないこともないだろう」

いちおううなずける理論である。だが実際には、そんなことが、彼にいったいできたろうか。恭介はあの現場に居合わせなかったから、そうしたことを言うのにも無理はないが、私にはどこかしら、うなずけない節があった。

もしもあのとき、誰かが窓に近づいたら、浴槽のむこう側まで手をのばしたら、私に気がつかないはずはなかったのだ。

神津恭介が、彼を犯人だと断定したのは、こうした薄弱な推理の上に組み立てられたことなのだろうか。私でさえ、危《あや》ぶまずにはおられぬほどのことだった。

しかし、私にはこれという、反駁《はんばく》の論拠は提出できないのである。

危うし! 天才神津恭介。あの絢爛の論理はどこへいったのだろう。眼もさめるほど鮮やかな、圧倒的な追及を、彼は忘れてしまったのか。

ただ私には、一つだけ気のついたことがあった。彼はこの事件の犯人を、二人だと断定していた。一人は卜部鴻一だとしても、あとの一人は誰なのだ。菊川医師か、香取幸二か、予言者、卜部六郎か。

ここまで考えて、私はやっと一縷の光明を認めた。彼はその一人の処置に悩んでいるのではないか。その人間に対して、最後の決定打を与えられないために、私にさえ最後の切り札を秘めかくして、投げ出さないのではないのか。

だが、神津恭介の行動は、いよいよ私の意表に出た。彼は自ら、この事件はこれで解決された、と私たちに言い残して、東京へ帰ってしまったのである。もうこれ以上、呪縛の家には事もない、と自信満々の言葉を残して。

そして、この殺人交響楽に最後の幕がおろされるときがきた。澄子、烈子、土岐子三人の姉妹の葬儀の日が訪れてきたのである。

霖雨《りんう》うちけぶる日であった。

ざわざわと、木々の梢を揺るがして、武蔵野の木枯らしがわたっていく。そのたびに、冷たい雨が、力まかせに、横なぐりにたたきつけてくるかと思うと、また霧に似た煙雨《えんう》となった。

解剖が終わった澄子と土岐子と睦夫の死体は、大きな白木の棺に収められて、浅川からこの八坂村へ送られてきた。その横に、ちょこんと玩具箱のような烈子の骨箱があるのも、奇妙な、だが恐ろしい対照だった。

通夜の晩、いや前夜祭というのだろう。その夜もまた、この家で一夜を過ごそうとした人びとは、舜斎と幸二とは別として、菊川医師と楠山警部、それに私のほかには誰もなかった。弔問に顔を出したのは、村長や駐在巡査、それに主《おも》だった数名きり。雑用に働く人びとでさえ、楠山警部と菊川医師の努力によって、辛うじて集められてきたのだという。

誰も語ろうとはしなかった。寂しい、落魄《らくはく》の色のおおえぬ一夜であった。

その夜も明けて、私たちは、雨をついて裏山の墓にむかった。

雨に打たれ、風に打たれたりして、腐りきった落ち葉の深く埋めつくした裏山の道。降りしきる蕭々《しょうしょう》の雨の音。

三つの白木の棺が進む。静々と、寂しく、何の声もなく。

そのあとには、白い骨箱を抱いた道服の舜斎が、つづいて幸二、楠山警部、菊川医師、土掘り道具をかついだ、口と耳の不自由な吾作と、それがこの葬儀に従うすべてであった。

ぽたぽたと、傘から垂れた雨の滴が、冷たく顔と手を濡らす。山々の姿もきょうは見えなかった。

裏山の一角が、林の中にそこだけ広く切り開かれて、幾つかの石の墓標が立っていた。

ふだんは人の近づくようなところではない。

舜斎の妻、その子。その妻。またはその一族の人びとの墓。

白い花崗岩質の石も、きょうはしとどに雨に濡れて、鈍い鼠色にくすんでいる。

四つの穴が掘られていた。地獄へおりていく通路の入口というように、黒い土肌を見せていた。

「お墓はどうするんです」

菊川医師が、そばの幸二の耳に囁いた。

「墓石ですか。なにしろこの村には何もありませんし、特別に浅川へ注文して彫らせることにしましたが、一週間や二週間ではできないだろうということでした。それまでは、いちおう白木の墓標をたてておくことにしました」

一つ一つと、白木の棺がおろされていく。それを見つめる舜斎の眼は、まるで磨《す》りガラスのように、空な、暗い光を放っているだけだった。

悲しみを越えた悲しみの姿である。この棺とともに、紅霊教の力もまた、永久に地の底に埋もれてしまうのだ。教義再興の望みもいまは絶えたのだ。

きょうの舜斎には、もはや呪文を呟くだけの元気も残されていないよう。ただ呆然と立ちつくして、ただ凝然《ぎょうぜん》と白木の棺を、空な瞳で見つめている。

香もたかぬ。花もない。祈りの言葉も聞こえない。

「さあ、土を」

幸二がうながすのにも、舜斎は黙って首をふるだけだった。指一本動かす力も残っていない、というふうだった。

私たちが、かわって、一すくいずつの土を、その墓穴へ投げ入れた。あとは吾作の手にまかせて、私たちは暗然と、白木の棺が埋もれていくのをじっと見守っていた。

飄々《ひょうひょう》と、木々の梢を揺らせて、また沛然《はいぜん》たる雨足が、私たちを四方から脅かすように激しく降り注いできた。

それはもう、真冬の氷雨にちがいなかった。

私の果たすべき役割は終わった。何の役にも立たなかった。もうこの呪われた家を立ち去るときもきた。

それがその夜の私の考えだった。あの夜以来、私はこの本部で、葬式までの幾夜かを過ごしていたが、もはや立ち去るべきときはきた。

力を失いつくした舜斎、捕われた鴻一にかわって、幸二はこの家の実権を握りはじめた。わが事成れりというような会心の笑いを浮かべながら、わがもの顔に、葬儀の始末から、金銭の出し入れから、いっさいの権を一手に掌握した。

無理もないことなのである。紅霊教の莫大な遺産は、彼の手に転がりこんできたのも同様ではないか。あとは舜斎を説き伏せて、遺言状を書き換えさせればそれですむことなのだ。

彼は私に、いつまでもこの家に滞在するようにすすめた。だが私は、葬儀がすんだ翌朝には、永久に、呪縛の家を去る決心だった。とりとめもない考えを、次から次へと、頭に浮かべながら、荷物の整理をつづけていたときである。

「松下さん、ちょっと」

廊下から呼びかけたのは、楠山警部であった。

「なんです。どうかしたんですか」

「ちょっとこっちへ来てください」

何だろう。何が起こったというのだろう。

私はそう考えながら警部の後を追って、雨のやんだ、夕闇に包まれた庭を横切り、あの思い出の離れにはいった。

「松下君、久しぶりだね。その後変わりはなかったかい」

凛々《りんりん》とした、神津恭介の声が私の耳にひびいた。黄昏《たそがれ》の薄明の中に、ほの白く顔だけを浮かびあがらせて、彼が廊下に立っていたのだ。

「神津さん、もう前夜祭もお葬式もすみましたよ」

私の言葉にも、思わぬ皮肉がこもっていたが、彼はべつに気にする様子もなく、女のような憎めない微笑を浮かべていたのだった。

「それが終わってから、僕の仕事は始まるんだよ」

「なんですか。もうこれ以上、何が残っているんです」

「殺人交響楽の最後の幕をおろすには、今夜が絶好の機会なんだよ」

「というと」

「今晩、地の悲劇、第三楽章が初めて完成するからなんだ。

地に埋もれて殺さるべし。あの第三の予言はいままで、まだ行なわれていないのさ」

地に埋もれて殺さるべし！　なんというのか。あの、千晶姫の殺人が、犯人の目標としていた、地の殺人であるというのは、神津恭介その人自身の口から出た言葉ではないか。だが、恭介の言葉の調子は、たしかに前と違っている。あらゆる作戦も手段も捨て、ただ一筋に事件の真相に迫ろうとする、あの仮借《かしゃく》ない態度であった。

「松下君、君にはすまなかったと思っている。僕は君に、この事件の恐ろしい真相を打ち明けることができなかった……。それは君の、あまりにも正直な性格のため、君は好きも嫌いも、白も黒も、知っていることも知らないことも、顔に出さずにはおられない人だ。僕はそのことによって生ずる、恐ろしい結果を心配したからなんだ。……許してくれるね」

私たちの間には、許すも許さぬもなかったのだ。私は、黙って右手を出した。

「それで……神津さん。僕はどうすればいいのですか」

「今晩、僕といっしょに、あるところまで行ってくれたまえ。これでこの事件の陰謀は、全部明らかになるのだよ」

「それじゃあ、千晶姫を殺したのは……」

「今夜のほんとうの地の悲劇を、安全に隠蔽《いんぺい》しさろうとする、犯人の言語に絶する奸計なんだよ」

だが土岐子は、すでに殺された、いや自分の生命をその手で絶ったのではなかったか。それがこの、「地」の殺人と、どんな関係があるというのだろう。

神津恭介は、それ以上、一言も語ろうとはしなかった。

だが私にはわかっていた。勝利か、または死あるのみ、神津恭介の死力をつくした追及の実はいま結ぼうとしているのだ。殺人交響楽の最後の幕は、いまにも切って落とされる。

息づまる緊張の中に、何時間かが過ぎていった。お時の殺された隣室の寝台の上に、私たちは何も言わずにすわっていた。

灯もつけず、何の物音も聞こえない、この漆黒の闇の中、見えるものは、私の腕時計の夜光塗料を塗った針が、静かに時を刻んで動く、ただそれだけの運動だった。

十二時……十二時三十分……。

ことことと聞こえる人の足音があった。扉を開いて、楠山警部が、懐中電灯を照らしてのぞきこんだ。

「神津さん、たしかに！」

「そうですか。ついに大魚は網にかかったのですか」

神津恭介は、いま悠然と立ちあがった。その眼はあやめもわかぬ闇の中に、何かの影をとらえんとしているようだった。

私たちは、相次いで、この離れの入口から庭へ出た。

雨雲が低くたれこめたこの庭に、星はなく、灯もなく、方角さえもわからない暗澹たる寒夜であった。

梢が鳴る。枝が鳴る。小笹の藪がそよいでいる。幽鬼の群れが、そこかしこにひそんでいるような気さえする。

「さあ、こっちです。すべらないようにしてください」

神津恭介は、そう言いおいて先に立った。庭をぐるりと迂回して、裏の入口の垣根を乗り越える。

裏山だ！　山へ行くのだ！

細い山道を、先頭に立つ恭介は、十分案内を知っているように、迷いもせずにのぼっていく。つづいて私、最後に楠山警部の番。

ちらちらと、むこうの木の間に黄色い光が見えている。電灯――それも懐中電灯の、かすかな光にちがいない。その光は、動かずじっと静止している。

木の間がくれに、むこうをうかがって見た私は、全身がとたんに凍りついた気がした。思わず知らず、奥歯が、がたがた鳴った。

墓場なのだ！　きょう四人の葬儀が終わったばかりの、紅霊教の墳墓の地だ！

その墓に何かの影がうごめいている。時折りちらりと、懐中電灯の光の中に浮かぶのは、たしかに人の黒い影。大蜘蛛か、悪魔の姿と思われる、黒衣の人の影だった。

顔は見えない。だがこの悪魔は、手にした鍬《くわ》をふり上げて、埋葬を終わったばかりの墓穴を、ざくざくと掘り返していた。

何のため、彼はこの墓をあばくのだろう。

伝え聞く、古い異国の物語。夜な夜な、姿をあらわして、埋葬を終わったばかりの墓をあばき、死骸の喉にかぶりついて、一滴残らず血を吸いつくす吸血鬼が、この世に姿をあらわしたのか。

いや、血を吸うだけではあきたらず、墓の中からとり出した肉塊を、この鬼はいま、ぱりぱりとぶきみな歯音をたてて、むさぼり食いはじめるのではなかろうか。

私は全身のまわりの空気が、零下何百度という液体に、いや固体の空気となって、大きな氷柱を作っていく、そんな気がしてならなかった。

黒い影は、鍬の手を休めて、一息ついていた。その足もとには、こんもりと小山のように盛りあがった黒い土が見える。

悪魔の手には、きらりと白い短刀が閃いていた。鋭い刃が懐中電灯の光芒を、ちらとこちらへ投げ返した。

彼は土の上にひざまずいた。そして両手を穴へさしこんだ。

キー　キー

棺の蓋が、ぶきみに軋《きし》む音がする。ぽたりと木々の枝から落ちた露の滴が、そのときひやりと私の首を濡らした。

「あっ、これは」

鋭い悪魔の叫びであった。

その瞬間、懐中電灯を穴に落として飛びあがった、悪魔めがけて、神津恭介がおどりかかった。

どたどたどたと、激しく響く乱闘の音。

楠山警部も、私も息をきらして、その場へ飛んだ。上になり下になって、二人は必死に争っている。と思うと、上になった恭介が、悪魔の体をいま掘ったばかりの穴につき落とした。

「神津さん、お怪我は！」

「どうですか、大丈夫ですか」

大きな吐息をまじえながら、豊かな鋭い恭介の声。

「僕はなんともありません。さあ、楠山さん、これで、証拠は十分でしょう。紅霊教殺人事件の真犯人。極悪非道の殺人鬼。その犯人をお渡しします」

懐中電灯の白光が大きく地を這って、墓穴の中を照らしだした。

蓋を開かれ、あばき去られた白木の棺。しかし中には死人の影はなかったのだ！

殺された、いま一匹の黒い猫。

ただいくつかの砂袋。

その中にくずおれて、ひくい呻《うめ》きをあげながら、顔を歪《ゆが》めて苦悶していたのは、まさしく菊川医師であった。

「神津さん、それじゃあ、やっぱりこの男が、卜部鴻一と共犯で、この殺人劇を演出したのですか」

しばらくたって、手錠をかけられて、地上に横たわっている、この医師のあわれな姿を見守りながら、私は第一に口を開いた。

「違う。違うとも。鴻一君はこの事件には、何の関係もなかったんだ」

顔の泥を、ハンカチで拭いながら、恭介が答えた。

「それじゃあ、どうして鴻一君を」

「逮捕させたと見せかけたのは、敵をあざむく計略だよ。君が警官を呼びに行っているあいだに、僕と鴻一君のあいだには、ある約束ができていたんだ。彼はある場所でのんびり過ごしているよ」

「それでは土岐子さんのほうは！」

「これも死んではいないとも。ごらんのとおり、この棺の中には砂袋しか入っていないだろう」

「神津さん、あなたは、なんという人です」

「だから僕が、許してくれと言ったろう。この犯人をだますためには、まず君のほうから、だましてかからなければならなかった……しかも、もっともらしい理論をそのうえにくっつけなければならなかったんだ。思えば僕も辛い思いをしたよ」

それはたしかに、うなずけないことではなかった。ただ……。

「それじゃあ、この男は今夜、この墓で何をしようとしていたんです……」

「松下君、見たね。あの短刀を見たろう。

地に埋もれて殺さるべし……毒殺しても、絞殺しても、紅霊教の習慣で、こうして土葬される以上、烈子さんのように焼き殺さないかぎりは、地に埋もれることは疑いない事実、犯人が安心して、ストリキニーネを使ったのは、こんなところにあったのだよ。

だがこの恐ろしい犯人は、病的なまでに、短刀に執着を持っていた。間奏曲の千晶姫殺しのほうを、第三楽章の主題であるかと思わせて、土岐子さんにはストリキニーネを応用し、右に左に僕らを誘って、巧みに迷路に踏みこませようとしたんだよ。……ただそのとどめの一撃を与えるため死体の胸を短刀で突き刺すという、異常者の装飾癖から、彼は今晩、この墓をあばかないではいられなかった。

文字どおり、彼は自ら墓穴を掘ったのだよ」

私にもこのとき初めて、恐ろしい悪魔の狙いが、はっきり浮かびあがるような気がした。

あれだけはっきり、時間を限定した以上、そして狙いが土岐子だと決まっている以上、いかに強引な作戦をたてても、犯人は土岐子のそばに近づいて、短刀を突き立てることができなかったのだ。

それで土岐子と千晶姫とを、入れかえたように見せかけて、最初に警戒手薄な巫女を倒し、土岐子のほうはストリキニーネに任せたのだ。そして、墓をあばいて、地の殺人を完成しようとしたのである。この第三楽章の殺人こそ、地の性格をそのままに、もっとも隠微をきわめたものであると言っても決して過言ではなかった。

「しかしどうして、神津さん、もっと早くこいつを捕えてしまわなかったんですか」

私は歯ぎしりをして叫んでいた。

「僕も神様じゃないんだよ。もちろんおぼろに疑いはかけていたんだ。だが千晶姫の殺人まで、その犯行の方法が、どうしてもわからなかったんだよ。あのときだって、土岐子さんは、最後まで残しておくのだろうか、鴻一君も共犯なのかと疑ってみたくらいだよ。土葬ということを聞いたとき、初めて謎が解けたのだった」

「それじゃあ、共犯は誰なのです。いま一人の犯人は誰なのです」

「それはもうあすにしよう。雨が落ちてきたようだし、その人間はもうぜったいに逃げかくれなどしないからね……」

第十四章　未完成交響楽

その翌日、神津恭介は、紅霊教本部の一室で、私たちを前に、この恐ろしい殺人交響楽の背後にひそむ、殺人鬼の足跡を、最初から、綿密に、順序を追って説きあかした。

死の影が、悪魔の姿が、なお、どこかにひそみかくれているのではないか、と思われるほど、寒々とした部屋の空気を震わせて、彼の豊かなバリトンは、長く余韻を残して流れていった。

「じつに恐ろしい犯罪でした。言語に絶する異常者でした。

その心理については、彼自身の口から、法廷において明らかになるでしょう。

だが僕は彼だけを笑えません。一殺多生《いっせつたしょう》という、誤った考え方は、この戦いが終わってからも、まだこの国の人間の、心にこびりついているのです。

彼は、紅霊教の復活を防止するために、一身を犠牲として戦おうと決心しました。それだけならばいいのです。だが、彼はそのために、自分の共犯の役をつとめた人間を、あえて犠牲にしたのです。犯罪全体の計画の完遂を期するためには、罪のない何人もの人間の血を見ても、悔ゆるところがなかったのです。これが僕の驚いた理由でした。これ以上の極悪人はあるまいと舌をまかずにおられなかった点でした。

卜部六郎を教祖として、紅霊教を復活させる、ふたたびむかしの威勢をとりもどす、こうした陰謀が香取睦夫や千晶姫を中心に、計画されはじめたときに、彼もまた、その一翼に加わったのでしょう。

だがそれは、この機会に、萌えあがる毒草の芽を刈りとろうとする、彼の悲願のあらわれでした。毒をもって毒を制すと言いましょうか、彼はこの好機を利用して、邪教の根も枝葉も断とうとしたのです。

彼は必要な人物が、すべてこの呪縛の家に集まる日まで待ちました。

そしてこの四つの殺人を予言する警告状を雨戸に貼りつけたのです。それと同時に、七匹の猫を共犯者に盗ませたのです。

鴻一君が、あわてて、松下君をよびよせたとき、彼の犯罪計画は、まずその第一歩をふみ出しました。エメチンによる、毒殺未遂、第一回の未遂がそれなのです。

これは考えようによっては、じつに恐ろしい方法でした。精緻《せいち》をきわめた犯人の作戦でした。第一にこの水薬が、途中で毒性を発揮しはじめた以上、その薬の中に、エメチンを混ぜたと疑われるのは、家の中にいた人間と思われるのはとうぜんでしょう。彼自身は嫌疑の外にはぶかれます。そして、土岐子さんに、つづけて投薬の機会を持っている以上、いつでも自分の好きなときに、その薬の中にストリキニーネを混《こん》じておくことができるはずです。その殺人を自分の手によるものと感じさせずにすむのです。

第二に、この一撃によって、犯人は家族の者と同様に、自然にこの家に出入りする機会に恵まれてきたのです。

病人の診察にかけつける医師、表面は何の変哲もない姿です。だがここに、初めて彼の凶行が、自然に行なわれる条件が生じたのでした」

いつもながら、鋭く事件の核心を衝《つ》く神津恭介の推理であった。

「彼がエメチンを使用したのは、赤痢を患ったことのある鴻一君に、犯行の責任を転嫁しようとする、苦肉の策だったと言えるでしょう。第二、第三の殺人未遂もそのとおり、巧みに家の内部の人間に、犯人を限定しつつ、自らの存在を、できるかぎりしぜんなものに見せかけようとする。このような、大きな心理的トリックには、捜査当局もただ呆然として、犯人の思うがままにひきずりまわされました。いや、あなたがただけを笑うのではありません。僕自身、この犯人の恐ろしい意図は見当もつかなかったのです」

「神津さん。それではエメチンを、水薬や、養命酒や、持薬の中に混ぜたり、すりかえたりしたのは、誰の仕業だったのでしょうか」

私は愚かな質問をした。

「それなのです。それは第一、第二、第三と事件の跡をたどったとき、初めてはっきりするのです。

第二の事件で、烈子さんの死因が何であったかは、まだはっきりしていません。だが犯人は少なくとも、短刀で突き殺した死体をふたたび焼き殺しました。千晶姫は絞殺して、その胸を短刀で突き刺しました。土岐子さんも、毒殺しておいて、さらに短刀を、死体に突き立てようとしたのです。

何のために、こうして二重の殺人をあえて行なう必要があるか。それが大きな問題です。この殺人交響楽の各楽章に、つづいて起こった疑問でした」

「神津さん、ただわからないことはですね。第一の殺人は、その例外ではないか、と思うのですが」

楠山警部が、言葉をはさんだ。

「それなのですよ。それが僕らが迷路におちいった理由なんです。これが、また、二重殺人だということに気がつかなかったら、僕にもこの事件の秘密は解けなかったでしょう」

「というと、どうなんです。何がほんとうの死因なんです」

「第一の殺人、水の悲劇では、浴槽いっぱいに溢れた血と、胸の短刀の一撃が、あまりにも明瞭な、死因のように見えました。それでその傷口が、生体反応を示すかどうか、生きた人間を刺し殺したか、死んだ人間に、短刀だけを突き立てたかは、最初は不問に付されてしまったのです。

だが一方で、毒殺や、絞殺、その他あらゆる他殺の痕跡が発見されなかったことも、疑いのない事実です。とすれば、なんら解剖学的に、痕跡をとどめない殺人方法が、まずもって使用されたにちがいありません。

そのために、考えられる方法は、まずいくつかがあげられます。頭か腹に、強い打撃を与える場合、空気注射による場合、そして最後に感電死……この場合には風呂のかまに電流を通じたのだと思います」

「神津さん！」

私たちの言葉は、異口同音に迸《ほとばし》り出た。

「そうなのです。人体の皮膚の全部が濡れているとき、たとえば今度の場合のように、浴槽に首までつかっているときには、これがもっとも完全な殺人法だといえましょう。弱電流でも十分です。いや全身から弱電流が、心臓を貫いて流れるために、高電圧、強電流による電撃死のような、痕跡はまったく残らないのです……」

楠山警部は、顔色を変えた。

「神津さん、それではあの短刀と、湯槽の血は、いったいどうしたというのです。どういうわけで、あの湯槽が、真っ赤に染まっていたんですか」

「それが手品の種なのですよ。犯人は、人間の血がほしくってたまらなかった。だがそれが、容易に手にはいるものではない、とあきらめて、猫を盗んで、その血を使おうとしたのです。あるいはそれに、雛鳥の血でも混ぜて、人間の血液に、もっと近づけようとしたのかもしれません。

ところが、その血が思わぬところから手にはいりました。楠山さん、あなたがこの村に、おいでになっていた理由、馬喰同士の切りあいが、この犯人に恐るべき武器を与えてしまったのです……」

私たちは、ただ呆然と、彼の言葉を一語一語、頭の中に追いつづけるばかりだった。

「血液銀行などというものもできましたが、人間の血液は適当な方法を講じさえすれば、しばらくは凝固せぬように保存できます。その血をいっぱいに湯槽に満たし、刺し殺された傷口から流れた血だと思わせたのです。だがこれは、澄子さんの血ではなく、縁もゆかりもない馬喰の、流し出した血液にすぎないのです。

このために、犯人は自分のところにかつぎこまれた馬喰が、出血多量で死んだとき、その血を一部保存しておいたのでしょう。その量などはどうでもいい……ただ血の色と臭いがすればよいのです」

「神津さん、お言葉はたしかにごもっともですが、何のために、そんなことをしなければならなかったのでしょうね。単に感電死によって、殺すわけにはいかなかったのでしょうか」

「それなんですよ。犯人にとっても、そのほうがずっと危険は少なかったでしょう。だが逆にそのような場合では、死因のほうがかんたんにわかってしまったことでしょうね。いや、それよりも犯人の、狂ったような心理には、衆人環視の前で、死体の胸に短刀を突き立てる、ということのほうがずっと優越感を覚える方法だったでしょうね。

ただ犯人は、その場合、ちゃんと逃げ道を用意しておかなければなりませんでした。浴室の外についていた足跡は、犯人がこちらから侵入して、短刀を窓越しに、澄子さんの胸に突き立てようとしたと思わせるためでした。犯人はあの窓が開いているとばかり思っていたのです」

私の頭の中では、何かがしきりに渦巻いていた。驚嘆すべき密室の謎が、いま解けようとしているのだ。

「感電死だ、とわかりさえすれば、密室に秘密も何も残りません。あの浴室の廊下に面した扉には、二重に内側から、しまりがかかるようになってしまいました。不自然といえば、いえるような構造ですが、これはむかし、この家に多くの人間が、出入りをしていたため、入浴中に品物や金をとられない用心だと、考えれば理解もつくことでしょう。邪教の旗のもとに集まるような人間には、こういう不心得者もいるでしょうからね。

このように、二重の扉を裏側から閉じた被害者の澄子さんが、窓に錠がおりていないのに気がついて、自分でそれを閉じたのが、この密室の原因でした。これは犯人自身にとっても、予期せぬ密室だったのです」

天才神津恭介の面目、ここに躍如として、密室の秘密を包む謎の幕は、一枚一枚、跡をも残さず、はぎとられていく。

「それから最後の問題です。いつ、どこからその血液を浴槽に、流しこんだかということです。

澄子さんが、浴室にはいったときには、浴槽が血に汚れていた、ということは考えられません。何の異常もなければこそ、澄子さんは浴槽に身を沈めたのです。

その瞬間、強烈な電撃が、ガーンとその全身を貫きました。叫びをあげる余裕もなく、息をひきとった、死体の上に、水を入れる口から、血液が、どくどくと流れこんできたのでした……」

これもまた、刺青殺人事件の場合と同じく、日本家庭の浴槽構造を、極度に利用した、巧妙な殺人法といえるだろう。

そういう私の感慨をよそに、神津恭介の推理はつづく。

「湯槽の中には、その瞬間、血のスクリーンがはられました。そしてその中には、前から糸か何かで、しばりつけられて、気のつかぬようなところに、短刀がかくされてあったのです。

犯人は、このときとばかり、おりもせぬ人影が動いているとさわぎたてて、扉を破って脱衣場へおどりこみました。

たしかに血に染まった浴槽が見えるはずです。殺された死体が見えるはずなのです。

二つ目の扉を破る前に、電気のヒューズが切れました。これも共犯の仕業でしょう。

この暗闇を利用して、電灯がつかぬ間に、浴室へ乱入した犯人は、松下君に脈をとらせ、澄子さんが死んでいることを確かめさせておき、闇黒と、血のスクリーンで湯槽の中が見えぬのを幸いに、両手を湯槽の中につっこみ、拾い上げた短刀を、澄子さんの胸に突き立てたのでした。

そしてつづいて、その体を浴槽からひきずり出すのです。手に短刀をかくし持つことは、できないとしても、この方法なら、ある程度は、疑われずにすむのです。松下君の証言が、大きくものを言ったのです」

私でさえ、脳天を鈍器で一撃される気がした。打ちひしがれたように、ともすれば、沈みがちになってくる、気力を絞って、私はたずねた。

「わかりました。ただ、彼が一人では、この犯行を行なうことができないのは明らかですね。その共犯というのは、どんな人物でしょう。誰が血を流し、誰がその短刀を湯槽にかくし、誰がその配線をしておいたんです」

「それが……女中のお時だったんですよ」

神津恭介はめったなことでは、ものに動ずる色を見せたことはない。ことに、事件が解決されて、自分の推理の跡を物語っていくときには、大学教授の講義のような口調である。

学会の席上で、学者が研究論文を発表するときのような、謹厳そのものの態度である。

だがそのときは珍しく、その漆黒の眉のあたりに、ちらりと感情が動いたのだ。

「血が流しこめるのは、焚き口のほかにはありません。風呂場にはいって疑われないのも、女中のほかにはいないのです。鴻一君が入浴を終わってから、澄子さんが浴室にはいるまで、誰も入浴した人間はおりません。

ただ湯加減を見たり、何かのために、女中が出入りしたとしても、おそらく誰も、不問に付したことでしょう。一方では、電気のヒューズを切ったのが、共犯者の人為的な仕業だ、と考えるなら、そのとき、その場に居合わせた幸二君、烈子さん、鴻一君、松下君と犯人には、まずその機会はないわけです。

お時の言葉をほんとうだとし、かりに四、五分、焚き口からはなれていたとしても、庭のほうからは誰も侵入できません。そうすれば、廊下で見張り番をしていた幸二君が嘘を言っているか、それとも彼が共犯だったか……ヒューズの位置など、そういう細かなことまでは、とくに云々しなくても、浴室なり脱衣場に、ついていなかったことはたしかなのですからね」

彼は暗然として面を伏せた。

「これでこの第一の殺人の真相は、ほぼ明らかになったと思います。

犯人でさえ、思いがけない密室……お時は、窓の錠が閉じていたら、短刀をかくすと同時に、それをはずしておくつもりだったでしょう。鴻一君が、開いた窓を閉じたか、そのままにしておいたか、そこまでは彼も覚えていないでしょう。

ただ犯人は、窓の錠が閉じていたのを見たときに、澄子さんが、それをおろしたと知ったとき、思わずあっと言ったのでしょう。

窓の外の足跡は何の意味もなさなくなってきたのです。自分の見たと主張する、窓の外に動いていた人影が、何の役にも立たないのです。だが逆に、ここには思いもよらなかった、密室殺人の神秘的な色彩がただよいはじめたのでした……」

これがこの、第一の殺人の真相であった。

たしかに機械装置を置いて、窓や扉を開閉したというわけではない。機械装置で刺し殺したのでもない。疑いもなく、犯人は被害者のごく近くまで接近して、その死体の胸に短刀を突き立てたのだ……。

諸君の中には、こういう筆法を、憤慨なさる方もあろう。だが、アガサ・クリスティー女史の名作『ロージャー・アクロイド殺し』以来、探偵作家というものは、こういう筆の使い方をするものなのである。

神津恭介の言葉はつづく。

「それでは、第二の殺人、火の悲劇の説明に移りましょう。僕はこのときやっと、この悲劇の舞台に登場したばかりでした。殺人交響楽の全貌は、まだつかめてはいなかったのです。

香取睦夫君に対する嫌疑は、きわめて微弱なものでした。ただ、卜部六郎と気脈を通じていたというだけ、これではまさか、検事勾留を請求するわけにもいきません。彼ぐらいの嫌疑なら、この家にいた人びとの、誰にもかんたんにかけられるのです。

ただ、彼が捕われたこと、つづいて釈放されたことが、しだいにはっきりしてきたとき、紅霊教本部の陣営にも、足並みの乱れが起こってきたのです。烈子さんは、彼を慕って家出してまで後を追おうと考えました。一方では、身近に音もなく迫ってくる死の影から逃れようともしたのでしょう。

だがそれが、逆に犯人の思う壺、さそいの罠にかかったのです。

あの焼け落ちた祠《ほこら》で待ちあわせるという、偽の手紙が、おそらく女中の手を通じて、烈子さんに渡されたのでしょう。

しかしそのとき、一方では僕が護衛を始めました。離れの一間に監禁されて、飛ぶにも飛べない、籠の鳥となったのです。

窓まで注意を怠ったのは、僕の失策だったともいえるでしょう。けれども僕は、烈子さんが、自分からあの部屋を脱け出すなどとは考えませんでした。

ただ、部屋から逃げだしただけでは、すぐにも発見されるのを恐れたものか、烈子さんは、お時を自分の身代わりに仕立てて、すりかえをやろうと考えたのでしょう。

だがその相手は、共犯者でした。いや、真犯人の吹き鳴らす笛におどる、人形のような存在だったのです。

このすりかえのことを、耳にしたとき、犯人は、これあるかな、と思ったのでしょう。いずれは、僕の追及の手が進んでいったら、お時が疑われることは、火を見るよりも明らかなこと、それよりは、この足手まといの共犯者の命を絶つにしかず、と考えたのでしょうね。

複数犯人の場合に、なにより危険なことは、その連絡の不備を衝かれることなのです。どんなに綿密、周到な連絡を、事前に保っていたとしても、千変万化する事件の機微の動きにつれて、その連繋に破綻を生じ、思わぬ失敗をくり返すのは、よくありがちのことなのです。いや、百中九十八、九までは、それが破滅の原因です。

相手が少し知能のたりぬ、意のままに動く人間であることを幸いに、犯人はこの機を選んで、お時を一挙に葬ろうとしました。

猫と短刀を胸に抱かせ、窓から入れ違いに、あの離れの部屋にはいらせたお時に、犯人はいつわって、なにかの口実で、ストリキニーネを入れたカプセルを飲ませておいたのでしょう。カプセルが溶解するまでには、十分ないし二十分、ただ黙って横になっていたら、その顔まで僕はのぞきこみはしないだろうと、烈子さんも考え、犯人もちゃんと計画していたのですね。

そうして犯人は、誘い出した烈子さんを、あの祠のあたりで倒し、胸に短刀を突き立てて、祠に火をかけて逃げたのです。

これが、第二の事件の真相でした」

この殺人交響楽の指揮者は、自らの冷酷無比な計算のみで動いていた。共犯者をも、自らの都合にだけ利用して、この利用価値がなくなったときには一挙に命を絶とうとする。神津恭介ほどの人物が、これ以上の極悪人は見たこともない、と断言した理由が、初めてわかったのだ。

「彼はそれから、あの卜部六郎の祈禱所へ引っ返しました。残りの短刀をうばったのは、捜査当局の狼狽を、嘲り笑おうとする、彼の悪戯心の産物でしょう。密室の意義をあくまで強調しようと、格子の間から、棒か何かを突き出して、その先に結びつけた磁石で、玩具の短刀を吸い上げたのではないでしょうか。つづいて彼は、あの地底の通路から、高天原にあらわれて、そこに待っていた睦夫君に、食糧を渡すと見せかけて、ストリキニーネによる毒殺を企てました。

睦夫君にも、この犯人の出現は、意外なものではなかったでしょう。犯人は、少なくとも表面では、卜部六郎の一味を装っていたのですから……。

犯人の頭脳には、もともと異常があったのです。そのうえに、この恐ろしい殺人交響楽が進行していくにしたがって、その考えも、いよいよ狂ってきたのでしょう。

敵も味方も、見さかいなく、いや、卜部六郎の力をも、この機会に、葬り去ろうというのが、彼の最初の計画でした。

卜部六郎は、彼の思うままになる道具です。いつ何時《なんどき》でも、命を絶てる思いのままのいけにえです。

あの抜け穴が、何のために利用されたか、なぜ、あの竪穴の上を選んで、彼が自分の祈禱所を立てたか……そこまでは、僕にもよくわかりません。

ただあの通路を利用して、ときどきあの奥の院に訪れてくる人間があったということと、なにかの陰謀が企てられていたことは、まず僕にも言えることなのです。

そのことは、千晶姫にはわかっていました。

犯人にとっては、このことをさとられるのが、なにより苦痛だったでしょう。第三の殺人は、土岐子さんと、千晶姫との二重殺人に向けられていったのです。

第一回の殺人未遂で、自分の投与した薬は、免疫状態になっています。ということは、二回三回と、エメチンを混《こん》じていくのが、自分にできなかった以上、この散薬の中にストリキニーネを混じたのも、自分の仕業でない、と思われるにちがいない。これが犯人の心理でした。

もしもあのとき、鴻一君が逃げだすようなことをしなければ、千晶姫の死体は、ぜんぜん人の気づかぬようなところに埋められたかもしれません。地の殺人は、予言の声がひびくだけで埋もれた殺人となったかもしれないのです。

だが、彼がなにかの拍子で、鴻一君が逃げだしたことを知ったとき、彼は思わずおどりあがったでしょう。

鴻一君を、犯人に見せかけようとする努力が、ようやく報いられたのだと——。

僕は、彼に強い疑惑をいだいていました。といって、あの二重殺人の秘密がつかめなかった以上、彼を犯人だと、きめつけることもできません。

犯人に、安心感を与えるために、僕はわざわざ隣りの部屋の彼に聞こえるような大声を出し、鴻一君を責めたてました。

鴻一君は憤然として、八坂村を立ち去って、浅川へとむかいました。だが、彼があのような無謀とでもいうべき行動に出ようとは、そしてあの部屋に毒薬の包みが残っていようとは、僕にも思いがけない出来事でした。

確証といっても何もありません。浅川に、鴻一君の後を追うと見せて、この家に待機をつづけていた僕も、あわてて浅川へ、かけつけなければならなかったのです。

その隙に、警戒の手薄になった機に乗じて、この犯人は立ちあがりました。そうして、地下の洞窟で待っていた千晶姫を絞め殺し、その胸に短刀を突き立てて、地に埋めたのです。

たしかに僕の失策でした。だが、僕も決して神様ではありません。鴻一君の、奇怪な行動には、ついにだまされぬいたのです。

だが、犯人がなぜこのように、短刀だけにこだわっているのだろうと、その点に気づいたときに、初めて秘密がとけたのです。第一の殺人の秘密をおおいかくそうと、短刀というものに、当局の注意を集中するために、この絞殺死体の胸に短刀を突き立て、あるいはこれ見よがしに、玩具の短刀を閃《ひらめ》かす。悪魔の大きな心理の罠が、初めて僕にはわかったのです。

僕はそこまで考えて、また慄然としたのでした。悪魔は武器を選ばない！　どんな手段を講じても、紅霊教を壊滅させせんとしているのだ！　それがそのとき、僕の感じたことでした。

もしも、土岐子さんが、この薬を飲んで死んでいたなら、そして、その遺骸が地の中に埋められたなら、地の殺人、陰謀の第三楽章は、犯人の思うがままに完結するのです。

それだけでも、犯人としては、十分だともいえるでしょう。だがこの殺人の全般に、みなぎっている装飾癖からしても、犯人は必ずその墓をあばこうとするだろう。そしてその胸に、短刀を突き立てようとするだろう。それもまた、そんなに時間の過ぎぬうちにと。

思いあがった犯人は、ついにこの第三楽章で、自らの墓穴を掘ってしまったのでした……」

理路整然、何の疑点も残さぬような、神津恭介独壇場の、精緻《せいち》な犯罪解剖だった。

このようにして、この殺人交響楽の全貌は、いまこそ白日の下にあばき出されたのである。

「もうあとは、いくつも述べることは残っていないでしょう。

感電に使った電線を電源につないだのは、おそらくお時の仕業でしょうが、これはただ、犯人の命令に従って動いたまでのこと。その詮議まで、これからくり返す必要もありますまい。

だが僕がこのうえに知りたいのは、犯人のこの犯罪を犯すに至った心理です。お時や、千晶姫との間の、種々な交渉の心理です。それは犯人が、発狂でもしてしまわないかぎり、いずれは法廷で明らかにされるでしょう。

宙の殺人を、犯人がいかにして、実行するつもりだったか、それについても、まだ問題は残っています。おそらくそれは、犯人の胸中にかたく秘められたまま、行なわれざる犯罪として終わるのでしょう。

僕は心理学者ではありません。犯罪の心理を解剖していくのには、ほかに適当な方法もあったでしょう。

ただ僕の力でなしえたこと、それはこの混沌をきわめた事件に、一つの統一を発見し、その全体を貫いている、大きなライトモチーフを見いだし、この恐るべき殺人交響楽を、三楽章の、未完成交響楽に終わらせたことなのです。

この事件は、僕としても、失敗に数えられる事件の一つにちがいありません。僕が登場してからも、新たに幾人かの血が流されました。犯人は傍若無人に、三つの楽章を、演奏しぬいてしまったのです。

僕はいま、空虚なものをおぼえます。それは、自分の力の及ばなかったことに対する悩みです。それと同時に、悪魔のような殺人鬼に対する一掬《いっきく》の涙です。

科学と信仰、邪教と良識、一見しては明白に、勝負のつきそうな争いです。しかし、人類の歴史が始まって数千年、この闘いは、幾千度、幾万度、形をかえて、姿をかえて、人類の心にくり返された争いでしょう。

これは決して、古い問題ではありません。いつまでも、いつまでも、人類の歴史とともにくり返される。永遠に新しい問題です。

紅霊教は壊滅しました。舜斎老人が、これから何年、生きながらえてみたところで、それは、無力な生ける骸《むくろ》にすぎません。犯人としても、これは自分の命を捨てても、顧みて悔いなき闘いだったでしょう。

だが、紅霊教は滅びても、第二第三、いや幾十という、新しい邪教の種子は、この国の土の上に、ふたたびその芽を出すことでしょう。

人類が、正しい信念と信仰のみに生きるのは、こういう邪教の悲劇が、この世から跡を断ってしまうのは、はたしていつの日のことでしょう」

勝ってなお勝ちを誇らず、謙虚にして、なお惻々《そくそく》と胸を打つ彼の言葉は、私たちの肺腑をえぐって、なおもつづいていくのだった。

その夕方、私は神津恭介とあの思い出の丘のいただきに立った。

山の端に、いましも沈みいこうとする、夕陽の光を浴びて、この紅霊教本部の、広壮な建築は、犠牲の血潮に彩られた、真紅の廃墟と見えるのだった。

神津恭介も私も、一言も語りあわずに立っていた。

私は、小笹をわたる風の音に、耳をすましつつ、眼を閉じた。

いまにも、ふたたびあの予言者、卜部六郎が眼を爛々と輝かせ、藪の中から、あらわれて、私の耳に、恐ろしい予言の言葉を囁くのではないか。

私には、そんな気がしてならなかった。

神津恭介が口を開いた。

「呪われた家、呪われた人……」

彼は譫言《うわごと》のように、その二つの言葉を呟きながら、この呪縛の家を見おろして、迫りくる夕闇の中に、いつまでも立ちつづけていたのだった。

第十五章　裁きえぬ罪人

「たしかに私は、殺人を犯しました。しかし私は、おかしくなって、人の命を無意義に絶ったのではありません。私は正義のために行動しました。大きな悪の萌芽《ほうが》を断たんとするために、毒をもって毒を制するの行為に出たのであります」

昂然たる、菊川医師の言葉であった。

東京地方裁判所、八王子《はちおうじ》支部で開かれた菊川公判。あの惨劇が終わってから、すでに半年余りの日がたっていた。

私は神津恭介を誘って、この灰色の建物を訪れた。そして、秋霜《しゅうそう》の気が、満つるような、この法廷で、被告席に立つ菊川医師自身の口から、この恐ろしい言葉を耳にしたのである。

一瞬、私は耳を疑った。黒い法服の老裁判長の眼にも、そのときは鋭い光がきらりと閃いた。縁なしの眼鏡の底から、射るような視線を被告に注いで、この老裁判長は、重々しい声で口を開いた。

「すると、被告人は、起訴状にしるされた、すべての罪を是認して、しかも自分の行動が、正しかった、と信じているというのかね」

「そのとおりであります。弁護士は、私の精神鑑定を主張、申請いたしました。しかし、私は自分自身に異常を感じておりません。

私の行動が、公《おおやけ》にされて、私が逮捕されたとき、自殺しようと思えば、いくらでもその機会はありました。しかし、自らの死によって、責任を回避するというのは、弱者の態度であります。私はむしろ、生きながらえて、自らの所信を発表する日を待ちました。その機会はついにやってきました。そしておそらく、これが最後の機会でありましょう。私は自分の行動について、いささか申し上げたく思います」

断罪の場にのせられた罪人は、いかに凶悪な、いかに数度の罪を重ねた犯罪者でも、必ず何かの圧迫を感ずる。それは自分の力では、ついに動かしえなかった、法に対する畏怖《いふ》でもあり、社会機構に対する屈服でもある。

だが、この事件の犯人は、そうしたものに少しもたじろいではいなかった。それは、自分の背後に、強力な組織の力がひそんでいることを、たのみとする、あの政治犯たちの態度にも似ていた。だが彼はなにを力とたのむのだろうか。孤立無援、あらゆる救援から隔絶されて、冷たい未決の獄舎に生きる彼は、いかなる方法で、この自信と信念を得たのだろうか。

裁判長は、無言のままにうなずいて、彼の言葉をうながした。

「殺人の方法については、捜査記録、調書に記載された事項、各証人の証言を、そのまま是認いたします。

だが、私の心情については、いままで誰一人として述べることがなかった——所詮、思想というものは、個人の胸に宿っているときにのみ、生きた生命を持ちうるもので、これを紙の上に写し出しては、ことに形式にのみとらわれた法律用語をもってしては、形骸のみをとどめた死物、残骸となることもとうぜんでありましょう。しかし、私はその考えに抗議せずにはおられません。同情をひいて、刑の軽減を求めんとするものではない。私は自らの良心を、そのまま吐露せんとするのであります」

法廷を埋めた傍聴人の中には、咳一つする者さえなかった。

「裁判長殿。

裁判長、判事諸氏は、私の生まれ、成長した村、八坂村の疲弊の状況をご覧になったことがありましょうか。山間の僻地《へきち》。地は痩せ、気候にも恵まれず、村人はその日の糧《かて》にも困る状況にあえいでいます。私はこの村の、ただ一人の医者でありました。しかし、病いの床に倒れた村人の多くの者は、私のところを訪ねてくる余裕も持ってはいないのです。それは何のためでありましょう。この邪教、紅霊教の存在が、すなわちその原因なのであります。

三十年前、この村に呱々《ここ》の産声をあげた紅霊教は、一躍天下を風靡《ふうび》する勢いを示し、関東一円に、その羽翼を伸ばして、数多の信者をその麾下《きか》に収めました。その結果、勢力を失いつくした感がある、現在の紅霊教の本部にすら、なお数千万と称せられる、財貨が死蔵されております。これがわれわれと、なんら変わった力を持たぬ、生ける骸のごとく、痩せ衰えた老人が一代に築き上げた、不浄の富であります。その反面、八坂村および付近の村落に残されたものは、荒廃と頽廃、貧困と飢餓、数多くの舜斎の私生児と、無数の家庭の不幸と破滅でありました。

万物は、地水火風の四元素から成り、それに霊気の加わったものが、すなわち生物である。

科学の進歩によって、すでに数百年前、棄揚し去られた考えであります。しかも無知なる一般大衆には、きわめて受けいれられやすい、単純素朴な謬見《びゅうけん》であります。

それだけならば、まだしもです。彼らはいわゆる霊気療法なるものを試みました。私も医師の資格を持つ一人として、病人の精神状態が、病気の進行なり、快癒なりに及ぼす影響を、否定し去るのではありません。しかし、この紅霊教の唱えるように、あらゆる病気が、霊気療法によって根治し去られるとすれば、これは由々《ゆゆ》しき問題です。

医師の手当てを受けたならば、確実に回復への道を歩んだにちがいない人びとが、幾人、死の手に奪い去られたでしょうか。私の母もまた、その犠牲者の一人でありました。

しかもこの施術によって、術者から悪性の皮膚病を移された者もあります。その場合、彼らは厚顔無恥《こうがんむち》にも、体内の毒素が霊気の力によって、体外に排出されたものと唱えます。病気が悪化すれば、信仰の不足によると、平然と豪語してやみません。しかも教祖の一家に病人が生ずれば、金にあかせて、名医を招き寄せるのです。彼らにとって、大衆は犠牲のための羊の群れ、営々労苦の結晶を、手に汗せずに奪いうる、愚衆の集まりにすぎません。まさに、法の力で裁きえぬ、極悪人の典型です。合法的な仮面をかぶった凶悪無惨な罪人であります。

それればかりではありません。女子の貞操、それは、この餓狼にとって、このうえもない、甘美な餌でありました。自ら特権者なり、天の使者なりと、思いあがったこの人びとにとって、かよわい女子の操《みさお》など、一顧の価すらないものにちがいありません。

霊気療法の名をかりて、一室に閉じこめられた女性はすべて、あるいは催眠術の力により、あるいは麻薬に眠らされて、われ知らず舜斎の毒牙にかかったといえるでしょう。……毒をあおいで、自らの命を絶った女もあります。その他、非業の最期をとげた女も数知れません。しかもそれらは、ほんの世に知られた一部、全体からいって、わずかの比率にすぎません。彼はあの世の幸福を、厚かましくも保証しようとするでしょう。しかし天国はあの世のもの、地獄はこの世のものであります」

裁判長も、思わず暗然と眼を伏せていた。まったく、誰が誰を裁こうとするのか、錯覚を起こさずにはおられない一瞬だった。

「一般論はこのくらいにして、本論に移ることといたしましょう。私は、父母の紅霊教に対する、呪いを受けて育ちました。正統医学の素養によって、少年時代の悪夢はすべて、払拭することができました。そして、自らの生まれた村に帰ってきて、紅霊教の害毒の残した破壊の跡を眺めました。

もしもこの邪教が、永久に生命を失いつくした骸であれば、私もおそらく、嘲り笑いながら、そのままに打ちすてておいたことでしょう。だがこの邪教は、不死鳥のように、自らの冷たい死灰の中から、生まれかわろうとしたのです。終戦後、あらゆる精神の支柱と基盤を失って、混迷と動揺の底に沈んだ人びとの苦悩と焦慮を餌食として、ふたたび天《あま》がけろうとしたのです。

卜部六郎は、ひさしく麻薬中毒に悩んでいました。紅霊教本部から追われたとき、彼は千晶姫を介して、私に援助を求めてきました。私は地底の闇の迷路を通って、あの祈禱所の奥の院、いわゆる高天原に案内されました。そこには、気息奄々《きそくえんえん》として横たわっている、あの異常者のみじめな姿があったのです。私は笑いだしたくなりました。これが邪教の正体か。これが人間の力を越えたと自称する、生き神様、予言者の姿なのかと。

彼は、自分のところに医者がたずねてくるのを忍べなかったのです。自分が、正統医術に屈服したことを知らされたら、自分の築きあげようとする勢力も、画餅《がべい》に帰すると思ったのです。……わざわざ、この丘を選び、竪穴《たてあな》の上を選んで、この祈禱所を作ったのも、このようにして秘密の交渉を、外部とつづけようとする彼のひそかな策略でした。

私はいちおう、注射をつづけることを承知しました。それは、この復活の機運にあった、紅霊教の実相を、自らの眼で、よく確かめておきたいと思ったからです。

ずいぶん、いろいろなことがわかりました。そのすべては、笑うにもたえない、児戯《じぎ》の類いでした。たとえば榊《さかき》を動かすために、鯰《なまず》を使うとか、癲癇の発作を起こして、気が遠くなっているときに、あてもなく書き散らした文句が、予言の神託となるのだとか。

そんな程度のことなら、おどろくにもあたりません。ただ私の慄然としたのは、香取兄弟という策士が、この紅霊教を、自らの利益のために、再建しようとしていたことでした。……しかも、兄の幸二は舜斎をおしたてて、紅霊教正統派を復活させんとし、弟の睦夫は、卜部六郎と結びついて、彼の新しい勢力を、全面的に盛りたてようとしたのです。

道こそ違え、この二人には、紅霊教という邪教に対し、微塵の尊敬も信仰も持っていない点が共通していたのです。軽蔑し、唾棄すべき、悪魔の教えと知りながら、彼らはその過去の収穫に憧れました。将来の利害と打算に、眼がくらんだのです。睦夫は、味方を一人でもふやしておきたいという一念から、将来の利を餌に、私にこの計画に加わることをすすめました。

私は、もはやこの陰謀をそのまま見過ごすことはできませんでした。この両派の分裂、抗争を機会として、邪教の正体を天下に暴露し、一殺多生の利剣《りけん》を振るうのが、国手《こくしゅ》としての私に与えられた、使命であると確信したのです。

幸いに、いま一つの好機が重なりました。お時が、私のところへ、手術を求めにやってきたのです。それは妊娠中絶の手術でした。

その父親は——いうまでもありません。もちろん、舜斎老人です。

お時は、自分の生家に対し、紅霊教の与えた邪悪を、骨身に刻んで忘れませんでした。そのうえに、いままた自分が、その犠牲者となったのです。憤りと呪いの炎が、むらむらと、その心の中に燃えあがったのは決して怪しむにはあたりません。お時は、その身も心もささげて、私に救いを求めてきたのです。私はお時を自分のものにしました。そして完全な、天与の武器を握ったのです。

女中は家族の一員です。しかも見のがされやすい死角にはいった存在です。ことに、お時のような日常生活すら難しい女には、複雑な犯罪事件の嫌疑は、容易にかかりません。しかし、計画をたてることのできない人間でも、他人のたてた計画を、実行することは容易にできるのです。

準備はまったく成りました。私は良心に、いささかの呵責《かしやく》も感ぜずに、舜斎とその三人の孫娘、卜部六郎、千晶姫、香取兄弟の殺人計画をたてました。お時は、最初のプログラムにははいっていなかったのです。

卜部六郎に、殺人の予言を行なわせ、次にその予言を着々と実行に移していく。その方法には、紅霊教の奥義である、地水火風の四元素を使用する。私はこのことに、皮肉な喜びをさえ感じました。

殺人の予言を行なわせることは、それほどむずかしいことではありませんでした。彼が発作におちいって、いわゆる神がかりの状態となったときに、みみずののたくったような彼の書体に似せて、書きしるした予言の文句を、彼に与えればいいのです。二度目からは、幸運にも、彼が私の家に監禁されたため、その方面の困難は、まったく感じないですみました。

第一の殺人については、捜査当局の記録、ないしは調書に述べた事実に、なんら付け加える要を認めません。

ただ困ったのは、第二の殺人の場合でした。神津恭介という、思いがけない大物が、捜査陣営に加わったのです。

私は彼でさえ、私の計画を妨げることが、できるなどとは思っていませんでした。彼もまた、一個の天才でありましょう。しかしその才能の限度は、すでに行なわれた犯罪の、跡をたどって、分析総合していくにすぎないもの、創造的な独創力は、彼にその片鱗をも認めることはできません。

ただ、彼の力が私に及ばぬことは、明白にせよ、彼がお時以上の才能を持っていることだけは、私も疑う余地はありませんでした。

大義親を滅す、という言葉もあります。大行は細瑾を顧みず、という格言もあるのです。私はお時を殺してしまうことが、やむをえない処置だと考えました。被害者に嫌疑がかからないのは、捜査の常識でありますから、お時の命を絶ちさえすれば、第一の殺人は、完全に不可能犯罪だと思われるだろう。これが私の確信でした。それにまた、お時は事実上、舜斎の手によって命を絶たれた女なのです」

法廷は、一瞬わっとどよめいた。裁判長の静止の合図をよそに見て、なおも被告人の言葉はつづく。

「問題は烈子を誘い出すことでした。私は千晶姫に、睦夫が裏切者だということを、吹きこんで納得させました。彼は烈子と、その受けるべき遺産に、眼がくらんで、ふたたびト部六郎を、裏切ろうとしているのだと。

賢いようでも、女はやはり女です。愛のためには、鬼にもなります。かっとなって、千晶姫は、残忍な復讐を、睦夫に加えようとしました。それがあの女をして、自分の一味と睦夫との関係を、あえて暴露させた理由です。あの女は、睦夫が、この事件の犯人だと、信じきっていたのです……」

もはや、言語に絶するほどの、冷酷な、恐ろしい悪鬼の奸計なのだった。神津恭介の、鋭い知力をもってしても、なお想像もできなかった極悪人の心理であった。

「烈子と睦夫との関係は、私にはとうぜんわかっていたことです。烈子が殺されさえすれば、睦夫はとうぜん、証拠不十分で釈放されるものと私は計算を進めていました。烈子は、睦夫の言葉によって、私を無条件に信頼していました。睦夫が釈放されたと偽って、烈子を誘い出す手筈《てはず》は進めておりました。ただ私の思い及ばなかったのは、思いのほかに実際の釈放が早かったことですが、これは一方においては、彼を倒す機会がそれだけ早く訪れたことを示すものです。烈子とお時の入れかえ、それとお時の毒殺は、最初から計算しきっていたことです。ただその場所が、部屋が変わっただけにすぎませんでした」

彼は額の汗を拭いて、ふたたび矢のように言葉をついだ。

「つづいて千晶姫の番となります。この女が、女学校を出た身で、巫女などになったのには、ふしぎな理由があるのです。

この女は、一時私と恋仲でした。だが同時に、卜部鴻一とも、一脈の関係をつないでいました。典型的な娼婦なのです。紅霊教の毒血が、こんな女を生んだのです。千晶姫は、それを恥とは思っていない。むしろ、男と関係した数の多かったことを、誇りと思っていたのです。そのような女を、おさえつけるものは、動物的な獣力です。なんの教養もない、愚かな予言者卜部六郎が、この女の心をとらえて離さなかったのも、ただそのためであったでしょうか。

こんな女は、生きている期間が長ければ長いほど、この世に害毒をまくのです。娼婦の群れを焼き殺したフランス王の故知にならって、私は破邪《はじゃ》の剣を振るったまでです。男を惑わすその肉体を、土に帰したまでなのです」

　彼の言葉は熱していた。その両眼も、炎のように燃えていた。

「舜斎と土岐子、香取幸二を倒せなかったのは、惜しんでもあまりあることですが、もはやこの邪教は、完全に壊滅状態におちいりました。八坂村には、いや日本の土の上には、この邪教の教義に耳を傾けようとする人は、ただの一人もいないでしょう。私の望みは達せられました。天は正義に味方したのです」

　正義とは——それはなんと血なまぐさい、凄惨な正義であったことだろう。

「私はいま、この法廷において、永遠の人類の歴史に訴えます。大悪を制せんための小悪は、とうぜん許されて然るべし。過去においては、これは犯罪でもなんでもなかった。将来においても、これは犯罪とは数えられないでしょう。いや、人類が、邪教の毒に悩むかぎり、これは永遠の問題です。紅霊教は、わずかにその一例にすぎません。私はあえて、身をもってその弊を除こうと試みました。

　法律は、私をいまここに裁こうとする。それもよし。キリストも、法律によって十字架にのぼらされた。正義の名において、その短い命を絶たれた。しかもいま、歴史はなんと判断したか。

　私はいまここに予言する。何十年かの後に、キリストが人類によって理解されるごとく、私の行為もまた、人類によって理解される日が来るであろう。そして第二の救世主として崇《あが》められる日もくるであろう！」

法廷は、いまや怒号の渦であった。

「静かに！　静かに！」

やや静まった法廷に、裁判長の凛然たる声が響いた。

「本日の公判は、これをもって閉廷。次回は二十一日午後一時より、被告人に対し、判決を言いわたす」

「起立！」

菊川公判は、ここに終わった。

私は、この息づまる応酬に、恐ろしいまでの凄気と迫力を感じて、しばらくは、口を開くだけの元気もなかった。

心なしか、手錠をかけられ、眉を上げて、昂然と引かれていく菊川医師の、やつれも衰えも見せぬ横顔に、この世のものとも思えぬ肌寒さを感じていた。

その姿を見送る神津恭介の横顔も、たしかにいつもより青ざめていた。私たちは人の渦にのまれて、追われるように法廷を去った。

「神津さん」

私たちの背後から呼びかける、聞きおぼえのある声があった。

卜部鴻一なのである。

彼はあの事件の当時にくらべると、見ちがえるほどに血色がよくなっていた。あのときのそわそわとした様子は、どこにもなく、顔も体もおどろくほど肥っていた。

私もはっとしたのである。たとえ作戦だといっても、彼も一度は、恭介によって、この事件の犯人に擬せられた身。私たちにどのような悪意をいだいていないともかぎらないのだ。

だが彼は、べつに変わった態度は、少しも見せていなかった。何のこだわりもない友人だというような、懐かしそうな微笑を口もとに浮かべていた。

「おや、卜部君、君も来ていたのかい」

「そうですよ。なかなかりっぱな大演説でしたね」

私たちは、肩を並べて足を運んだ。

「お家の人たちは、いまどうしていますかしら」

「老人は、相かわらず、ノリキスノクゴウと、わけのわからぬ呪文をとなえながら、あの家に吾作といっしょに住んでいます。ああいう事件が起こったのも、まるで夢か幻の世界に起こった事件のような、非現実的な事件だとしか思えないんですね。僕たちの顔を見ても、ぜんぜん何の動揺の色も見せません。ああして、枯れ木のようにやせ衰えて、いつのまにか、眠ったように死んでしまうんでしょうね。

それから、僕と土岐子とは、結婚しました。式におよびしないで失礼しましたが、いま浅川のほうに住んでいます」

神津恭介も、一瞬虚をつかれたようであった。

「それは、それは、いや、なんにせよ、おめでとう。雨降って地固まる、とか言うからね……僕も心から、君たちの幸福をお祈りするよ」

「ありがとう」

二人は、なんの屈託もなく、初夏の緑の木立ちからもれてくる、さわやかな光を、ちらちら顔におどらせて、そのまま足を運んでいた。

だが私には、この刹那、呪いと死の影にあやなされた、廃墟のような館の姿が眼の前に鮮やかに浮かびあがった。

おそらく、あの家は、いまでは堅く閉じられたまま、蜘蛛の巣におおわれ、埃にまみれ、誰一人訪れる者もないままに、忘れ去られていくのだろう。その中に、能面か、木彫りの人形のように、感情を失った一人の老人が、寂しく黙々と、生命の余燼《よじん》をくすぶらせているのを、堅く秘めたまま……。

その、日の射さぬ廊下の部屋の片隅には、いまでも死の影と呪いが、音もなく、ひそかに乱舞しているのだろう。血の匂いは、永久にあの館から、洗い去られることはあるまい。廊下の節穴一つにも、壁のくすんだしみ一つにも、なにかしら、恐ろしい過去が、刻まれて残っているのだ。

私のそうした思いをよそに、恭介はそのとき、鋭い質問を彼に浴びせた。

「卜部君、君に一つ、まだ聞き残していたことがあるんだがね」

「ほう、それはいったい何なのです」

「十年前の、君の恐ろしい予言のことさ。君はあのとき、僕たち二人の運命は、十年後に、ある犯罪事件を契機として、火花を散らして交錯すると、ふしぎな予言をもらしていた。その予言は、たしかにこうして、恐ろしい事実となってあらわれたけれど、どうして君には、このことが前からわかっていたんだね」

彼は恭介を、あわれむように首をふった。

「神津さん、それはまったく誤解ですよ。僕はなにも、この事件のことをさしていたんじゃないんです。

僕は一高時代から、あなたの才能に対しては、激しい競争意識を感じていました。あなたと、いつか同じ分野で、腕を競ってみたいもんだと。あなたの分析力、正義感、実行的な意欲などは、骨相学的によくわかっていましたし、松下君との関係からいっても、あなたがいずれ、犯罪捜査に手を染められるだろうということも、ほぼ想像がつきました。それで僕は法律を専攻して、弁護士になってやろうと思ったんです。それで、法廷で、あなたの解決した犯罪事件に対して黒白の論を戦わせてみたい、と決心したんですよ」

そうだったのか、そう言われてみればなるほど、理解のできないことではなかった。

「なるほどね、僕はあんまり考えすぎたかもしれないねえ……」

恭介は、額に手をあてて考えこんでいた。

「それじゃあ、いま一つ聞きたいことが……君はあのとき、なぜホテルから逃げだした」

卜部鴻一は立ちどまった。若葉で漉《こ》されて、緑色に染まった顔に、勝ち誇ったような微笑を浮かべていた。私は人間の顔に、あれほど冷たい、あれほど恐ろしい、笑いが浮かびあがったのを、これまでかつて見たことがない。

「神津さん、その点では、僕はあなたに勝ちましたよ。あのとき、いや、第一の殺人の起こった直後、僕はこの事件の犯人を、二人とも見やぶっていたんですからね」

凝然《ぎようぜん》と立ちすくんだ神津恭介と私に、ちらりと軽蔑するような視線をなげて、彼はあとをもふり返らず、こつこつと桜並木を、しだいに小さくなっていった。

「松下君……君には、あの言葉の意味がわかるかい」

神津恭介は、沈痛な呻きのような声をもらした。

「どうしたんです」

「彼は澄子さんを殺した人間を知っていたんだ。それでいて、その犯人の名前を指摘しようともしなかったんだ！」

私は答える言葉を知らなかった。

「そうだとも！　あれは物理的な方法だよ。二重殺人ということに見当がつきさえすれば、あの犯人は二人とも、かんたんにわかってしまうはずなんだ……それでいて、彼は一指もあげようとはしなかった。第二番目の火の殺人は、土岐子さんが目標でないことを知っていたから、それで動こうとはしなかった……なぜだろう。その理由はわかりきったことじゃないか。土岐子さん以外の人間が、殺されたなら、利益を受けるのは彼なんだ。一人でも多く殺されたほうが都合がいいからなんだ。

彼の狡猾《こうかつ》な態度を見たまえ。ちびりちびりと、追及のたびに、少しずつ、知っていることを吐き出して、あとをかくし、僕が一人で悪戦苦闘をつづけるのを、ひとりでじっと見守っていたんだよ。

第三の殺人、地の殺人が予言されても、彼は犯人を捕えさせようとはしなかった。むしろ、自分が逃げだして、犯人に対する注意を自分にひきつけた。ああしておけば、土岐子さんは、一晩中尋問されつづける。そうすれば犯人も地の殺人を行なう余地はないものと思ったんだ。むしろ転じて、宙の殺人に移るかもしれないと……それが彼の狙っていた、恐ろしい結果だったんだね！」

私の胸は、なにか異常な圧迫を感じていた。空気のぬけた風船玉のような音をさせ、心臓がきゅーっと縮まっていくような気がした。

「僕はいままで、この犯人、菊川医師を、悪魔の生まれかわった人物、このうえもない極悪人だと思っていた。だがやはり、上にはさらに上がある。

ああして法廷にひき出されるような人間には、ぜったいにほんとうの極悪人などはいない。

むしろ、人に罪を犯させて、その生命を代償にささげさせ、自分はその結果、生ずる利益を楽しもうとする、そういう冷たい考え方が、もっとも恐ろしいものなんだ……」

「神津さん、卜部鴻一を、法廷にひき出すわけにはいかないんですか」

私は、そう言うだけが、やっとだった。

「何の罪で、何を証拠に突き出すんだ。刑事に麻薬をかがせて、逃げだしたなどというのは、彼が犯人でない以上、単なる公務執行妨害、このくらいでは、どんな検事も起訴はしないだろう。

といって、殺人幇助罪《ほうじょざい》でも、教唆罪《きようさざい》でもない。いまの言葉など、冗談だったといえば、それですむことなんだ。人間の心の動きはわかりはしない。たとえ、殺人以上に恐ろしい罪を考えていたところで、それが明白な行動に移らなければ、どうすることもできはしない。

松下君、君も僕も、彼のためには、巧みに利用されていた。この殺人交響楽の指揮者は、菊川医師だったろう。だが彼こそ、その背後にひそんでいた、さらに恐ろしいプロデューサー。犯人は完全に、彼に死命を制されていたのだよ……」

しばらく、死のような沈黙がつづいた。そして神津恭介は、最後の戦慄すべき一語を口走った。

「正義は結局、悪の力に及ばないんだろうかね。この世には、こういう裁きえぬ罪人が、まだまだたくさんいるのだろうか」

その瞬間、若々しい美貌を誇る天才神津恭介も、一瞬に十五年も年をとったよう、私にはそう思われてならなかった。

解説

山前《やままえ》　譲《ゆずる》
（推理小説研究家）

時の流れに比べれば、人間の一生などじつに短いものだ。日本の歴史には幾つもの節目となる大きな転換期があったけれど、それを直接体験した人はいつかは皆無となってしまう。たとえば明治維新は、日本史のなかでも特筆される出来事だろうが、百四十年以上経った今では、そこに何が起こったかを語るのは文献と史跡だけである。

しかし、一九四五年に終結した太平洋戦争については、戦後七十年という節目の年になった二〇一五年においても、多くの人によって語り継がれている。マスコミではあらためてあの戦争を振り返る企画が相次ぎ、新たな資料や証言の発掘がつづいている。

日本のミステリーの歴史においても、太平洋戦争の終戦は大きな意味をもっていた。まだ探偵小説という呼称が一般的だったが、戦争中は娯楽文学として抑圧されていただけに、読者のニーズが高まっていたのだ。それに応えて、斬新な作品が発表されていく。一九四七年、江戸川乱歩《えどがわらんぽ》氏を中心として探偵作家クラブ（現在の日本推理作家協会）が結成されたことでも、その勢いは窺《うかが》えるだろう。

そうした戦後の隆盛のなか、一九四八年五月に『刺青殺人事件』で華々しくデビューしたのが高木彬光《たかぎあきみつ》氏だった。易者に探偵小説の執筆をすすめられ、長編をほぼ三週間で書き上げ、一面識もない江戸川乱歩氏に原稿を送り、すぐ会いたいとの連絡を受け、一九四八年正月に訪問し、出版が決まり……。当時数多く登場した新人のなかでも、それはとりわけ衝撃的なデビューだった。その期待を裏切ることなく、高木氏は斯界を刺激する作品を発表し、人気作家としての道を歩みはじめる。

名探偵神津《かみづ》恭介《きようすけ》が密室殺人を鮮やかに解決する『刺青殺人事件』とほぼ時を同じくして構想が練られた第二長編の『能面殺人事件』は、一九四九年四月の「宝石」に一挙掲載された。作家になる前の高木彬光が密室事件の死体発見者となっているその長編は、じつは前年の九月に脱稿されている。「宝石」編集部としても期待の新人の新作を早く掲載したいところだったろうが、当時は用紙不足で、探偵小説雑誌のトップに君臨していた「宝石」にしても、六十四ページとか八十ページといった薄いものだったから、なかなか掲載の場を得られなかったようだ。この『能面殺人事件』で高木氏は第三回探偵作家クラブ賞を受賞している。

本書『呪縛の家』は、それにつづく第三長編として、そして高木氏にとって初の長編連載として、一九四九年六月から一九五〇年六月にかけて、やはり「宝石」に連載された（途中、九月・十月合併号があり、解決編の前に一回休載しているので、連載回数は十一回)。ちなみに、連載第一回の「宝石」の目次を見ると、連載小説に木々高太郎《きぎたかたろう》『わが女学生時代の犯罪』と大下宇陀児《おおしたうだる》『石の下の記録』があり、大坪砂男《おおつぼすなお》「私刑」、北村龍一郎《きたむらりゆういちろう》「ヘルメスの謎」、香山滋《かやましげる》「白昼夢」、宮野叢子《みやのむらこ》「若き正義」、土岐雄三《ときゆうぞう》「時計紛失事件」、城昌幸《じょうまさゆき》「桃源」といった短編が並んでいる。

『呪縛の家』は、旧友である卜部鴻一《うらべこういち》からの手紙に誘われて、松下研三《まつしたけんぞう》が奥武蔵野にある紅霊教の本部を目指しているところからはじまる。戦時中の日の出の勢いはもはやなく、そこには教祖の卜部舜斎《しゅんさい》とその三人の孫娘が住んでいるだけだったが、鴻一には何か不吉なことが起こりそうな予感があるのだという。

あいにく神津恭介はどこかに旅行中だった。ひとり野の中を本部目指して歩く研三だったが、その前に異様な姿の男が姿を現す。そして卜部家への伝言を告げる。「今宵、汝《なんじ》の娘は一人、水に浮かびて殺さるべし」と。

本部に待っていた鴻一によれば、かつて紅霊教の信者だったその男が、卜部家に起こる四つの殺人事件を予言しているというのだ。そして予言通りに事件は起こってしまう。密室状態の浴室に、孫娘の血まみれの死体が……。

こうして数奇な連続殺人事件の幕が開く『呪縛の家』だが、デビューして一年そこそこながら、一九四九年の高木氏の作家活動にはじつに華々しいものがあった。神津恭介ものの「白雪姫」ほか十編を超す短編を発表している。そのなかには、探偵作家クラブの新年会で犯人当てとして朗読された「妖婦の宿」も含まれている。一方で捕物帳の短編を毎月のように発表し、『覆面紳士』や『妖鬼の塔』といった年少者向けの長編ミステリーを書き下ろし刊行している。

それだけに、『刺青殺人事件』と同様に浴室での密室殺人にはじまる『呪縛の家』への、読者の期待も並々ならぬものだったようだ。「宝石」には読者の投稿を中心に構成された「宝石クラブ」というコーナーがあったが、そこである読者が、過去の名誉を傷つける愚作で、甘みのなくなったチューインガムを嚙んでいるようだと酷評すると、次号には、それは無責任な放言であり、『呪縛の家』に絶対期待するといった反論が載ったりしている。あるいは連載も半ばになった頃には、舞台背景や見立て殺人に新味がないとした「高木彬光論」が掲載されている。

こうした反響に呼応してのものだったろうか。連載第九回、第十章の掲載に際して、作者は「読者諸君への挑戦」を宣言するのだ。〝私の意図したのは、決して前世紀的な犯罪ではない〟とし、〝過去、現代、未来を通じて、人間心底の最奥部にひそむ、深刻な魂の悲劇を描こうとした〟のだと、創作意図を明確にしたのち、犯人を当ててほしいと読者に挑戦したのである。

連載時には作者の原稿料から賞金一万円が供されていた。一九四七年から翌年にかけて坂口安吾《さかぐちあんご》氏が『不連続殺人事件』を雑誌連載したときの、犯人当て懸賞の試みを意識したのは間違いないだろう。当時はインフレーションが激しく、なかなか比較は難しいが、一九四九年の教員の初任給が四千円弱という資料がある。雑誌の懸賞金としてはかなり魅力的な金額だったに違いない。

　翌月、第十一章の掲載に際して再び読者に挑戦した作者だが、雑誌掲載時には、〝金持ちどころか、山のような借金を背負って、ウンウンいっている、小生が自腹を切って、懸賞をするんですから、セイゼイ御名答をよせていただきたいものですな〟と、より挑発的な文言が並んでいた。

　犯人当て小説として『呪縛の家』には相当な自信があったようだが、五十八通寄せられたなかに、作者自らほぼ完璧と認める解答が一通あったのだから、その頃、「探偵小説の鬼」と称されていたミステリー愛好家の推理力は侮れない。ただ、逆説的に言えば、正解者が誰も出ない犯人当て小説には、どこか欠陥があるのではないだろうか。

　熱心な読者を象徴する「鬼」を誌名に、香山滋、香住《かすみ》春作《しゅんさく》、高木彬光、武田《たけだ》武彦《たけひこ》、山《やま》田《だ》風太郎《ふうたろう》、三橋《みつはし》一夫《かずお》、白石《しらいし》潔《きよし》、島田《しまだ》一男《かずお》、島久平《しまきゅうへい》の九氏を同人とする雑誌が一九五〇年に創刊されている。その第三号（一九五一・三）に寄せた「トリック創造の秘密」の冒頭で、高木氏はこう述べている。

　将棋の専門家の中にも、定跡を創造する、芸術家型と、それを修正して行く、実戦家型があるらしい。

本格探偵作家にも、トリックの創造者と、修正者と、二つの立場があってもいいと思われる。そして私は、自分の天性なり才能からいって、後者の道を選ぶしか方法がない。

これが、私のいつも唱える、トリック・コンビーネーション説の基盤である。


同じ号に掲載された「高木彬光論」で山田風太郎氏もまた、〝時間、空間、人間関係の、すでに考えつくされてしまったといわれるトリックを、精緻に、徹底的に並べ変え、もてあそび、ひックくり返し、組み変えて、いままで何びとも発見できなかった驚異の相貌を彫り出してもらいたい〟と述べている。いたずらにトリックの新奇さを追わず、そのコンビネーションで新機軸を出し、ミスディレクションなどのテクニックで読者を欺き、論理による謎解きを展開したのが高木氏の本格ものであった。

こうした謎解きとしての魅力と同時に、『呪縛の家』の真相を知ったときに驚かされることがある。謎解きのなかで神津恭介は、〝科学と信仰、邪教と良識、一見しては明白に、勝負のつきそうな争いです。しかし、人類の歴史が始まって数千年、この闘いは、幾千度、幾万度、形をかえて、姿をかえて、人類の心にくり返された争いでしょう〟と指摘したあと、〝これは決して、古い問題ではありません。いつまでも、いつまでも、人類の歴史とともにくり返される、永遠に新しい問題です〟と述べている。『呪縛の家』の連載完結から四十五年後に起こった、ある事件を思い浮かべるのは容易に違いない。あまりにも怖ろしい「予言」である。

もちろん、『呪縛の家』の第一の魅力は謎解きにある。作者からの挑戦を受け、論理的な推理によって真相を導くことが、はたしてできるだろうか。名探偵の誉れ高い神津恭介との推理比べを堪能してもらいたい。もっとも、たとえ正解だったとしても、残念ながら賞金は出ないのだが——。

●本書は一九九五年七月刊、光文社文庫版『呪縛の家』を底本としました。

光文社文庫

長編推理小説
呪《じゅ》縛《ばく》の家《いえ》　新装版
著者　高《たか》木《ぎ》彬《あき》光《みつ》

2015年5月20日　初版1刷発行
2023年7月5日　2刷発行

発行者　三宅貴久
印刷　新藤慶昌堂
製本　ナショナル製本

発行所　株式会社　光文社
〒112-8011　東京都文京区音羽1-16-6
電話　(03)5395-8149　編集部
8116　書籍販売部
8125　業務部

ISBN978-4-334-76899-7　Printed in Japan

組版　新藤慶昌堂

祭ジャック・京都祇園祭　西村京太郎
消えた乗組員　新装版　西村京太郎
十津川警部「悪夢」通勤快速の罠　西村京太郎
「なつ星」一〇〇五番目の乗客　西村京太郎
消えたタンカー　新装版　西村京太郎
十津川警部　幻想の信州上田　西村京太郎
十津川警部　金沢・絢爛たる殺人　西村京太郎
飛鳥Ⅱ　SOS　西村京太郎
十津川警部　トリアージ　生死を分けた石見銀山　西村京太郎
リゾートしらかみの犯罪　西村京太郎
十津川警部　西伊豆変死事件　西村京太郎
十津川警部　君は、あのSLを見たか　西村京太郎
能登花嫁列車殺人事件　西村京太郎
十津川警部　箱根バイパスの罠　西村京太郎
十津川警部　猫と死体はタンゴ鉄道に乗って　西村京太郎
飯田線・愛と殺人と　西村京太郎
レジまでの推理　似鳥鶏

100億人のヨリコさん　似鳥鶏
難事件カフェ　似鳥鶏
難事件カフェ2　似鳥鶏
雪の炎　新田次郎
悪意の迷路　日本推理作家協会編
殺意の隘路（上・下）　日本推理作家協会編
沈黙の狂詩曲　精華編Vol.1・2　日本推理作家協会編
喧騒の夜想曲　白眉編Vol.1・2　日本推理作家協会編
デッド・オア・アライブ　楡周平
競歩王　額賀澪
痺れる　沼田まほかる
アミダサマ　沼田まほかる
師弟　棋士たち　魂の伝承　野澤亘伸
宇宙でいちばんあかるい屋根　野中ともそ
洗濯屋三十次郎　野中ともそ
襷を、君に。　蓮見恭子
輝け！浪華女子大駅伝部　蓮見恭子

蒼き山嶺　馳星周
シネマコンプレックス　畑野智美
やすらいまつり　花房観音
時代まつり　花房観音
まつりのあと　花房観音
心中旅行　花村萬月
スクール・ウォーズ　馬場信浩
CIRO　浜田文人
機密　浜田文人
利権　浜田文人
叛乱　浜田文人
ロスト・ケア　葉真中顕
絶叫　葉真中顕
コクーン　葉真中顕
Blue　葉真中顕
アリス・ザ・ワンダーキラー　早坂吝
殺人犯対殺人鬼　早坂吝

不可視の網　林譲治
「綺麗な人」と言われるようになったのは、四十歳を過ぎてからでした　林真理子
私のこと、好きだった？　林真理子
出好き、ネコ好き、私好き　林真理子
女はいつも四十雀　林真理子
母親ウエスタン　原田ひ香
彼女の家計簿　原田ひ香
彼女たちが眠る家　原田ひ香
DRY　原田ひ香
密室の鍵貸します　東川篤哉
密室に向かって撃て！　東川篤哉
完全犯罪に猫は何匹必要か？　東川篤哉
学ばない探偵たちの学園　東川篤哉
交換殺人には向かない夜　東川篤哉
中途半端な密室　東川篤哉
ここに死体を捨てないでください！　東川篤哉
殺意は必ず三度ある　東川篤哉